学校危机管理丛书

丛书主编：马和民

中学危机管理实务

本书主编：鞠玉翠
副主编：王佳佳

中国轻工业出版社

图书在版编目 (CIP) 数据

中学危机管理实务 / 鞠玉翠主编 . —北京：中国轻工
业出版社，2009.2
ISBN 978-7-5019-6690-5

Ⅰ . 中… Ⅱ . 鞠… Ⅲ . 中学－学校管理－研究
Ⅳ . G637

中国版本图书馆 CIP 数据核字（2008）第 165993 号

总 策 划：石　铁
策划编辑：翁婷婷
责任编辑：朱　玲　翁婷婷　　　封面设计：标点工作室
责任终审：杜文勇　　　　　　　责任监印：刘志颖

出版发行：中国轻工业出版社（北京东长安街 6 号，邮编：100740）
印　　刷：北京天竺颖华印刷厂
经　　销：各地新华书店
版　　次：2009 年 2 月第 1 版第 1 次印刷
开　　本：740 × 1050　1/16　印张：16.50
字　　数：196 千字
书　　号：ISBN 978-7-5019-6690-5/G · 784　　定价：28.00 元
咨询电话：010-65595090　65262933
读者服务部邮购热线电话：010-65595091　65241695　传真：85111730
发行电话：010-65128898　传真：85113293
网　　址：http://www.chlip.com.cn
E-mail：club@chlip.com.cn
如发现图书残缺请直接与我社读者服务部（邮购）联系调换
70790J5X101ZBW

丛书前言

　　校园人身安全、食品安全、精神伤害、校园暴力等突发事件在近年内频繁见诸报端，尽管学校危机事件涉及的当事人员不多，但所产生的负面效应却影响深远，学校危机问题正在逐步引起教育界的关注，教育部和各省市相继出台了学生意外伤害事故处理方面的法规，然而尚未赢得全社会的高度重视。

　　青少年学生作为社会中的需要被保护的群体，校园是其生活、学习的重要场所，因而，怎样实现学校安全应成为保证青少年学生健康成长，继而维护社会稳定的一项重要任务。教育行政机构及政府相关职能部门应从建设和谐社会的高度，站在以学生安全、健康成长为本的立场，作为真切关注民生问题的角度加以重点研究，以切实加强并提高学校危机干预能力和学生危机应对能力。

一、学校危机是一个事实命题

　　如今，校园安全面临新的挑战。近年来多项关于学校内外学生安全事故的调查，传递出一串串触目惊心的数字，突出了学校危机问题的严重性和实施学校安全管理工作的紧迫性。尽管青少年校园安全业已受到社会各界的普遍关注，一系列政策相继制定并付诸实施，使青少年受伤害事故得到了一定的控制，但青少年校园安全问题依然严峻。

　　2003年共青团中央、全国少工委、国家教委和公安部四部委联合在全国推广的"中国少年儿童平安行动"在全国范围内统一开展了专门针对少儿意外伤害事故的调查，调查结果显示，对于儿童受到意外伤害的场所而言，父母最担心的地方就是学校。

学校作为促进青少年健康成长和发展的场所，为什么会成为令家长最担心的场所？一个受教育的净土为何会变成一个安全事故多发的地方？青少年的校园生活究竟受到了哪些方面的威胁？学校怎样办成一个真正令家长、学生、教师感到安心、安全、安稳的乐园？学校又将如何让自身的发展摆脱各种显性的和潜在的危险？从根本上来说，这些问题可以归结为：如何才能办成"让人民满意的教育"？如何才能办成"让老百姓满意的学校"？如何才能实现"让家长感到安全的学校"？如何才能做到"让学生不受到伤害的学校"等一系列问题。

这一系列问题实际上聚焦于学校危机以及与之关联的学校危机管理问题。

二、学校危机是一个复合概念

事实上，学校危机问题远比"学生意外伤害事故"或"学校突发事件"更为复杂。研究学校危机问题，首先涉及到什么是"危机"的概念。

在西方，危机概念在被当做人文－社会－教育科学术语使用之前是一个医学用语。在医学中，危机是指病人在主观上卷入了疾病过程的状态。这里表达了两种事实：一种是"危机的意识形态"（如病人对疾病的内心体验），另一种是"实实在在的危机经验"（如疾病本身）。"危机的意识形态"与"危机经验"是德国哲学家哈贝马斯的语言，根据他的分析，马克思在社会科学领域首次提出了一种"系统危机"概念，西方学者正是据此来讨论经济危机、政治危机、社会危机、教育危机、学校危机等问题的。

我国的《现代汉语词典》在释义"危机"一条时，则指出了两义：危险的根由与严重困难的关头。换言之，即"危机的原因"与"实在的危机经验"。

如果把中西方对危机概念的语义学释义做一合并，我们就会发现：危机一词实质上表达了三类社会事实：第一，存在着"某种类型危机的经验性事实"；第二，存在着"某种类型危机的意识与观念"；第三，存在着"某种类型危机的原因或根源"。

本丛书使用的"学校危机"概念正是建立在上述对"危机"概念的分析基础上的，学校危机的概念在本丛书中被理解为：发生在学校校园内或与学校有关，由学校内外因素引起的，干扰学校正常运行的，严重损害或可能严重损害学校组织功能及成员利益的突发事件、意外事故或演变趋向。

这里包括两点含义：一是"学校危机事件"：指发生在学校校园内或与学校有关，由学校内外因素引起的，干扰学校正常运行的，严重损害学校组织功能及成员利益的突发事件、意外事故。二是"学校危机状态"： 指发生在学校校园内或与学校有关，由学校内外因素引起的，可能严重损害学校组织功能及成员利益的演变趋向，这一演变趋向包含了两类情况，其一是呈现为"某种类型学校危机的意识和观念"，其二呈现为"某种类型学校危机的原因或根源"。狭义的学校危机仅指学校危机事件，主要包括日常所说的"意外事故"和自然灾害、传染病流行等突发事件。广义的学校危机，既包括学校危机事件也包括学校危机状态。

概言之，凡是发生在校园内或与学校成员、学校组织有关的事件或情境，对学校成员个体身心发展造成不安、压力、伤害，对学校组织发展造成危险、困境和严重问题，而以学校现有的人、财、物等资源难以立即解决的，就是学校危机。

三、学校危机管理存在某种真空

所谓学校危机管理存在某种真空的说法，涉及两层含义：首先是从学校管理的角度来看，既存在学校危机管理的意识缺乏，也存在学校危机管理的体制、机制问题；其次是从学校教育的角度来看，学校危机问题实质上也构成了一种教育危机。

从学校管理的角度看，学校危机事件和学校危机状态都属于学校危机管理的范畴，学校都应当对此有应对机制和预案措施。然而现实是，危机管理存在理念和制度上的某种真空。

第一，学校管理的危机意识淡漠。我国的学校管理理论中很少探讨学校危机管理问题，校长培训中也基本没有相应的内容。校长只能从自己的实践中获得一些零散的管理经验。学校管理中缺乏危机意识已经成了一种普遍现象，致使我们面对突发事件时由于没有应对预案而常常出现手足无措的恐慌局面。

第二，学校尽管有安全管理规章，但是大多局限于张榜公布的文本，缺乏制度化的危机干预规范、机制和措施，同时也存在应对危机事件时学校自身势单力薄的问题。

从学校教育的角度看，学校教育工作中存在着师生生命安全和生命意识的相对淡漠现象。生命安全、生命意识、生命态度应该是学校教育中第一位的任务，学校危机管理的目标就在于保护和保障学生和教师的生命安全，这是我们贯彻"以人为

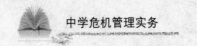

本"的教育观念的基本理念，然而现阶段许多学校的管理者过多地注重升学和成绩，对这一理念比较淡漠。

因此，如何梳理全新的学校危机管理意识，如何重建学校危机管理体制，如何重构学校危机管理机制，如何充分实现学校危机的预防、干预与危害的最小化，如何将危机状态尽快恢复到稳定状态，便构成了学校危机管理的新任务。

本丛书对"学校危机管理"的理解正是建立在上述学校危机概念的基础上，"学校危机管理"可以被理解为：学校管理者根据学校的危机管理制度和计划对学校危机进行预防、应对、恢复的策略应对过程，涉及对学校危机事件和学校危机状态的管理，是学校管理的重要组成部分。

概言之，所谓"学校危机管理"，就是指学校成员全员参与的一项特殊的学校管理活动，是对学校危机所进行的防范和应对活动。学校危机管理的最核心原则是"应对在前""防范在后"。显然，学校危机管理不同于一般的教育行政管理，它至少具有三个特性：全程性、全员性和全面性。

四、学校危机管理的目的和对象

学校危机既是一种"危机"，也是一种"契机"。从哲学角度来看，学校危机具有不可避免性的特征。学校危机的客观存在与如何预防、诊断、减少、克服甚至消除危机的负面影响，构成了发展中的矛盾运动。这样一来，无疑就涉及到如何采取措施进行学校危机管理的问题。

目前我国尚未建立一个独立的、常设的、强有力的学校危机管理协调机构或中枢指挥系统。因此，每当灾害事件发生后，各级政府机构往往临时成立一个工作小组来应付危机。而应付危机事件的基本思路，通常就是"动员各种力量，解决当前问题"。这样做尽管在短期内很有效，但往往成本很高。

怎样从"事后动员型"转变到"事先预防型"的学校危机管理机制，这是当前学校危机管理工作中的重要任务。首先需要明确两个问题：学校危机管理的目的和对象。

学校危机管理的主要目的就是调动各种可利用的内外资源，采取各种可能的或可行的措施，限制乃至消除危机事件或状态，从而使可能发生的危机消失、使产生的危机得以解决，使危机造成的伤害最小化，使危机状态快速回复到稳定状态。因此，学校危机管理涉及三次预防工作，即：采取一系列安全管理和教育措施尽可能防止危机发生的一次预防；危机发生后尽可能将各种危害降到最低化的二次预防；促使学校内外成员的安心感、安全感和信赖感尽快得以恢复的三次预防。

学校危机管理工作的第一项主要任务是实施学校危机干预。学校危机干预涉及到多种任务和程序。学校危机干预工作的首要任务是如何预防学生和教师的生命安全，如师生意外事故造成的伤亡、疾病、自杀或交通事故等；也包括危急事件管理计划，如恐怖事件等。

第二项主要任务是开展危机应对的培训工作，包括危机后的事例讲解、周期性回顾、更新有关材料等。学校可以充分利用课程和特定的危机训练程序使师生能够预防有害的行为。例如，了解自己学校的建筑物，包括学校建筑物旁的车道、停车场等；了解学校所在的地区，包括地区性的自然灾害、化学事故以及主要的交通路线和设施；使缓和与预防工作成为整个区域、社区和学校共同的工作；形成有序的学校安全计划以及可靠的安全措施。

第三项主要任务是建立有效的通讯网络。有效的通信能够使危机状态快速地恢复平衡，缺乏通讯沟通往往会使危机状态进一步恶化。通讯网络主要包括：学校与学校之间，学校与各级相关职能部门之间、家长与社区以及与媒体之间的沟通。

学校危机管理和干预的对象主要涉及到两类：学校组织和学校成员。对学校组织危机的干预可以参看丛书中的有关章节，这里主要说明学校成员作为干预对象的部分。通常认为,学校危机干预的重点对象应包括以下：

（1）遭遇突发事件而出现心理或行为异常的学生。

（2）患有严重心理疾病的学生。

（3）既往有自杀未遂史或家族中有自杀者的学生。

（4）身体患有严重疾病、个人很痛苦、治疗周期长的学生。

（5）学习压力过大、学习困难而出现心理异常的学生。

（6）个人感情受挫后出现心理或行为异常的学生。

（7）人际关系失调后出现心理或行为异常的学生。

（8）性格过于内向、孤僻、缺乏社会支持的学生。

（9）严重环境适应不良导致心理或行为异常的学生。

（10）家境贫困、经济负担重、深感自卑的学生。

（11）由于身边的同学出现个体危机状况而受到影响，产生恐慌、担心、焦虑、困扰的学生。

（12）其他有情绪困扰、行为异常的学生。

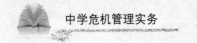
尤其要关注同时具有上述多种特征的学生，其危险程度可能更大，应成为学校危机干预的重点对象。

五、学校危机管理需要动员全社会的力量

凡事预则立，不预则废。反应迅速、调控灵活的学校危机管理体系一旦建立和完善起来，就能遇变不惊，处之泰然。但是，这样一种危机管理和干预体系依靠学校的单一力量是难以解决的，必须依托政府力量、动员社会的合力，实现各种可能的教育援助。

学校危机问题的研究和学校危机管理工作的开展，应整合学校、家庭、社区以及政府各相关职能部门的力量，建构教育援助和支持平台，预构学校危机应急预案，从源头、过程、机制、后果处理等全方位、多角度、系统化地提升各级学校预防、应对和有效处理各种危机的能力。其中，一些十分重要的建议和措施如下：

第一，建立重在预防的学校危机管理和干预指挥体系。确立中枢指挥系统和联合系统。针对各级学校可能发生的不测事件，应在总结经验和吸取相关预防研究成果的基础上，制定出应对措施和计划，并使之制度化。对于一些较容易定性的主要灾难事件，如地震、火灾、大规模食物中毒、爆炸、恐吓、室外活动中的意外伤害等，更应制定具体的应对预案。

第二，建立基于多部门联合的"学校危机干预网络平台"。在引进和整合国内外相关技术和教育理念的基础上，健全学校和当地公安机关、家长、社区的"学生安全联防制度"，完善学校周边的报警点和报警程序。加强学校周边环境综合治理，改善学校周边治安状况。针对幼儿园直至大学校园建立起一个联动社会相关部门的危机干预网络和应对机制。其中，危机干预机制一方面将通过各种措施把家庭、学校、社区以及公安部门整合成一个高效率的安全防范网，另一方面将其转化为课程对教师和学生进行安全教育。

第三，以学校组织为核心建立"学校危机分层分类监控体系"：在教育局、各级学校、社区甚至特定的家庭中，逐步完善危机监测和监控体系。

第四，建立"学校危机预警系统"。学校对可能发生的种种灾难事件，应在总结经验教训和吸取相关预防研究成果的基础上，制定有关校园危机的政策与规定，建立危机的预警系统，拟订危机防范计划，进行危机训练，学校要加强对教师的责任心、使命感的教育与培养，教师对学生要严格施教、大胆管理。

第五，在整体社会范围内将"日常防灾训练制度化"。日常状态下，不但要有一整套完善的预案和机制，还要进行日常的训练。学校应定期检查预防措施和查堵漏洞，应实施全校性的防灾训练演习，应根据学校特点采取更加安全的防护措施等。在处于特殊社区内的学校，最好雇用专业保安，提高学校安全防护系数。

第六，充分依托网络建立起"学校危机干预社会支持系统"。当危机事件来临时，能够迅速动员全社会的力量做好危机应对和善后工作，起到快速恢复秩序、稳定学校和社会的作用。

总之，学校危机问题的研究和学校危机管理工作的完善，是当前我国学校教育领域一项十分紧迫的任务，面临的问题错综复杂、牵涉面广泛、工作量巨大、任务困难艰巨，但是我们必须打赢这场硬仗。因为这既涉及到学校教育的根本使命，也是和谐社会建设的一项重要工作。

全套丛书共计五本，即：《幼儿园危机管理实务》《小学危机管理实务》《中学危机管理实务》《高校危机管理实务》《教育行政部门危机管理实务》。尽管探讨的主题有所差异，但是全套丛书均力图聚焦于如下几个主要方面：学校危机各种类型与成因的分析；探讨学校危机的预防、应对、恢复的全程管理机制；创设全员参与、责任分级的学校危机应对与预防机制；探询学校师生的危机意识培养和危机管理教育模式；研究学校危机管理过程中的有效沟通问题；明晰危机事件中学校与管理者、教师的法律责任；评析学校危机管理案例等。

丛书的编写既是一项必须依托于他人前期各种研究成果的工作，也是一项集体科研的共同任务。在这里，首先感谢被引用或被参考了文献的却未被署名的研究者们，其次至诚感谢各位单册主编和参与编写者的辛勤劳动，第三要特别感谢日本全国共同利用设施机构"学校精神支持中心"的藤田大辅教授、大阪教育大学的小山健藏教授和华东师范大学的陆有铨教授，他们的智慧和辛勤劳动为丛书增色很多。

尤其需要特别感谢的是中国轻工业出版社的石铁总策划和翁婷婷编辑，他们对学校危机管理问题的高度敏感体现了一种强烈的教育使命感和宝贵的职业精神，他们对编辑工作高度负责的敬业精神常常使我汗颜，但也正是这样的精神始终在感染并激励着丛书的编写者们。

希望本套丛书能够为一线的学校管理者和教师提供有益的借鉴和启示，能够在实际工作中体现将思想转化为行动，让我们的学校变得更安全，让我们的学生的安全感更强，让我们的家长对学校更放心。这是我们撰写本套丛书最大的心愿。书中难免有不周之处，请方家批评指正！

马和民

2008 年 11 月 25 日

于华东师范大学

目 录

第一章

危险与转机：
当代中学急需关注的话题

危机不仅存在于军事领域，例如领土的安全威胁；不仅存在于一般企业中，例如企业面临的生存危机；也不仅存在于公共卫生领域，例如SARS对人类健康的威胁。日常观念中最安全最稳定的学校，其实也存在各种危机：

2006年9月，河南某一年仅13岁的女中学生从17层楼跳下，当场死亡；

2006年9月，湖南省某中学一位历史教师不仅在课堂上用钢筋殴打学生，还亲手把这名学生从四楼扔了下去；

2007年3月，广东清新县某中学开学一个多月，仍然有近150名学生尚未回校注册，流失率达15%；

2007年4月，某著名高校附属中学发生食物中毒事件，20余名学生被送到医院救治；

2008年5月12日，四川汶川发生了8级大地震，多所学校的教学楼瞬间倒塌，众多师生被埋在了废墟之下。

……

无论身在何处，我们都能通过阅读报纸、浏览网络或者是收看电视等方式，了解到各类与中学有关的重大事件。无疑，这些频频发生的触目惊心的事件，损害了学校师生员工的利益、威胁着中学的生存和可持续发展，让"中学危机"成为不容忽视的问题。如何全面认识中学危机、有效管理中学危机，是摆在管理者面前的一

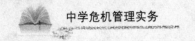

个紧迫课题。

第一节　中学危机概述

任何问题的解决都应当从对问题的清晰认识开始。中学危机管理也一样，全面认识中学危机的含义、原因和危害，是进行中学危机管理的前提。

一、中学危机之"义"

危机管理已然成为诸多领域中理论和实践的重要课题。然而，中学作为一个特殊的社会组织，其中存在的危机却很少得到关注，理论界鲜有专门论述，实践中也很少将其作为专门的管理任务加以关注。因此在探讨危机管理之前，对中学危机相关理论问题作一概览十分必要。

（一）中学危机的概念

什么是中学危机？从系统的观点来看，学校是一个有机的教育组织，其正常运行需要内外环境各要素的相互协调和支持，以确保学校组织及其成员的利益不受到损害。如果学校系统及其成员的相关利益受到严重损害，那就意味着学校面临危机。从这个意义上，本书把中学危机做了如下定义：

中学危机，是指发生在中学校园内或与中学有关，由中学内外因素引起的，干扰中学正常运行的，严重损害或可能严重损害中学组织功能及成员利益的突发事件、意外事故或演变趋向。

上述理解可以进一步理解为以下两点：

（1）**中学危机事件**：指发生在中学校园内或与中学有关，由中学内外因素引起的，干扰中学正常运行的，严重损害中学组织功能及成员利益的突发事件、意外事故。

（2）**中学危机状态**：指发生在中学校园内或与中学有关，由中学内外因素引起的，可能严重损害中学组织功能及成员利益的演变趋向。

狭义的中学危机仅指前者，主要包括日常所说的"意外事故"和自然灾害、传染病流行等突发事件。广义的中学危机，既包括前者也包括后者，也就是说中学危机是一种极其严重的复杂困境。当中学面临危机时，管理者将不仅需要对危机事件进行管理，而且还需对危机状态进行调控以免酿成危机事件，因此本书采用广义的中学危机概念。

（二）相关概念的辨析

要进一步理解中学危机，还需对以下相似概念作一区别。

1. 中学危机≠中学安全事故

一谈到中学危机，很多人自然而然地会联想到一系列在中学发生的安全事故，而将二者等同，其实不然。安全事故主要是指发生在校园内，或与学校相关的活动场所，对教师、学生可能带来的人身伤害（亡）事故和对学校、师生员工的财物损坏事故。中学发生的安全事故，仅仅是较为凸显的导致中学发生危机的因素之一，当然，也是较为关键的因素之一。除此之外，发生在中学管理工作中的矛盾、冲突，以及始料不及的外界突发事件影响、自然灾害等，都可能导致中学危机的发生。

目前中学管理中，"安全第一"的提法非常普遍，这种管理意识关注到了安全对中学生发展以及中学生存的重要性。然而，仅仅关注安全事故是不够的，在当代社会激烈竞争的背景下，要确保中学的可持续发展，必须将"安全第一"的狭窄观念扩展到"防范危机"的层面。树立全校员工的危机意识是中学管理面临的新任务。

2. 中学危机≠中学突发事件

突发事件是指突然发生、造成严重危害、需要采取应急处置措施予以应对的自然灾害、公共卫生事件和校园安全事件等。突发事件强调事件发生时间出乎意料，而且有一定的偶然性。

中学突发事件数量种类繁多，但并不是每一个突然发生的事件都会构成中学危机。只有那些对中学组织利益构成严重损害的突发事件，才有可能引发中学危机。因此，突发事件与危机是交叉关系。从危机形成的角度来看，危机的发生有一个过程，而突发事件有时是引发危机的导火索，有时则是潜伏的危机状态最后的爆发阶段；从危机的预防和控制角度来看，危机的应对包括预防制度的建立、日常管理计划的拟定、危机管理小组的成立、全员参与体系的构建等一整套体系，但一般突发事件的应对却仅仅涵盖了事件发生后的应急和恢复机制。

（三）中学危机的类型

要全面认识中学危机，除了对中学危机的内涵进行辨析外，还需要从外延方面了解危机在中学的现实表现和危机类型。根据不同的角度，中学危机可以划分为不同的类型，以下是较为常见的三种分类：

1. 人为因素危机和非人为因素危机

根据形成原因可以把危机分为人为因素危机（即日常所说的"人祸"）和非人为因素危机（即日常所说的"天灾"），前者如教育不当、管理不善、校园暴力、自我伤害等原因造成的危机；后者如自然灾害、传染病、适龄学生减少等导致的危机。这种分类可以明确危机发生的根源，但是有时有些学校危机并不是由单一的原因引起，而是综合因素的结果，如中学的资源危机，其原因就很难归结为人为因素还是非人为因素。

2. 显性危机和潜在危机

根据表现形式可以把危机分为显性危机和潜伏危机，前者一般极为急迫，危害较为直接和明显，需要管理者在极短时间内做出决策，多为一些紧急事件，如中学生群架斗殴、食物中毒、自杀行为等；后者一般潜伏在学校组织内，危害暂时不太明显，这些危机多半掩盖在中学巨大的升学压力下，多为学生或学校内部的一些失衡状态，不易为管理者察觉或知晓，如中学学生情感困惑与冲突、厌学逃学、网络成瘾、教师流失等。这种分类有利于我们更加关注到那些潜伏的危机，以便将危机消灭在危害到来之前，但我们无法穷尽潜伏危机和显性危机都有哪些。

3. 个体危机和组织危机

根据危机威胁的对象可以把危机分为个体危机和组织危机。直接损害到个人利益的危机称为个体危机，也就是学校成员的危机，如中学生危机、中学教师危机，这些危机会通过校园欺负、交通事故、师生冲突等具体方式表现出来。直接损害到学校组织利益的称为组织危机，一般为学校的生存发展危机，如中学教师／学生流失危机、中学教育功能失调危机、学校整体形象声誉危机、对外交往与沟通危机等。这种分类也有缺点，如不能涵盖所有的危机，而且有的危机既威胁到个人也威胁到学校整体的利益，如自然灾害、传染病等。

本书采用第三种分类方法，其目的主要在于强调，危机发生后，我们要关注的不是危机本身，而是危机所涉及的对象。不少危机管理者面对危机时往往花费大量时间在分析危机的原因等问题上，贻误了危机的最佳转化时机，使危机后的损失更加严重。面对危机，中学管理者如果能采用整体的思维，以人为本，既关心生活于中学的师生员工的利益，也关心学校整体发展的长远利益，那么危机带给中学的损失则有可能降到最低。

因此，关注中学的危机，实际上是关注一个组织的危机，既关心单个成员又关心组织整体才是恰当的思路。

（四）中学危机的特点

需要指出的是，"中学危机"并不是"中学"和"危机"的简单叠加，它具有自身的特点。

1. 破坏性

定义中指出的"严重损害"，是强调危机之"危"，危机具有破坏性，危机的发生必然给中学带来各种损害。危机造成的破坏可能是有形的，也可能是无形的。对于学校而言，危机爆发之后，不仅会破坏学校当前正常的工作、教学秩序，而且会破坏学校可持续发展的基础，危机会造成教学设备、房屋建筑等学校财物的损失，资金的流失，甚至导致人员的伤亡，危机还会损害学校形象以及信誉等。因此它需要决策者在短时间内做出决策，降低损害和转化危机。

2. 持续性

学校危机的持续性表现在两个方面，一方面是危机事件或状态的持续性，即尽管危机常常表现为突发事件，但整个危机事件或状态往往是一个动态的连续过程，通常会持续很长时间；另一方面，危机的影响具有持续性，尽管危机事件或状态已经消除，但由危机事件和危机状态所产生的隐性的影响（如心理伤害、声誉影响等）仍然会持续很长时间。

3. 多元性

危机界定中所指的"利益"也不能仅仅理解为好处，它是一个广义的概念，指学校组织及其成员的各种需要以及能够满足这些需要的外在条件。对于学校成员个体来说，利益包括物质利益、精神利益（如学生的发展可能性等），也包括生命本身；对于学校组织整体来说，利益指学校生存和可持续发展的各种条件，如人财物、时间、空间、信息、形象、声誉等。这体现了危机的多元性特征。

4. 传播性

中学危机的传播性是指一个危机事件经常会导致另一个危机事件的发生，甚至还可能从一个学校传递和扩散到其他许多学校。这就是说，一方面，一个已发生的危机事件，既是"前因之果"，也是"后果之因"，它就像一粒石子投进水中引起阵阵涟漪一样，对内对外都会产生一系列的影响，甚至初始的小危机也会引发另一场更大的危机；另一方面，学校危机还会不断传播，它可能像传染性疾病一样，向四周扩散，从一个部门传递到另一个部门，从一所学校扩散到另一所学校，从一个组织波及到另一个组织。因此不能把中学危机限定为"中学校园内发生的危机"，每个中学也不能仅关心自己学校内发生的危机。

5. 主客体性

"中学内外因素"既包括人为的因素，也包括非人为的因素，但从管理的角度则更多地侧重于探讨人为因素。因为，中学师生既是引发危机的可能主体，更是危

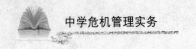

机危害所涉及的客体。

6. 突发性

由于危机发生前的量变过程不为人们所注意，待到危机发生时，事物原有的发展格局突然被打乱，使人感觉非常突然。同时，危机中的混乱局面使人们既得利益丧失或可能丧失，人们面临一个全新的、不熟悉的环境，会有一种强烈的希望回到原来状态的心理，从而更加感觉到危机是突发性的。

7. 潜伏性

大多数危机都有一个从量变到质变的过程。潜伏性是指导致危机发生的各种诱因会逐渐积累，危机并没有真正发生，但却表现出一些征兆，预示着危机即将来临。有些危机的征兆较为明显，有些则不十分明显，让人难以识别和判断。在学校运转顺利的情况下，管理层很容易忽视已经出现的各种危机征兆。危机的潜伏性给危机管理的预防、预警留下了空间和可能。

8. 可转化性

所谓"可能"强调的是"机"，也就是说危机不仅会带来危险、损失，也可能带来转机和机遇。"可能"，是对事情发生或发展的一种推测，这就意味着中学管理者面对危机并不是无计可施，而是可以采取积极措施加以干预。危机在给学校带来损失的同时也带来了建设的契机，对危机的成功转化会使得中学经受住考验，向更加健康的方向发展。危机这种危害性和建设性并存的特点也提醒我们在看待学校危机时不能只看到消极的一面，而是要积极向建设性的方向去转化。

二、中学危机之"因"

从上文分析可以看出，中学危机是中学组织复杂状态的一种特殊表现，更是内外环境交互作用的结果。只有当我们把中学看做一个整体时，才能更加清晰地认识中学危机的含义，并意识到中学危机存在的客观性和普遍性。事实上，社会的转型加速了教育的转型，也改变了中学的生存处境，中学危机的发生有其宏观的社会背景。

（一）社会加速转型

学校并不是也不可能孤立存在，它必须与外部进行互动以获得自身发展所需要的资源。外部环境是学校组织生存的条件，学校生存环境的变化会随外部环境的变化而变化。

1. 社会体制不完善

今天中国社会最大的特点就是政治、经济、文化等处于转型中，时代快速变迁，社会日趋多元，而规范体制的建立却相对滞后，这些特点给学校生存带来了不可预知的前景。中学组织及其成员面临的困境增加，成员矛盾冲突不断，组织发展困难重重；社会转型时期，国家政策法律还不完善，中等教育又必然面对市场竞争，各类学校开始为争夺资源而战；社会文化观念多元混变，知识获取渠道多元化，家庭学校、网络学校、非学校化社会兴起，正规的学校教育已经失去了知识的垄断地位，对自身重新定位迫在眉睫。

2. 教育资源配置机制不合理

相当一段时间以来，中学（特别是初级中学）学生、教师和办学经费等办学需要的全部资源由国家统一配置。进入转型时期以后，国家逐步放权，给予地方中学办学自主权的同时，也把资源配置的权力交给了地方。可是，地方财政的能力却随社会转型而转移到上级政府。基层政府的财政能力越来越弱。特别是一些农村的乡镇，负债累累。现在已经有一部分县级政府没有能力支付公务员和教师的工资。

在政府资源配置机制发生变化的时代，如果国家对教育的投入严重不足，薄弱中学的资源将更加紧张。而且，"我国的教育体系对城市和农村的教育投入是存在差异的，在普通中学人均教育总投入方面，城市是农村的 1.99 倍，在中小学中人均国家财政性教育经费支出方面，城市约为农村的 1.5 倍，在预算内教育经费支出方面，城市约为农村的 1.3 倍；另外，在固定资产占有量方面，城镇普通中学生是农村的 2.9 倍；在校舍建设方面，城镇普通中学人均校舍面积为 7.55 平方米，而农村只有 5.34 平方米。"（李兰、景宏军，2006）因此，农村中学的生存发展危机更为突出。

（二）教育逐步转型

1. 竞争机制的引入

公立学校曾占据一统地位，具有绝对的优势。然而市场的进入正在改变这一格局，全社会的教育资源正在重新分配。就全国而言，公办学校、民办学校和独立学院在教育市场中三分天下，形成了一种新的学校竞争格局。在中学，尽管我国"公""民"办教育之间仍存在着诸如学生收费、教师职称评聘等诸多政策的不公平，但主要办学资源竞争已经不可避免，而且竞争日益激烈。

这只是问题的一方面，另一方面，市场竞争机制还不完善，不正当竞争正在恶化教育竞争的环境。特别是《民办教育促进法》颁布以来，民间资本进入教育领域，民办中学再次兴办起来，这部分弥补了中学办学资源紧张的状况，适龄儿童有了更多的入学机会；但也强化了各类中学间生源和师资的竞争，资源在重新积聚到少数优质中学中，使得更多的普通中学的办学风险日益增加，很多原本薄弱的学校更是面临着巨大的资源短缺之危险，生存危机由此而来。不正当的竞争环境使得地方校际竞争日趋激烈并出现异化现象，导致各类中学"关停并转率"不断提高。新的民办学校不断涌现的同时，开办才几年的民办学校也在停办、合并、转制，公立学校的生存处境也随之发生了巨大的变化。

2. 中学内部各要素的变化

中学处于初等学校和高等学校中间，不能不受到它们的影响。中学自身也处于不断的发展与变革中，传承和创新、适应和超越的困扰相伴而生；在从过去相对封闭走向今天相对开放的进程中，中学承担的社会责任和社会风险与日俱增，这也是中学功能失调的一大因素。

中学生个性的差异、情感冲突和中学升学竞争的异化很容易使学生之间产生矛盾。同学之间一旦发生矛盾，他们多以自我为主的方式解决。有时感性冲动容易代替理性节制。他们充满热情，但是常常会表现得有些偏激，往往把坚定与执拗、勇敢与蛮干混同起来。因而，中学生之间发生的冲突，具有更强的攻击性，例如打架、斗殴等。而且很小的摩擦极有可能迅速升级，演化为较大的事件。公安部提供的数据显示，这种伤害事件的后果也较为严重："从 2005 年到 2006 上半年，公安部治安局共接报涉及中小学生安全的各类案件 200 起，其中因学生间矛盾引发的伤害案件达 27 起，共造成 23 人死亡。"（王友文，2006）

特别是中学生处于青春发育期，生理上的一系列变化也会引起情感上的变化，其冲动性往往成为许多危机事件的导火索。而中学生成长阶段闭锁性的特点，使教师和学校管理者越发难以全面了解学生的真实想法，有时甚至直到矛盾完全爆发才会被看到。这无疑加剧了危机识别和管理的难度。

（三）被忽视的中学危机问题

如果说，以上所述社会转型、教育转型带来的宏观环境变化是中学危机的客观诱因，那么，体制环境和整体危机意识的问题，则属于中学危机的主观诱因，这使得中学的危机处于为人忽视的境地。

1. 升学压力的掩盖

尽管在过去的几年中，我国的高校经历了迅速的扩招过程，高等教育已经告别了精英教育的培养模式而转向大众化教育发展，但是优质高等教育资源的稀缺使得

"高考"仍然是决定人一生命运的一道"坎"。由于中学直接面临着高考，无论是中学的学校领导、教师，还是中学生都把升学看做是自己的首要目标。中学生早恋、小团体帮派斗殴等问题均被"学习"这个主题所掩盖。

还有很多所谓的"问题"中学生，他们之所以走到危险边缘，其中的一个共性就是学习成绩不够理想，认为自己得不到足够的重视和关怀。他们在升学考试的巨大压力下常常采用攻击、逃避（如网络成瘾）等破坏性的方式来建构自己生活的意义，而这既是危机的表现也是引发更大危机的诱因。

2. 学校危机管理体制的缺乏

长期以来，我国的危机管理主要针对于战争和政治领域，教育领域一直习惯于常态管理和常规决策，危机管理还没有提上议事日程。人们在观念上往往认为校园危机不是经常发生，是偶然的，甚至只会在媒体中见到，并不会真正发生在自己身边。一旦校园危机发生，只是依靠经验和个案来应对，没有合理有效的应对机制和应急预案。把危机看做一种非常态，危机平息即意味着危机结束，往往会付出高昂的代价甚至人的生命。多数校园危机应对还是停留在补救阶段，预防性的危机干预机制还远没有普及。

社会总体上缺乏必要的危机防范机制，以及对发生了危机的学校的保护机制。中学危机管理主体缺乏、责任不明、程序不完善等问题，大大加剧了中学危机的危害程度。

3. 危机意识淡薄

学校危机管理体制缺乏与危机意识淡薄密不可分。危机意识淡薄的原因之一是管理者惯性的认为，学校吃国家的大锅饭，只要国家还在，学校就还在，学校依附国家的心理较为严重。原因之二就是人们往往存在侥幸心理，认为"即使存在危机，我也不会这么倒霉"，危机离我很遥远。原因之三还可能在于危机管理的成本过于巨大，中学太过复杂，我们无法预知危机什么时候来临，更不知道明天会发生什么，整天提心吊胆造成的损失可能比危机真正来临时候的损失还大，或者很多危机根本不是中学所能够控制的。当然，还有少数的管理者根本无法或不想获知危机全程管理的知识或经验，因此得过且过。正是因为这样，必要的理性危机意识的缺乏，使很多本可以有效化解的危机酿成了更巨大的惨剧。

三、中学危机之"危"

不论是因为何种原因引发的危机，都将给学校带来人财物某方面的损失，包括有形利益损害和无形利益损害。有形利益损害，是指明确可见的损害，也称"客观性损害"或"外显性损害"，一般可用人员伤亡、财产损失等方式进行统计。

无形利益损害也称"主观性损害"或"内隐性损害"，就是指危机带来的潜在的实际存在但不易见的影响。例如学校危机导致的精神打击、权利丧失、学校声誉丧失或教育环境恶化等。

如果把中学看做一个整体，那么中学危机对学校的利益损害一般通过以下三方面表现出来。

（一）对学校内部人和事的影响

1. 对学校成员个体的影响

各种偶发事件如果不能有效的加以控制，留给师生员工的将是巨大的心理阴影，甚至是恐惧和不安。特别是中学生心理脆弱，承受灾害能力差，偶发事件的随机性和不确定性很可能造成心灵伤害。如学生和教师的自杀，给学校带来的是一种悲凉的气息，整个学校很可能有一长段时间笼罩在恐怖的气氛中。如果没有妥善处理学校的危机，还可能引发中学生对学校的不满情绪。这种不满情绪在语言上表达出来，很可能诋毁学校，影响学校的声誉；在行动上表现出来，也可能引发违规违法事件，给学校带来新的危机。

2. 对学校管理者的影响

因管理不善造成的危机事件，学校管理主体须承担相应的管理责任。包括要对人身损伤或财物损失负责任，如直接或间接的法律责任、经济责任及道德责任等。这可能影响到管理者的升迁、加薪机会，甚至丧失原来的职位，严重的还可能要担负一定的刑事责任。

（二）对学校外部人和事的影响

站到学校外部来看，危机带来的利益损害表现为学校本身社会形象和声誉的损失，以及学校危机对校外相关人和事的影响。学校危机事件会引起人们的关注，引发家长对学校安全的怀疑，不恰当的评价和传言更会损害学校的声誉。学校安全管理失控，其影响的将不仅仅是学校的生存，还将影响更多人的生活习惯和方式。有人总结指出，校园暴力等安全危机除了影响学校的整体利益外，还影响到周边人们的生活："我们因为害怕受到伤害而倾向于避开城市的某些区域，我们因担心被劫持而车门紧锁，我们因恐惧孩子受到伤害而不让他们到当地的公园嬉戏。"因此，人与人之间的交往和沟通可能因为警惕而减少，矛盾和隔阂随之而生，冲突和危机不可避免。这些很可能渗透到学校，构成学校危机新的隐患。

（三）对学校整体的影响

大规模的自然灾害或校园暴力等危机事件的突发性、破坏性和持续性，必然会带来学校管理工作的混乱，影响学校正常的教育教学以及生活秩序。校园环境的安全（包括硬件和软件）问题，正在构成中学安全的巨大隐患。如学生使用电脑触电，有的学校就减少学生操作电脑的机会；体育课、实验课较容易出现安全问题，有的学校就取消一些安全系数不高的教学计划。这样因噎废食的情况非常普遍，有时甚至严重影响正常教学的进行。危机的发生还将影响学校师生的关系，引发各种矛盾和冲突，教师和学生如果带着恐惧或者不良心态上课，必然会影响教学氛围并进而降低教学质量。还可能因此产生新的矛盾和冲突，影响学校教育功能的发挥。

学生流失极可能引起连锁反应。对公立学校来说，没有学生就没有政府拨款，对于民办学校来说，没有学生更是没有了经济的来源。这是显而易见的。在现行教育评价制度下，没有优秀生源，学校发展就没有了支撑，大量学生的离去，教师教和学生学的积极性都会受到损伤，进而影响学校教育的质量。这反过来会进一步加剧学生流失危机。而且这还将导致，省里抢夺市里的生源，市里抢夺县城的生源，县城则去抢夺乡镇的优秀生源。薄弱学校，经费本来就少的学校面临更大的危机，学生的减少还直接导致校舍、教室、教师的多余，如何提高学生流失后学校现有资源的利用效率，如何安排多余的教师，也成为学生流失学校的新问题。即使是优质中学也必须在生源抢夺战中耗费本来可以用来改善本校教学质量或教职工待遇的巨大资金，消耗战必然使学校内部师生员工的利益受到损失，学校规模的盲目扩大又将增加管理的成本，埋下新的危机隐患。

实际上，有形利益损害有些尽管触目惊心但并不可怕，毕竟我们知道损失多少，到哪里是个底线。这些损失的量是显而易见的，可以有效的采取措施来弥补。无形损失却因看不见而被忽视。但它们确实存在于我们周围，叫人难以预防及补救，某些危机事件造成的危害甚至会影响人的一生。因此，无形损失虽然不容易发现，但是影响深远。

第二节 中学危机的表现

近年来，中学危机更加突出，特别是中学校园危机事件频繁发生，这严重地损害了中学校园内教师和学生的利益，加剧了人们对中学校园安全的担忧。为有效地管理中学危机，我们需要从微观上进一步认识：中学危机到底有哪些具体的表现。

第一节已经指出，根据危机涉及的对象，我们可以把中学危机分为：中学组织个体危机和中学组织整体危机。这里需要进一步指出的是，我们根据危机诱因又可把中学组织个体危机分为人为因素危机和非人为因素危机。由于学校中最主要的行为主体包括学生和教师两类，所以人为因素又可以分为因学生因素引发的危机和因教师因素引发的危机。前者包括学生的不良行为（如自杀自伤、校园欺负、逃学、网瘾等）引发的危机；后者主要指教师因素在引发过程中发挥主导作用的危机事件和状态（如师生冲突、教学危机、班主任危机等）。非人为因素危机指的是外在因素对人构成伤害而引发的危机事件或状态，它一方面强调诱因是外在的（如食物中毒、传染病、自然灾害等），另一方面也强调对人的身心构成的伤害（如校园意外伤害、交通事故）。非人为因素并不意味着和人毫无关系，事实上，很多非人为因素都或多或少包含有人为的因素。由于学校的培养对象是学生，所以非人为因素伤害的主要对象是学生，尤以对学生的身体伤害为主，所以这部分内容放在了因中学生不良行为引发的学校危机之后详细阐述。

中学组织危机主要包括资源危机和功能危机：资源是中学组织生存的条件，而教师、学生、财产构成了一所学校的核心资源，其中任何一部分的流失都会对学校带来巨大的伤害，使学校难以实现可持续发展；学校功能的正常发挥，核心在于把学校组织看做一个整体，这个整体的协调运作需要处理好各个方面的关系，实现组织内部和组织之间的顺畅沟通，这便是学校的公共关系。

一、中学组织个体危机

中学组织个体危机出现频率极高，表现形式也各不相同，从日常的欺负行为，到较为严重的自杀自伤现象，还包括自然灾害等非人为因素引发的危机，都需要引起人们的关注。

（一）自杀行为不容忽视

中学生自杀已经不再是某个中学的个别现象，而成为中学具有一定普遍性的问题。例如，2005 年 4 月 30 日，北京延庆县一中高三学生郭某因害怕考不上大学被父亲责骂，在学校扎死一名同学后自杀；6 月 13 日，中考前一天，广州某中学初三女生阿珊，忽然觉得"活着没意思"，在家里喝药自杀；6 月 27 日，合肥市一名高三女生因高考成绩不理想，跳河自杀……

江苏省疾病控制中心曾对省内 5169 名中学生抽样调查，做了一份"江苏省青少年健康危险行为调查"的报告。其中关于自杀、情绪障碍等危险行为的调查显示：一年内，有38.3%的中学生有过两个星期或以上时间感觉生活悲伤，存在着消极情绪。男生的消极情绪发生率为37.0%，女生的消极情绪发生率为39.8%。高中明显高于初中，女生高于男生。有15.4%的中学生考虑过自杀，有1.6%的中学生自杀过；有17.3%的中学生考虑过离家出走，有3.6%的中学生出走过。可见，如今发生在未成年的中学生身上的自杀现象已经不再是极为个别的现象。自杀意味着一个人对自己生命的彻底否认，自杀行为的增多和低龄化对中学的安全提出了更加严峻的考验。

问题还在于，自我伤害乃至自杀行为不仅发生在中学生群体之间，近年来教师群体自我伤害乃至自杀的现象也屡见不鲜。例如2004年6月浙江宁波某中学副校长跳崖自杀。2005年9月的一天，哈尔滨市呼兰区二八镇中学青年教师张健跳楼自杀。2006年7月刚从四川师范大学毕业、以优秀毕业生身份应聘到重庆市重点中学——石柱县中学任教的22岁女教师马某，上班3个月后于2006年11月27日在宿舍上吊自杀。2006年5月10日，浙江嘉兴平湖一位初中英语教师周君在杭州割喉自杀，年仅33岁。

（二）校园欺负层出不穷

校园欺负虽不是近几年来才出现的，但却在近几年不断升级，欺负数量不断增多，欺负形式也更加多样。一方面，由于中学生这一群体所具有的独特特征，处于这一年龄段的学生常常会难以控制自己的情绪或行为，他们更容易模仿电影和电视中的暴力形象，挑战教师和学校的权威，从而导致危机事件。如2005年9月15日，北京昌平卫校和昌平金驼技校发生学生斗殴事件，金驼技校的10名学生拿着木棍来到昌平卫校，翻栏杆爬进卫校，与卫校学生在操场上相互追打，直到昌平公安分局派出数十位民警方才平息此事。

另一方面，新的欺负形式不断出现。在过去，校园欺负以直接的身体欺负为主，现在则出现了越来越多的间接欺负和言语欺负，随着电脑的逐渐普及和网络技术的迅速发展，网络欺负作为一种新的欺负形式也越来越明显。因为在网上受到言语攻击、嘲笑、骚扰而影响了正常的学习生活的中学生越来越多。

（三）校内冲突频繁发生

校园欺负、自我伤害是校园安全最直接的表现，其引发的各种突发事件是中学最明显的危机。除此之外，中学成员引发的危机，还有中学校内的各种冲突，最典型的是学生与学生之间的冲突和教师与学生之间的冲突。

中学生间的各种矛盾在一些寄宿制学校更为普遍，而且往往发生在宿舍，因为下课后是学生的自由时间，他们较少关注学习，更多的将时间和精力放到了同学的娱乐与交往上，这样就有了更多的时间相处，很多矛盾都因此而产生。同时，中学生间的各种问题更容易在学校和家长关注不到的场所暴露出来。

教师与学生的矛盾是学校的一种常见现象。在一定条件下是正常的，处理得好有利于师生关系的改进，处理不好则会引起师生冲突。一方面，中学生自律性较差，需要教师的看管和监督，但中学生又具有明显的逆反性格，往往不服从教师的管教。因此，对学生行为问题处理不当很可能会引发师生之间的争端和冲突，甚至演化为学校危机。另一方面，教师教学方式以及班级管理方式经常难以兼顾学生的需求，因此师生之间摩擦不断。"面对矛盾，师生双方若没有采取协商、对话等合理、合法、平和的沟通手段，而采取过激的言辞、表情和行为等，则会使得师生矛盾激化和师生关系恶化，矛盾就会演变成冲突。对抗性的师生冲突扰乱了正常的教学秩序，伤害了师生的身心，从而影响学校教育功能的实现。"（丁静，2004）

（四）突发事件防不胜防

如果说以上校园欺负、自杀行为带来的损失是人为因素的直接结果，那么，校园环境的危机则是物的因素导致的危机。根据发生的场所，这类危机可以分为校外环境危机和校内环境危机。前者如自然灾害、交通事故、传染病等；后者如校舍倒塌、食物中毒等。这两类危机事件的发生一般极其偶然，发生时间又非常短暂，远在学校管理者意料之外，其破坏性和伤害性常常是防不胜防。由于其突然发生的特点，我们可以把它们统称为"突发性危机"。

学校安全问题也极容易引发学校危机，因此，应该从预防和化解学校危机的角度来应对学校安全问题。一般而言，有三种场所需要特别关注：

教学场所的安全，包括学校校舍、室内设施、室外教学场地等。其中危房直接威胁到师生员工的生命安全。

生活场所的安全，典型的威胁来自公共卫生引起的危机，如食物中毒等。从媒体的各类报道可以发现，近年来全国学校食物中毒事件频繁发生，而中学生食物中毒的危害性和发生率居于首位。

一些特殊场所的安全问题，包括物理／化学实验室、微机房、锅炉房、建筑工地等。这些可谓是"事故多发地"，却又不容易关注到。这类危机发生的原因除了硬件设施管理不到位之外，很多还与对某些学科的教学重视不够有关。在不少中学，电脑操作、物理／化学实验、体育等课程被认为是"杂课"，课时设置少、师资力量弱。在一些农村或边远地区，这些课变成了学生的娱乐时间，常常以自由活动为主，缺乏教师监管，容易产生一些安全问题，进而引发危机。

二、中学组织资源危机

中学组织资源危机是中学组织整体危机的一种表现形式。中学的正常运行需要一定的教师和学生、充足的财物和时空条件，如果出现学生流失、教师流失、资金不足、时空受限等问题，那么就会导致中学组织利益受损、内部失衡，无法维持生存和可持续发展。中学资源危机主要表现为办学资源的被分割。

（一）不良竞争导致的资源分割

如果政府和市场应有规范缺失，城乡二元教育对立、资源分配不公就会成为现实，现行中学有限的办学资源被多重分割的命运将不可避免。而且"蛋糕"还没有做大，中学校际间的师资生源等的"分割"行动早已开始，这造成了两个最明显的危机：

1. 教师非正常流动

一般来说，流动会带来生机，因为教师流出的同时学校又可补充新鲜的血液。老年教师退休，淘汰不称职的教师的同时可以招募到富于时代精神并有突出能力的青年教师，这些都有利于学校的整体发展。但现在的情况是，很多教师流动是中学不愿意看到的。许多普通学校成为了少数优质中学和重点中学的教师培训基地，是中青年教师的中转站，其中一部分常常在一个中学工作不到几年就流向了其他中学。

可能引发的结果，一是中学之间的恶性竞争，大量条件好的中学利用各种手段从别的中学挖人，导致师资队伍等过分臃肿，学校规模超常规扩大，"大象跳舞"，资源利用效率低，因而形成危机；二是条件差的中学无法留住人才，无论是公办中学还是私立中学都这样，教师从条件差的学校流向条件好的学校，薄弱中学雪上加霜。

2. 优秀生源流失

优秀生源的流失根源于择校现象的存在。而"不论在哪个国家和地区，允许择校产生的两个结果是一样的：满足了家长和学生的利益，满足了有能力的阶层重新瓜分教育资源的需要。同时，择校带给学校尤其是公立学校的生存压力和打击很大——直接破坏了政策保护下的稳定的生源市场份额。"（张东娇，2005）

各个中学之间围绕优秀学生抢夺的"战争"硝烟四起。2000年，黑龙江省穆棱市出现了该市第一个被挖走的初中生。2003 年，争夺战进入白热化阶段，穆棱一中被某名校一次性挖走了 50 多名学生。这对苦苦支撑的基层教育而言无异于釜底抽薪。2006 年 2 月，湖南邵东县振华学校以每名学生 5 万元的"天价"，从其他学校挖走数名高考尖子生。这种抢夺优秀学生的现象极其普遍，甚至较为贫困的学校也是如此。四川剑阁中学就是一个例子，为了从省级示范高中升级成"国家级示范高中"以留住生源，已负债 3000 万元。除了基本工资，学校连给教师承诺的 300 元／月的津贴都发不出来。但仍然不得不花高价与别的中学抢夺生源（傅剑锋，2006）。另据报道，贵州省贵阳市某中学实行"捆绑招生"的做法。小学入学时就要求家长签订协议去哪所中学就读，其目的也就是抢夺优秀生源。

（二）非竞争因素导致的资源分割

在生源方面，中学面临三种"拉力"，遭遇三重分割。

第一重分割是，人口本身的拉力，人口的变化影响学生入学的数量。适龄人口减少，人口在社会上无序迁移。这些都将导致学校的生源危机。中国计划生育政策所带来的出生率的降低直接导致了适龄学生的减少，从而学校班级规模缩小，直至学校减少。此外，城市化进程的加速和进城务工人员的增加使乡村中学生源不足，面临巨大危机。社会转型的背景使很多中学生得不到足够的关注，兼之其本身的青春期的特点，可能会引发厌学逃学和网瘾现象，加剧了因生源流失问题而导致的办学资源危机。

中学学生资源遭遇的第二重分割是，社会经济和科学发展的推动，使学生有更多的信息来源和更多的受教育途径，学校被替代的可能性也随之增加。现代传媒的发展使得年轻一代获得知识的渠道日益多样化。学校似乎已经不再是知识的发源地，学校也就不再具有知识教育的绝对权威。"随着大众传媒的传播速度日益迅捷、传播内容日益丰富、传播手段日益多样，其对学生的魅力更是有增无减。如果学生上学首先是在《义务教育法》的强制作用下，在家长的期待与督促下而发生的行为，那么学生享用大众传媒……则通常是主动的行为。学校与大众传媒相比，反而大众传媒成为了学生离不开的伙伴。"（吴康宁，1998）学校在学生生活中所占的比例越来越小，学校所传授的知识已经不再是学生学习的主要源泉。其根本原因也在于，"学校已经不是垄断知识、普及知识的核心机构，相对于各种媒体的信息量来说，学校所传递的知识简直可以说是微乎其微。况且，在急剧变动的社会中，各种知识的稳定性丧失了。哪些知识将来有价值，是谁都无法预测到的问题。这样，垄断知识并且作为传授这种知识的'教育制度'——学校——的优

先权，逐渐地丧失其正统性。"（王有升，2004）

中学学生资源遭遇的第三重分割是，社会财富以及职业结构变化影响到学生的出路，进而降低了学生在学校学习的积极性。关于中国的贫富差距，清华大学孙立平教授曾做出这样的分析："第一，贫富分化已经成为我们这个社会的严峻现实。第二，贫富分化开始定型为社会结构。第三，在社会定型化背景下，新的财富分配过程在开始。"（陈敏，2007）在这种情况下，经济资本对教育的影响越来越大，经济弱势群体的教育困境日益凸显，一些民工子弟学校面临的艰难办学处境即是明证。学生走完中国现行学校教育制度后能找到好工作的稳定性降低，大学毕业生的就业已经由国家分配转向市场选择，同时，学生毕业后就业的较量也并非完全是个人学识和能力的较量，上一辈的人际关系和家庭财富在就业方面也在发挥一定的作用，这也影响到了学生的求学动机。

于是，一方面，人们希望通过投资教育产生立竿见影的效果。是否送孩子接受学校教育、进入哪些学校接受教育更是摆在功利的天平上。但另一方面，随着高等教育的普及，"大学生是普通劳动者"的观念开始为公众所接受，学校教育开始贬值，社会底层希望通过学校教育改变自身命运的梦想也变得遥远起来。另外，家庭贫富的分化，也反映在中学生之间的贫富分化上。家庭经济状况成为同学间攀比的话题，同辈群体之间因家庭贫富差距而产生的心理不平衡开始加剧。这让中学教育陷入了无比尴尬的处境中，中学陷入了一个整体性的危机之中。

当然，除了以上"拉力"外，还有许多因素在影响着学校的生源，如大型学校或大型班级无法关注到每个学生，因而放松管理，出现"放羊"现象；兼之部分家长对子女教育重视不够，纵容他们在学校的失范行为等。这些也是引发学校危机的值得注意的因素。

社会对中学办学资源的分割还表现为教师的职业变动和学校办学经费的低效使用等。教师职业变动主要是指教师从中学系统内部流到学校系统外部，例如教师考研考公务员、下海经商、离职跳槽等情况。学校有限办学经费的低效使用，例如中学为了参与竞争而盲目扩大规模，学生减少后学校留下许多废弃的空楼。

三、中学组织功能危机

社会转型中诸多混乱的状态使学校发挥自己的主要职能时陷入了极其被动的局面，人们却无视现实社会背景，将过多的责任归于学校，从而引发学校功能危机。中学学校功能失调主要表现在以下方面：

（一）学校教育职能削弱

学校之所以存在，乃是因为学校能够有计划、有组织、高效的履行教育职能。除了文化知识的传承外，教学生"与人为善"也是学校固有的职能。然而当下，中学在应试的轨道上行进的压力十分巨大，同时安全管理的压力也十分沉重，因而，中学应有的教育职能日渐削弱甚至失衡，特别是道德教育。湖北武汉市教科所曾对全市2000余名中学生进行了一次问卷调查，结果显示，68％的学生认为读书是为了成为"大款""大腕"，他们认为没有金钱是万万不能的。其中13％的学生竟然表示只要有钱，干什么都行！接受调查的学生中，有306名学生认为生存才是第一需要，道德完善是以后的事，占14％；有447人认为，现实社会无道德可言，"钱""权"是最重要的，占21％；有相当一部分学生认为目前唯有"高考"是一块"净土"，只有下决心走好这条路，将来才能成为"大款""大腕"。

同时，学校教育本身也出现功利化倾向，削弱了教育的实际效果，高收费乱收费很可能使得学校教育扭曲为一种商业活动，本不应该腐败的中学净土也将不断受到污染。这会直接助长中学生消费之风的盛行，穿名牌摆阔等拜金主义倾向出现在校园中也将不再是一件奇怪的事情。物质至上、道德衰弱、精神空虚也是学校危机的一种巨大隐患。这将导致学生相互间无法进行正常的交往，产生不正当竞争的现象，学校面对的是"5+2=0"式的教育危机。

（二）中学分层功能失衡

学校是实现社会流动和分层的一种手段，各级学校教育是促进人向更高阶层流动的阶梯。而中学教育是其中关键的一环，中高考的成绩决定了学生的流向，所接受的高等教育状况直接决定了学生所处的社会阶层。"升学无望和就业无望"很可能就会引发中学分层功能的失衡，导致学校功能危机。

一方面，在现行教育制度下，中学之间围绕升学展开的竞争异常激烈。然而，由于优质的高等教育资源有限，不能满足所有人的升学愿望。中学之间的这种竞争就逐渐演变为内部封闭的竞争，有人赢了就有人会输，这其实也就是中学之间恶性竞争难以禁绝的根本原因所在。

但另一方面，大学毕业后找不到工作的现象在当今时代普遍了起来。当今流行的一种新"读书无用论"，实质并不是说知识没有用处，而是高等教育没有给人们带来预期的收获（例如丰厚回报和锦绣前程）。高等教育的问题折射到中等教育，就使人们开始怀疑中学教育的作用。当人们接受了"学校教育不能使我'出人头地'，获得财富、权势、地位"等观念时，就会对读书的价值和意义、对学校存在的价值和意义产生怀疑。也就是说，底层向上流通的渠道发生了转变，学校教育的分层功能日渐弱化。有人认为，如果任"读书无用论"蔓延，就会消解学生学习的积极性，也会消解人们投资教育的积极性，更重要的是会消解中国社会千古传承的浓厚的"读书信仰"，熄灭人们对人生的理想和热望。这是新一代精神上的毁灭，也是以传播文化、提升"学生素质以及地位"为己任的学校生存根基的毁灭。

（三）中学自我保存功能失调

上文谈到中学组织固有教育功能的失调，其实只是中学功能失调的一个方面。事实上，学校作为一个组织，除了培养学生、履行教育功能外，它也面对着自我的生存与可持续发展问题，即为自己服务的功能，也就是"自我保存与更新"的功能。近年来，学校组织作为一个实体，其自我维持的功能也在逐渐失调。这表现在：

1. 中学生存条件恶劣

"一所学校如果经费不足，或师资水平不高，或学生来源不足，学生学业水平低下，或学校内部秩序混乱，或学生自学率不高，学校声誉不好，便难以为继。"（陈桂生，2004）当代中学的生存条件发生变化，国家统包的情形发生变化。中学要面对自己争取生存条件的局面。然而，在这一过程中，又引发了许多新的危机。例如中学高额的择校费，以及"一费制"下中学收取的其他费用是学校维持自我生存的一种手段。而这一现象又引发了社会的强烈关注，教育被人们称为又一"暴利"的行业，中学面临公共形象危机。

2. 中学校园安全问题凸显

校园安全似乎是当代中学更加需要担心的问题，学生在学校没有获得应有的进步，未必会受到家长的指责，但学生在学校出了安全问题，家长必然会责问学校，对学校"一票否决"。因此"现在许多学校都杜绝学生外出活动，许多有益于学生健康成长的活动也不敢开展。现在的学生还不能训斥，稍微言重了，学生回家喝药上吊，最后由学校来承担后果。最后的结果是学校对学生的教育无所为也无所谓。"（郑富兴，2006）就是说，家长和社会非常希望学校关注学生的安全，但当管理者把握不当、过分注重安全问题或只注重学生的安全时，学校的其他职能便削弱了，学校师资队伍建设放松，学生学习氛围淡化、学业失败随之而来，这些又将引发学校新的危机甚至重新威胁学校的安全。

所以中学功能失衡的问题凸显出来了，如何在这种失衡中寻找平衡也是当代中学危机管理要考虑的问题了。

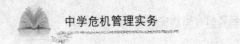

第三节　化危险为转机：中学管理的新任务

无论何种形式的危机，它们之间都环环相扣，往往相互交织并相互转化。一个学校发生的危机可能会影响到另一个学校，学校某个危机的解决会影响其内部另一些危机的解决。如果一个危机处理不好，在学校内外很可能引发一系列新的危机，形成连锁反应，全面威胁学校生存和可持续发展，呈现出"多米诺骨牌"效应。

一、中学危机管理的概念与辨析

中学危机管理，是指中学管理者根据中学的危机管理制度和计划对中学危机进行预防、应对、恢复的策略应对过程，涉及对中学危机事件和中学危机状态的管理，是中学管理的重要组成部分。

中学危机管理与中学日常管理不同。

通常所说的中学管理，即为中学的日常管理，其出发点是确保中学工作的正常开展，对于中学可能出现的一些事故等考虑不多，稍有涉及，也均是从防范的角度，强调"如何做是可以避免的"。而中学危机管理则是从中学管理的各个环节中可能出现的危机出发，承认危机存在的可能性，在此基础上，提出预防计划、应急计划和评估与心理危机干预计划，并不断使计划获得演练和落实。相对于中学日常管理的"确保中学正常运转"而言，中学危机管理则是中学存在与发展的一道保护屏障。

二、中学危机管理的特点和原则

（一）中学危机管理的特点

中学危机管理是全员参与的、基于对学校内外环境以及相关因素的认识而进行的危机防范和应对活动。危机管理不同于一般的行政管理，它具有三个特点：

1. **全程性**

中学危机管理不仅仅是危机发生时对危机事件的处理，更不仅仅是危机过后的"亡羊补牢"，对危机的管理更重要的是需要全程管理的思维，从时间进程的角度看，可以把危机管理活动分为危机预防、危机应对和危机恢复三个阶段。

2. **全员性**

这意味着中学危机管理需要全员参与，全体师生、家长乃至社区都要参与到

20

危机管理中来。尽管危机管理主要是学校管理者的责任，但是，中学危机管理的主体不仅仅是中学的直接管理者，如中学校长负责的管理层、中学教师，还包括中学间接的管理者，如地方教育局等上级教育主管部门，同时也包括中学的其他利益相关者，如学生家长、社区等。更重要的是在危机防范和应对中，即时的参与者往往起着决定性作用。

3. 全面性

管理者需要对自身状况有全面认识，对危机能着眼于防范并能整合多重资源，考虑多方利益，积极开展危机公关，争取公安、消防、医院、行政部门参与到危机管理与防范中来，同时以创建和谐安全、平稳发展的学校为危机管理的根本导向，努力寻找应对危机乃至确保学校可持续发展的最佳平衡点。

虽然中学危机管理不同于中学日常管理，中学日常管理着眼于常态的教育教学的管理，危机管理侧重于非常态的管理，但我们仍然提倡中学危机管理常态化，把中学危机管理纳入日常管理的轨道，以加强危机管理意识，并建设完善的危机管理制度。

（二）中学危机管理的原则

1. 生命安全第一位原则

中学危机管理的目标在于保护和保障学生生命安全，这是"以人为本"的教育观念在防灾事务中的体现，也是世界各国处理学校突发事件的基本理念。这一原则要求摒弃鼓励学生"忘我"地进入危险场地的习惯想法和做法，确保学生在危机当中尽量处于安全境地。

2. 快速反应原则

危机的一个重要特点就是突发性和不确定性。要求在短暂的时间内及时做出反应，这样才能避免危机的进一步恶化和扩大。快速反应原则要求学校领导和教职工在学校危机事件发生后，能够在第一时间集中力量，利用最小的代价、最少的资源实现危机事件的顺利解决。由于危机可能导致的破坏性、危害性和负面影响，要立即按照危机管理预案启动应对机制，例如成立学校危机管理小组等。只有尽可能地利用时间、缩短事故发生与应对之间的时间段，才能够把危机事件带来的影响和损失降到最低限度。

3. 事先预防制度化原则

学校对可能发生的种种灾难事件，都应在总结经验教训和吸取相关预防研究成果的基础上，制定出综合预防和应对措施来，并使以应对突发事件为核心的整个紧急处置过程形成制度。对于一些较容易定性的主要灾难事件，如地震、火灾、大规模食物中毒、爆炸、恐吓、室外活动中意外伤害等，应当做出具体的应对预案。对于三个主要环节——预防、应对、恢复正常秩序，预案中都要一一设计出具体举措。学校危机管理的基础环节是提高师生自我防护和救护的知识和技能。这是学校危机管理中防灾、减灾的日常教育和日常管理的关键环节。很多平时看起来可能并没有太大意义的演练，一旦事故发生却可能挽救许多生命。因此，努力提高师生防灾、减灾和保护生命健康安全的意识和基本技能，对于学校沉着应对突发事件、尽可能减少负面影响至关重要。

4. 教育性原则

在中学危机管理的过程中，绝不应仅仅只针对当前的危机，在当前的危机化解之后，便以为已然大功告成了。吸取危机形成的教训、总结危机管理过程中的经验，进而在今后采取相应的措施，预防危机的发生，应该成为危机管理的应有之义。此外，作为一个教育机构，中学的主要职责在于传递人类的文明和智慧，在于教导和传授下一代人以知识和技能。所以，通过危机管理，让中学生获得相应的经验，在今后的生活中加以应用，应该成为中学危机管理的一项内容。简言之，危机管理应该坚持教育性原则，让所有的相关人员都能够从危机的形成、发展、应对、恢复过程中获益。

5. 发展性原则

中学危机管理还应秉持发展性原则，在将危机所带来的灾害减到最小的基础上，寻求危机可能带来的机遇，实现学校的发展。在整个危机管理的过程中，学校管理者应该从中学作为一个组织的长远发展着眼，时时留意可能的发展机遇，化被动为主动，必要时可以以牺牲当前短暂利益的代价谋求更为长远的可持续发展。

三、中学危机管理的内容

（一）防范胜于救灾

"汽车有零配件，而你没有。"这则公益交通广告形象地说明，交通事故会带来物的损失，更会对人造成伤害。物的损失犹可弥补，而人的伤害却无法弥补。同样，中学发生的各种事故（当然也包括交通事故）给我们带来的创伤也是十分巨大的，尤其是人身遭到的伤害将是永久性的。因此，对于学校的每个教职员工来说，强烈的危机意识占据第一位是再自然不过的事情了。这就意味着我们必须加强对危机的防范，而且要求管理者把这种防范化为切实的行动：建立有效的危机应对机制和必要的危机学校的保护机制。

1. 从多个角度防范危机事件的发生

社会的转型，周边环境的恶化，对传统的治理校园安全的思路提出了新的挑战。如何才能有效地减少甚至避免校园伤亡事故？首先需要更加全面的思路加以防范。

从教育的视角看，需加强安全教育，提高师生安全意识以及安全防范的技能。当代中学起码的安全教育的缺乏是交通事故和溺水、踩踏事故发生的根本原因。绝大多交通事故发生时，学生乘坐的都是问题车、超载超员车，甚至是违法载客的农用车。溺水事故多是学生私自到河塘水渠游泳导致的，其原因多与学生自救与营救措施不当有关。近几年，全国每年都要发生一起以上的拥挤踩踏事故。这些事故的发生，与学校管理者和教师的安全教育意识不强和技能缺失是分不开的。因此，学校应该专门辟出时间培养学生的安全意识并教学生学会如何保护自己和他人，以及学会如何才能做到不伤害自己和他人。同时应加强师生员工的安全培训。

从管理者的角度看，需提高危机预防的积极主动性，采用多种措施控制危机事件的发生。如注重校园建筑等硬件设施的安全，建立严密的安全防范监控网络，随时关注校园安全动态（有的国家已经可以监控学生上学放学途中的安全问题）。同时，管理者也应注重日常安全措施的检查和落实，空有一些安全责任状，那只是纸上谈兵。只有让每一项措施落到实处，真正的安全才会到来。另外，管理者还可按时公布学校不安全的境况，聘请权威机构对学校进行安全评估，并经常与学生交谈，观察学生的生活，了解他们担忧的事情，并且鼓励家长和教师也去做这些事情。当管理者意识到学生中存在的安全隐患时，提前采取措施就能加以防范。

对管理者来说，"事后"危机意识也很重要。当危机事件发生时，很多中学管理者因为怕承担责任或者各种原因，试图隐瞒、封锁消息或者私下解决问题，希望能够以"大事化小"的方式处理。其实，学校组织的危机并不等于学校管理者或校长的灾难，上级领导者不应在不了解具体危机缘由的情况下进行处罚，公众也不应以看到某些学校领导解职为"快事"。危机管理的核心在于解决问题，在于化危机为转机。对危机的正确处理是解决问题的关键，学校领导者应该秉承一种解决问题的态度，而一味隐瞒回避则只会导致问题更加严重。所以，在危机发生后应进行全面反思，否则，个别的危机事件就会上升为集体的危机，具体的损失就会引发更多的无形的损失，危机循环往复就开始了。

当然，单靠个人意识和觉悟是不够的，要防范危机还要对管理制度进行设计，从多个角度考虑应对机制的有效性。从静态的角度看，应有常规的事故责任分担机制，包括危机小组及其人员配置、组织管理机构设置、必要的学校规章的调整、相关的研究以及培训等；从动态的角度看，应有有效的运行操作体系，实行全程管理，包括预警防控、紧急救治、信息传播、指挥决策、协作沟通、校际合作、后续保障等。

学校危机管理同其他公共危机管理一样，"建立一个有机的危机管理的生长体"（王茂涛，2005）非常必要。对于中学来说，这个有机的危机管理生长体是以"人、时间、空间"为主线的。简要地说，"人"的应对就是危机意识。防范意识的树立，不但是对管理者自身，对于中学生也应利用各种危机事件或其他资源加强危机意识和自我防范意识的训练。危机发生后，中学管理者应及时与受害者进行必要的互动。从"时间"的角度看，就是危机的全程管理，包括危机预防、危机应对、危机恢复等各个环节，危机管理的目标就是实现学校功能的正常发挥。从"空间"的角度看，就是立体地看危机应对机制，能在必要的时候集中调度必要的危机管理的资源，如校园踩踏事故寻求医院的帮助，大型灾难发生后学校需要政府的支持等。

2. 危机学校的保护机制

学校组织本身是一个系统，它同时是社会的一个子系统。例如中学对生源的恶性竞争就呈现出多米诺骨牌效应，中学面临的这种危机并不是某一个学校单独所能完全解决的。从全国范围来看，国家对一些学校的重点扶持，已使一些中学先发展起来。这些学校利用自身优势抢夺薄弱中学的生源本已经造成了教育不公现象。同时他们为了争夺生源，更多关注的只是优秀学生，崇尚应试教育，大打"分数"牌。这样，国家对教育的投入实际上只到了"尖子生"上，制造了一种新的教育不公平现象。这很可能把中学拖入更加危险的境地。

学校又不同于一般的组织，中学生大多是未成年一代，他们是我们国家的希望和未来。因此，学校危机威胁着社会的整体利益。学校危机的化解需要社会全方位的关注，社会也应该承担这样的责任。

一是加强立法保护学校。法制的完善，可以明确安全责任的归属，同时也是保护学校的一种坚强后盾。毕竟，学校不是只为了学生的安全而存在，也不是为了把学生抢到自己学校而存在，它的本质任务是知识的传承，是指向学生未来的。我们不能因为安全事故就提心吊胆，而整天只管安全，忽略教育教学。另外，很多安全事故也是中学难以控制的，将过多的责任归属于学校也是不合理的。加强立法关键是还需要建立明确的中学安全标准，做到有法可依，而不仅仅是安全事故伤害处理办法。

二是建立救灾机制，保护受害者。我们关注学校的目的是关注生活在学校中的人。在危机事件中，受害者不仅是危机事件的当事人，还有那些危机事件的幸存者，以及和危机事件有关的一切人。危机事件的发生，实际上是破坏了一个链条，影响到了很多的相关人员。因此，无论对于学校还是社会，建立有效的保护机制，才能真正全面地防范危机事件的发生，即使危机事件一旦发生，也能将损失降到最低。

（二）战略整合化解危机

如果说防范机制是为了避免那些可能直接造成伤害的事故和冲突的话，那么资源的战略整合则更多的可以使中学有效地规避危机时代的风险，并在竞争的环境中主动出击，超越危机时代。上文提到危机应对的"有机生长体"，这实际就是一种资源整合的战略模式。中学进行危机管理整合的思路，就是要让学校从根本上走出过度依赖政府的传统思维，能在风险社会依靠自己战胜危机。

1. 进行外部资源的整合

首先，中学自身可以积极参与学校间的竞争，直面教师流失、生源流失以及办学资源不足的危机，并进行广泛的参与合作，以开放的心态实行资源共享。兄弟学校间如能抛弃传统狭隘的"不胜即负"思维，化危险为转机，走出生存困境，实现"双赢"是完全可能的。中学之间通过师资的交流与合作更有利于提高自身的整体实力，以同非学校组织进行竞争。学生伤害等突发事件本身的公开以及处理该类事件的经验和教训的总结交流，就能不断增强各方抵御灾难和风险的能力。中学走团结之路是有效化解自身危机的根本出路。

其次，中学还可以对社会资源进行整合，充分利用现代科学技术的成果提高自身危机处理的效率，最大程度地降低伤亡和损失。特别是一些大型灾难的处理，更需要中学管理者有足够的智慧，进行多方沟通，寻求多方救助。在安全管理上，学校还可以加强与社区的合作，实现优良的育人环境，减少危险性因素。薄弱学校化解自身的危机，在积极争取政府和社会的理解和帮助的同时，可以走出学校，利用自身现有的条件，积极影响社会，寻求跨区域的合作和灾难救助。中学管理者如果能对家长资源加以利用的话，也不失为解决危机的一个思路。学校和家长相互信任并对学生影响一致，那么就会减少很多矛盾冲突，避免学生不良行为的发生。

再次，媒体是影响学校危机的一项重要资源。现代传媒高速发展，电视、网络等甚至成为了师生生活的一部分。电视和网络在让人们充分分享优良教育资源的同时，也在产生不良行为乃至暴力倾向。昨天美国校园暴力的画面和场景很可能明天在中国的某些中学再现，甚至更为恶劣。今天在这个学校发生的一件本认为微不足道的小事，很可能明天就演化为那个学校生存的危机。可以说，危机传播的加速让中学管理者防不胜防。尽管如此，当代中学在利用媒体化解自身危机事件上，鲜有积极主动的例子。如果中学管理者能加强对媒体资源的利用，多让媒体发出正面的有利于学校的声音，那么中学对自身危机事件的防范和处理将会顺利得多。

2. 进行内部资源的整合

首先是打造学校整体的核心竞争力。学校要在竞争中生存就需要有超越别人的内在能力，这就是所谓的核心竞争力。当然，与一般的企业不同，教育是公益事业，竞争的目的不在于私利。强调核心竞争力，就是强调中学应为学生的整体发展服务。现行教育体制下，家长和学生在中学看重的就是中高考的分数，中学似乎唯一能做的就是提高考分。中学师资生源的危机莫不与此相关，中学整合内部资源当然要考虑如何提高学生考试的成绩。但这还不够，毕竟很多学校特别是薄弱学校，能够顺利升学的学生是少数，大多数学生是升学无望的。一个学校的生存与发展当然不能仅仅依靠升学率。那么，对于多数中学来说，如何结合自身的实际，利用当地的优势，在给学生分数的同时，更多地思考学校还能给中学生提供何种教育，或许就是打造核心竞争力的前提。

其次，提高自身的净化能力。在恶劣的周边环境中，确保自身内部不引发危机只是问题的一方面，更重要的是，学校不仅要适应环境，还应当提高自身的对环境的净化和超越的能力。例如，适龄学生的减少、独子社会的来临，这在给学校带来生源危机的同时也为学校化解危机提供了契机。也就是说，人数较少的学校因此可以通过精品战略提升自己的办学质量，通过学习氛围的浓厚、人际关系的改善吸引学生把更多的精力放在积极的行为上，减少失调的行为。同时，学校在改变自身的同时，可积极的改变周边的环境，以优良的文化营造和谐的社区，这样就减少了安全的隐患，有利于建设安全和谐的校园。

（三）创建安全学校

很多危机事件只依靠学校的力量是难以消除的，但这并不意味着学校管理者无所作为，可以因此而放松甚至放弃对危机的预防和控制，这样造成的后果不堪设想。例如，学生或教师的自杀，这是学校难以控制的危机事件。但危机发生后，管理者可以加强对学校状态的调整，以免让这一危机的影响进一步的扩大。真正减少危机发生概率的捷径在于，重建文明的学校，创建安全的学校。

1. 所有危机都是暂时的

理性的危机意识需要我们理性地看待中学发生的各种危机，这也是冷静面对危机，创建安全学校的前提。无论我们如何强调危机的大量存在，并说明危机危害的程度如何严重，实际上，所有危机都是暂时的。危机过后，所有人都会重新回到日常生活中。这就是生活的现实，也是中学面对危机的理性思维。

任何情绪都有一个从高度焦虑到和解平缓的过程，如图 1-1（周红五，2006），中学管理者的聪明之处就在于缩短这一过程。中学加强危机的管理可以更加缩短危机影响师生员工的时间。理性地分析，可以降低师生员工面临危机事件时的高度焦虑，减少后悔、压抑等心理情绪，正确接受危机这一现实，迅速投入到新的学校生活中。另外，对危机现场的管理既可以缩小危机影响的空间范围，也是减少危机影响持续时间的一种手段。危机事件本身从开始到结束，其历经的时间是非常短暂的。因此，迅速地清除危机现场一切可能引起师生回忆灾难经历的物件并迅速进行灾后重建是非常必要的。

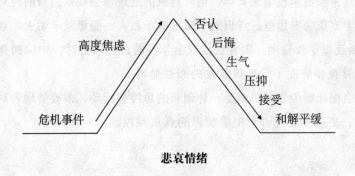

悲哀情绪

图1-1 危机情绪流程图

随着时空的推移、资源的调整、功能的矫正，学校的危机会得到解决。从长远来看，随着市场规范的加强，政府对中学投入的加大以及对边远中学的日益关注，学校的办学资源问题将逐步得到解决。个别教师的流失有助于发现学校的不足和需要改进的地方，它将有利于中学管理者采取措施以防止更多的教师因此而流失。学生流失同样如此。政府投入的减少、办学经费的困难意味着管理者可以更加独立并主动地担负起学校管理的责任，多方筹措经费。功能的失调则预示着管理者在风险社会中必须倾注更多的管理智慧，在适应和超越中彰显中学的独特魅力。

可见，所有危机都是短暂的，但中学的危机时代仍将延续，甚至在很长时间内会继续存在。但正是这种时代特征要求我们不断强化危机意识，尝试打破传统思维，寻找危机管理的新支点和更为有效的模式，不断将目前的危机转化为未来的转机，度过短暂的危机时期。

2. 寻找危机管理的新支点

总之，必须形成危机管理的意识并努力化解可能的危机，而决不能等到危机事件发生时甚至危机发生后才考虑危机管理的问题。因此，创建安全的学校便是当代中学危机管理的新支点。这也是居安思危，实现危机管理常态化的必然选择。

在学校安全和威胁的问题上，虽然我们意识到单个的危机事件是暂时的，但实际上当我们放松警惕的时候，其实危机又处于循环的状态中。这表现为一方面"一旦这种威胁被解除或减少，将精力转移到其他地方的倾向性就会增加。这种转移很容易理解，因为学校做事的时间毕竟有限。一旦精力转移到其他问题，安全的威胁可能就会重新出现"。（杜克，2006）另一方面，学校是一个由各个环节有机联系的整体，一种危机如果没有处理好，会影响到另外的环节，进而产生新的危机。

危机的到来会给学校带来灾难，但对危机的处理却会提高自身的应对危机的能力。当管理者真正居安思危，意识到"防范胜于救灾，隐患险于明火，责任重于泰山"，并不断反思学校管理，朝着创建安全学校的目标前进时，中学拥有的才是秩序和安全的良性循环而不是危机频发的恶性循环。

因此，全面化解中学危机需要一种创新的思维和行动，需要管理者对危机事件的有效处理，更需要管理者对中学状态的真正调控。

第二章

中学生不良行为引发的
学校危机及其管理

    中学生处于心理"断乳期"这样一个发展的特殊时期，向往独立与自身能力有限的矛盾使得他们面对外部环境的变化充满困扰，从而导致不良行为的发生。一直以来，关于中学生不良行为引起负面影响的报道层出不穷：安徽两个月内发生6起校园伤害案，造成6名中学生死亡；拒绝向老师道歉，四川新津某中学生跳楼自杀；不满父母严厉管教，3名中学生逃学打工密林失踪 ……这些行为不仅给中学生自己带来了伤害，还使学校陷入危机之中。对中学生不良行为的管理，及由此引发的恶性事件的预防和应对都是学校管理的当务之急。本章将对中学生的自杀自伤行为、校园欺负、逃学及网络成瘾这些不良行为导致的学校危机干预与应对做详细论述。

第一节　自杀自伤

    学生的自杀自伤不仅影响了学校的正常教学秩序，还对学校声誉造成了巨大的伤害。但自杀自伤的多因性、隐蔽性及突发性，给学校的管理带来了一定的难度。本节将分析学生自杀自伤常见的原因及心理发生过程，并在此基础上为学校危机管理提供有效的建议。

一、自杀自伤的含义

    自杀一般是指自发完成的、故意的行为，这种行为可能产生致死性的后果，且行为者本人完全了解或期望实现这一行为的后果。根据自杀意愿的强烈程度和后果，一般可将自杀分为三类：自杀意念、自杀未遂、自杀身亡。自杀意念指有明确伤害自己的意愿，但没有形成自杀计划，没有行动准备，更没有实际伤害自己的行动。自杀未遂指采取了伤害自己生命的行动，但该行动没有直接导致死亡后果。自杀身亡指采取了伤害自己生命的行动，该行动直接导致了死亡后果。

2002 年 12 月，北京回龙观医院在北京心理危机研究与干预中心举办的首届国际自杀预防研讨会上首次公布了其历时 7 年的调查结果：中国年平均自杀率为 23/10 万，在 15 岁~34 岁青少年的死亡原因中，自杀排在第一位，占死亡人数的 19%。此外，在我国，形成自杀意念的青少年数量也非常高。据梁军林等人（2000）以广东乐昌市在校高中生 3537 人为对象的研究中发现自杀意念的发生率为 20.17%。

此外，青少年中与自杀意念有关的自伤行为及其他以故意伤害自己身体来缓解压力、情绪的自伤行为也有不少，如通过不断割腕缓解学业压力等。

尽管采取自杀自伤行为的青少年只是全体学生中的极少数，但这些行为往往具有突发性、致命性等特点，危害非常严重，不仅会给个人、家庭带来极大的损失和心理伤害，还会造成严重的社会影响（如自杀群聚现象和模仿性自杀行为等），也会影响正常的学校秩序，给学校带来不良的声誉，引发学校管理上的危机。

案例 1 学生自伤事件

李玲，17 岁，高中三年级学生。她的心头不止一次地会被一种莫名其妙的空虚、恐惧所笼罩、萦绕。每逢此时，她就坐立不安、怅然若失，心里就想着该做些什么了。这天黄昏，她走出令她心烦意乱的教室，快步来到校园一角的林荫深处，看看四周无人，便掏出了一把小刀，闭上眼睛，在手腕上狠命地一划。她没有感觉到丝毫的疼痛，领略到的却是一种出自内心的畅快，乱糟糟的心情一下子平静了，精神上感到饱满和充实。她想到了口袋里有块"创可贴"，该贴好伤口，回教室了；她也想到了很快就要放学，还有许多作业要回去完成……她微微睁开了眼，不远处，有一双既熟悉又惊恐的眼睛在瞪着她，这是同学张丽！只见张丽回头猛跑，嘴里在大声嚷着："李玲自杀啦，快来人啊！"李玲目瞪口呆，好一会儿才反应了过来。她轻轻骂了声："多管闲事！"若无其事地向教室方向走去。同学、老师都拥了过来，不由她分说，强行将她紧急送往市里的一家大医院。在医院里，医生向李玲的父母和老师说，这姑娘手腕和胳膊上有道道刀痕，她不是"自杀未遂"，而是患了一种叫做"故意自伤综合征"的病。

（岳文，1999）

二、自杀自伤的成因及形成过程

（一）个体心理因素

首先，中学生正处在青春期，在自我认识上，一般都较注重别人对自己的看法和评价，有强烈的自尊心，特别关心自己的体貌等等；在情绪情感上，变得易于感情用事，对自己行为的自控能力较差，对后果考虑不多，往往一件小事，就能使得他们做出极端的举动。并且处在青春期的学生的情感还具有一定的隐秘性，一般不轻易主动说出自己的烦恼，也不主动寻找心理支持。因此，自杀意念是青春期心理危机的一种普遍且突出的表现。

案例 2　初中生笑对自杀

初一的小琳面对"自杀"的话题笑着说："我们现在流行的一句话是'我们一起去死吧'。""身边一些同学、朋友都觉得其实活着很累，但因为一些责任又得活下去。有时常常会有这样的念头——如果不被生出来就最好啦。"小琳承认，对于自杀他们都有些好奇："常常自己憋气不呼吸，想象着憋死自己，看看是什么感觉。"

（新快报，2005.11.14）

其次，从学生个体的人格特质来看，性格内向、孤僻、敏感，经常感到孤独的、有忧郁气质的学生，或冲动、偏激的学生，在遇到负面事件和困境时，往往不能对自身和周围环境做出客观的评价，从而滋生不良情绪，自杀自伤的可能性较大。

再次，个别青少年学生的自杀直接源于精神疾病，此类疾病的某些症状如幻觉、谵妄或抑郁情绪长期积郁，使人无心体验也无法体验到生的美好，导致他们在旁人看来根本无法理解的情境下自杀。

（二）外界环境因素

1. 学校因素

美国学者布朗（Brown，D. T.）的研究认为，学生在学校的压力源主要是：学生与教师的关系；同学之间的关系；成绩与考试；来自于学校的批评与处罚。心理学研究认为：慢性心理压力的积累会促使人们产生绝望感，使人们的情绪降低，感到没有生存的意义，同时抑郁症的发病率增高，形成自杀自伤的复合因素。此外，突如其来的各类应激事件也会使学生一下子无所适从，出现意识狭窄，判断能力下降，头脑中只有绝望的单一信念，从而自杀或自伤。

2. 家庭因素

家庭是学生社会化的重要场所，学生能否从家庭中获得情感支持，尤其是在遇到挫折等情况下是否有来自家庭的支持，是影响自杀危险性的重要因素。家庭破裂、家庭成员关系紧张、家庭暴力及家庭结构突变等都会影响学生心理。在一些自杀者的个人史中，经常可以发现不利的家庭环境因素，如父母分居、离婚、再婚，家庭暴力等。

父母的期望水平和教养方式与学生的自杀自伤行为也有一定的关系。如过严的要求或过高的期望都会增加学生的心理压力，一旦达不到父母的要求和希望就会认为自己无用，对不起父母，怕父母责备，而选择自杀的方式。过度保护的方式则会使学生形成脆弱、依赖、自我中心等性格，大大降低他们对挫折的承受能力。

案例 3　一个女生的遗书

女生林林的遗书中就反映她的离去是因为缺乏父母的理解和心理上的关爱。遗书中这样写到："爸爸妈妈，你们好！谢谢你们生我养我，我很感激你们。但我也很怕你们，我每天都害怕自己做错事情，怕你们打我，怕你们骂我。我知道家里穷，很需要钱，我也知道我的学费很高。虽然你们天天打我，可是有好吃的东西你们都不舍得吃，都给我吃了。我自己的开销比你们两个都多，而且我也不会挣钱。我知道你们爱我，可是我已经很努力了，你们却从来都没有表扬过我，我很想让你们开心，可是我从来看不到你们的笑脸。爸爸妈妈，如果没有我，那么你们就不用过得这么苦了，如果没有我，可以省下一大笔的开销。可是我也没有别的地方可以去，只有一个地方要我，就是另一个世界。再见！不管怎么样，我都很感激你们。"

3. 社会因素

法国社会学家加布里尔·塔尔德（Jean Gabriel Tarde）认为，自杀有很强的传染性，这种传染性在天生易受他人影响、特别是受自杀意愿影响的人当中格外普遍。人们在对中学生自杀事件的分析中发现，学生在自杀意向、自杀方式等方面大多带有浓重的模仿痕迹。许多自杀的学生是因为其身边有亲属或同学曾经自杀过，而没有经历过这类自杀范例的学生往往通过报刊、影视、网络等传媒对自杀行为的细致描述、对悲观厌世情绪的过度渲染、对名人自杀的大肆报道，而不同程度上有了自杀意念，或强化了潜在的自杀意念，甚至诱发了自杀行为。

此外，我国很多学者探讨了社会文化与青少年自杀的关系，其中张翼认为，我国社会转型期青少年自杀率的提高与传统文化中利他主义的自杀、个人英雄主义的自杀，或杀身成仁的认同和鼓励有关；与自杀品的易获得性有关。

由此我们不难发现，引发学生自杀自伤的因素很多，但最终行为的发生应当是个体因素和社会因素综合作用的结果，换言之，与学生所处的纷繁复杂的外部环境、个体的内在素质以及具体诱因（如学业压力、人际关系紧张、家庭冲突等）有关。但对于不同的个案可能偏向于个体因素或社会因素。

（三）形成过程

由于自杀自伤原因的复杂性、症状的隐匿性和行为的突发性，以及学生自杀完成或干预的失败，很多人包括学校领导者都存在一些消极的看法，认为学生自杀是不可能预防和干预的。但近些年的研究发现，虽然自杀自伤行为的最终发生可能是瞬间的，但行为产生的基础往往是长期积累而成，预防自杀自伤行为具有可能性。以自杀为例，其心理发生过程如图2-1所示：

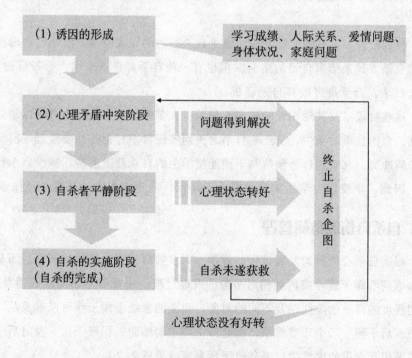

图2-1　自杀的心理发生过程

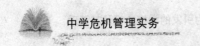

第一阶段，诱因的形成。个别学生在遇到挫折时，容易产生自杀念头。这些挫折一般包括学习成绩、人际关系、爱情问题、身体状况、家庭问题等。

第二阶段，心理矛盾冲突阶段。自杀动机产生后，求生的本能可能使自杀者陷入一种生与死的矛盾冲突之中。此时，自杀者会经常谈论与自杀有关的话题，预言、暗示自杀，或以自杀来威胁别人，从而表现出直接或间接的自杀意图。我们可以把这些看做是自杀者发出的求救或引起别人注意的信号。此时如能及时得到他人的关注，或在他人的帮助下找到解决问题的办法，自杀者很可能会减轻或终止自杀的企图。

第三阶段，自杀者平静阶段。自杀者似乎已从困扰中解脱出来，不再谈论或暗示自杀，情绪好转，抑郁减轻，显得平静。这样周围的人会以为他的心理状态好转了，从而放松警惕。但这往往可能是自杀态度已经坚定不移的一种表现，当然，也不完全排除是自杀者心理状态好转的表现。因为发展到这个阶段，自杀者认为自己已找到了解决问题的办法，不再为生与死的选择而苦恼。因此，他们不再谈论或暗示自杀，甚至表现出各方面的平静。目的可能是为了摆脱旁人对其自杀行为的阻碍和干预。

第四阶段，自杀的实施阶段。这是自杀行为的完成时期，自杀者会选择各种不同的自杀方式来结束自己的生命。但也有一些自杀者自杀未遂，会被目击者救助，中止自杀，乃至最终放弃自杀动机。

这些阶段以及其他相关的研究都显示：大多数学生自杀行为有可以预防的心理基础。企图自杀的学生，从产生自杀念头到实施自杀行为往往要经过一段时期的内心矛盾冲突。有效的自杀预防和干预能使学生的自杀意图逆转，减少自杀行为的发生。因此，学校作为学生主要学习生活场所，应建立相应的危机干预体系。

三、自杀自伤的危机管理

根据自杀心理行为发展过程的规律，大多数自杀行为的发生都会经历从自杀动机形成到心理矛盾冲突再到相对平静的发展过程。由此针对不同的心理发展阶段、不同程度的自杀危险性以及不同的对象，自杀的系统干预工作可以着重从"预防—干预—后干预"三个环节着手，组建一个"主动预防—积极干预—及时后干预"三个环节相互作用的中学生自杀危机干预系统（见图2-2）。

（一）"主动预防"系统

学生自杀自伤危机干预系统的第一环节是"主动预防"系统，又称之为"教育预防"系统。这个系统强调全面预防：预防的对象包括全体学生，防治目的是提高学生的心理素质和抗挫折能力，帮助他们建立正确的生命观和积极的人生观，防止学生个体产生自杀意念，以此达到预防自杀的目的。参与预防的人员包括校领导、教师（班主任、任课教师、学生辅导员）、学生等全体人员，主要工作有：

1. 普及生命教育

教育疏导是预防的主要途径。学校可以在心理健康课中，训练学生应对学习生活中各种压力事件的心理承受能力；指导学生建立可信赖的人际交往关系；教给学生自我情绪调节的方法，如系统放松法、焦虑转移法、情感宣泄法、自我暗示法等。可以在生命教育的课程和实践中，让学生观看孕妇分娩的影视材料或实际过程，了解生命孕育的艰难；深入孤儿院、敬老院等福利机构，使他们认识到草率轻生的后果及联动效应，教育他们要珍惜生命，知道生命不是属于个人的，自杀自伤不是解决问题的正确方式，不要因一时的失落、冲动造成无法挽回的损失。学校还可以通过讲座、学校活动的方式普及自杀预防知识、确立正确的自杀认知、消除对自杀的误解，提高对自杀自伤预防的意识和应急能力。

2. 增加互动交流

在互动中，师生确定哪些是引发自杀自伤的危险因素（压力事件、情绪、家庭冲突等），哪些是保护因素（社会支持系统等），以提升保护因素，降低危险因素；同时实施对全校学生的心理健康普查，建立学生心理档案，及时发现有自杀意念、处于自杀边缘状态的高危人群。

3. 建立自杀自伤危机干预小组

自杀自伤危机干预小组可由学校教学管理部门、团委学生会、宿管部门、保卫部门等相关人员，联合社会心理咨询机构、家长代表、社区代表等组成，根据不同的职责分成信息资源组、辅导组、安全组、总务组、课务组、法律组、社区资源组等，也可整合为信息来源系统、教育宣传系统、危机预警咨询系统和危机救助干预系统。自杀自伤危机干预小组实际上是一个全面的监控干预的网络体系。

在"主动预防"系统中，改善个体内在环境、优化心理品质是根本之举，识别并有效地关注高危人群、评估分析自杀危险性是关键和难点。

（二）"积极干预"系统

"积极干预"系统，又可称之为"干预性防治"系统。该系统干预的重点对象是已经形成自杀意念、处于自杀危机中的个体，主要目的是帮助这些个体消除自杀意念、解除心理痛苦、重新振作、采用积极的建设性的方法面对困境，并把危机转化为一次成长的体验，提高应对危机的技巧和解决问题的能力。这个系统的干预特别需要社会的心理支持，因此，参与干预的人员除学校成员外还应包括家庭心理支持网络和社会专业的心理咨询机构。干预的途径主要是采用危机干预的相关方法和各种心理治疗技术，具体做法包括：

（1）判定事件的危险性。面对学生的自杀危机，要通过细致的观察和倾听，迅速判断事件的危险程度，并迅速转告有关拯救人员进行相应的预防和干预。

（2）保护好当事人的安全。

（3）不与自杀者谈论自杀，给予自杀者心理支持，缓解其自杀冲动。人们对自杀普遍有一定的恐惧感，在面对自杀时会显得相当紧张，在干预过程中减少提及与死有关或与自杀有关的字及当事人的负面情绪，可以减轻其胡思乱想的可能性。

（4）与自杀者不停地沟通，了解自杀的原因。与自杀者不停的谈话、沟通，一方面可以转移自杀者的注意力，使自杀者不专注于自杀行为本身，从而为其他干预人员对自杀者进行安全救助提供时间；另一方面，通过与自杀者的谈话沟通，还可能从与自杀者的谈话中找到引发自杀的原因，从而有助于制定相应有效的危机干预方案。

（5）送医院并进行有针对性的心理治疗。有研究表明，进行自杀行为的人并没有绝对性，自杀意念可能每分钟都在改变，因此，将自杀未遂者及时送到医院进行相关治疗，对解决自杀者的心理问题，保障其人身安全，防止其再次自杀会是最好的帮助。

此外，学校还应该开通24小时生命热线电话，建立防止青少年自杀的心理疏通渠道。

案例4　教师对学生自杀意图的成功干预

一天，上海某初中一个刚入学不到两个月的女学生，突然在教室里大哭大闹，手中挥动着两把小刀，扬言要自杀，被几位同学强行制止后，仍在号啕大哭，整个班级一下轰动起来了。班主任经过了解，发现入学以来班级中并没有什么人欺负过她；也没有哪个老师去激怒过她；近期她家中又未发生过什么令人伤心的事。

富有经验的老师显得特别冷静，他连续找该学生谈了三次话。第一次，老师问她为什么这样伤心，她回答：这是我心中的秘密，不能告诉任何人。老师接着说，她心中有一种依靠自己的力量难以解决的矛盾，老师愿意为她分担忧虑，为她出主意。女学生听到这里，擦着眼泪，突然闪着两只大眼睛，半信半疑地看着老师说："老师，你已经猜出了我心中秘密的三分之一。"第二次，老师没有跟她谈及自杀之事，只是借给她一本有关情绪问题的书，并告诉她如果使自己长期处在一种十分动荡不定的悲观情绪之中，对自己的身心极为不利。她如获至宝。第三次，学生主动找到了老师，没等老师开口，她先把自己的一本厚厚的日记交给老师，并要求老师等她走开后再看。学生向老师敞开了自己的心扉。

该学生在某天的日记中这样写到：我处在紧张的恐怖的心理状态之中，惶惶不可终日。这种状态削弱了我，使我觉得生活是那么的平淡，那么的无味……在某种事情面前我会产生悲观情绪，会觉得没有意思，就想了结自己的一生，到一个我没见过的地方——是天堂或是地狱。再过些天的日记：……只有另外一个地方，才是我真正的归宿，我能在那儿长眠。也许今天是我待在这个教室的最后一天，也许还有几天……

老师连续几次走访了学生的家长和许多了解她的同学，终于发现这个学生企图自杀的复杂原因：她属于抑郁质的气质类型；老人自小替她算过命，说什么短命鬼活不长；父亲重男轻女，教育方法粗暴，父女感情疏远；家庭环境闭锁，教育有缺陷；自己个性有缺陷，娇气，自高自大；青春期的变化，心理性疾病等。

老师再三思虑，决定采取综合性矫治。在以后半年多的时间中，做了六方面的工作：第一，专程家访或邀其家长来校商议，要求家长关心孩子的健康；加强青春期指导，并改进家教方法，注意与女儿的情感联系。第二，做好周围同学的工作，注意改善她在学校的生活环境。第三，注意观察学生的情绪变化，及时发现情况，及时进行疏导工作。第四，捕捉时机，适时对学生加强科学宣传，消除她的迷信心理；通过活动与教育逐步提高她的思想境界，使其胸怀宽阔，增强适应环境的能力。第五，创造一定的条件，让学生宣泄内心的情绪，以减轻心理压力。第六，多关心，多体谅，并适时地给她一定的批评，逐渐增强她抵抗挫折的能力。

在老师的教育治疗下，经过各方面的配合和关心，这位女学生情绪逐渐稳定，并开始重新确立生活目标。

（三）"及时后干预"系统

"及时后干预"亦可称为"巩固性防治"。该系统主要是针对两类对象，第一类是自杀未遂者，第二类是自杀者（尤其是自杀身亡者）的亲友、同学。对于自杀未遂者，主要目的是防止其再次出现自杀行为；对于自杀身亡者的亲友、同学及相关高危群体，主要是防止其产生模仿性的自杀行为以及对可能产生的心理创伤进行心理修复。在此系统中，对于自杀未遂者，关键要依靠相关专业人员及其亲友、老师、同学加强监护和积极关注，了解其自杀动机，并及时帮助其摆脱现实困境，尤其要注意对自杀者表现出镇静、关爱和非歧视性态度；对于自杀者的亲属及邻近人群，关键要充分发挥社会资源，引导他们定期接受心理咨询与指导，给予事后心理援助，使其尽快恢复平静。通过干预把危机变为转机。

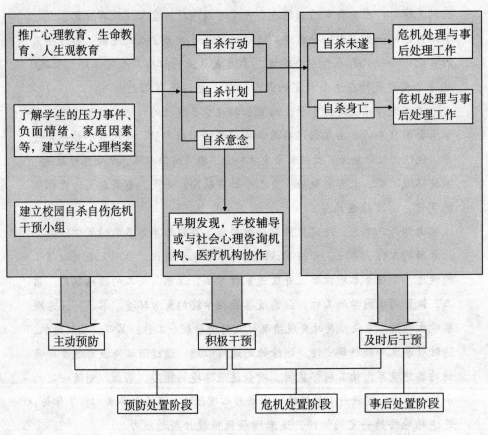

图2-2　自杀危机干预系统

第二节　校园欺负

校园欺负对受欺负学生的身心健康伤害很大。经常受欺负的学生通常会出现情绪抑郁、注意力分散、感到孤独、逃学、学习成绩下降和失眠，严重的甚至会导致自杀；而对欺负者来讲，其成年后的犯罪率比一般人要高大约四倍。所以，无论对于个人还是社会，欺负行为都具有较大的危害。

欺负是一种只有身临其境时才能感受到的问题，其过程往往是学生间心照不宣的，而且是在极其隐蔽的情境中进行的，教师或其他局外人很难发现。有研究发现：一半以上的受欺负学生不会将自己的情况报告给家长，特别是老师，其他人认为这个比例甚至更少。这使得校园欺负问题往往得不到足够的重视和及时的干预，许多欺负事件直至严重恶化以后才引起教育者的注意。因此，关注校园欺负现象，建立预防和控制校园欺负现象的危机管理机制具有重要意义。

一、校园欺负的含义

欺负是力量相对较强的一方对力量相对较弱的一方进行的攻击，也就是说，欺负是一种特殊的攻击，它与一般攻击最根本的区别在于欺负者与受欺负者之间力量的不均衡性。欺负具有以下三个特点：①未受激惹性，即该行为不是由受欺负者的挑衅引起的；②重复发生性，欺负者会重复把受欺负者作为攻击对象；③力量的非均衡性，在通常情况下，欺负是力量相对较强的一方对力量相对弱小或处于劣势的一方进行的攻击，通常表现为以大欺小、以众欺寡、以强凌弱。这是欺负区别于一般意义上的攻击行为的关键之处。校园欺负是指学生之间发生的欺负行为，这些行为可能危害学校正常教学秩序的运行，从而给学校带来危机。

二、校园欺负的类型及特点

（一）个体欺负

在形式上，欺负可分为直接欺负和间接欺负，其中直接欺负包括直接身体欺负和直接言语欺负。直接身体欺负是指欺负者利用身体动作直接对受欺负者实施的攻击，如打人、踢、抓、推搡，损坏、抢夺他人财物等；直接言语欺负是指欺负者一方通过口头言语形式直接对受欺负者实施的攻击，如骂人、羞辱、讽刺、挖苦、起外号等；间接欺负是指欺负者一方借助于第三方对受欺负者实施的攻击，如背后说坏话、造谣离间和社会排斥等。间接欺负通常不易引起人们的重视，但事实上它同样给受欺负者造成严重的伤害，尤其是持久的心理伤害。

在欺负行为的类型上，研究显示：不论是小学阶段还是初中阶段，学生总体上受直接言语欺负的比例最高，说明该类欺负在中小学生中最为普遍或频繁；其次是直接身体欺负，间接欺负的发生率最低。此外，研究还显示：与小学相比，初中儿童的欺负呈现出更为明显的团体或团伙化特点，即由多人共同参与的欺负在全部欺负中所占的比例极显著地高于一人实施的情况。这正是青少年期易结成亲密同伴关系的基本特征的反映。

（二）群体欺负

群体欺负一般指学生间冲突引发的打架和群架行为。打架是学校中常见的一种不良行为，也是一种违纪行为，湖北潜江市一份关于初中生不良行为的调查中，打架占23.5%，报复性群架占19.5%；兰州市一份调查显示，打架占中学生违纪行为的49.3%，打架的原因中替朋友帮忙的占41.1%，因此很多打架又是群体行为。为了在打架中获胜，不少学生在打架中会使用刀、棍等器械，如辽阳十余名初二女生持刀和棍棒在校内斗殴。又如北京某高中两班学生因篮球赛胜负引发冲突，两班学生"拿了棍子"在教学楼里准备打架，被多名教师拦下。与欺负相比，打架更多的是在正常交往过程中，由于口角等小冲突当时未解决，而把打架作为一种解决问题的方式。打架有时也包括直接的身体欺负中的打人。尽管有些打架行为并不是在校园内发生的，可能和学校也没有直接的关系，但同样也会对学校造成影响，带来声誉上的损害，如深圳某中学暴力视频被传到网上后，在社会上引起巨大反响。总之，打架属于躯体暴力，会直接对学生的身体构成伤害。如不及时加以干预，造成学生伤害等恶劣影响，就会引发学校危机。

（三）网络欺负

网络欺负是指当一个青少年被其他一个或多个青少年利用网络或电子通讯工具（如网络、手机等）有意施以威胁、骚扰、侮辱的行为，从而造成其心理上的伤害。

网络欺负行为按照传播的媒介来划分，主要可以分成以下几个类别：①短信传播产生的网络欺负行为；②通过手机、相机拍摄并传播的照片产生的网络欺负行为；③由移动电话产生的网络欺负行为；④由电子邮件散布产生的网络欺负行为；⑤网络公共聊天室中的网络欺负行为；⑥通过网站而产生的网络欺负行为。

网络欺负行为发生的形式主要包括：①谩骂：利用下流的语言相互谩骂；②骚扰：不断地发一些挑衅的、粗鲁的语言给受害者；③诽谤：制造一些谣言，并且在网络中散布，从而来诽谤一个人的声誉；④假扮：盗取某人的账号，假装这个人的身份在网上散布一些不利于此人名声的言语，从而来破坏此人的名誉或是友谊等；⑤嘲弄：把某人的秘密和一些比较令此人尴尬的图片或是隐私公布在网上；⑥排挤：故意把一些同学从班级或者年级中选出来，并在网上传播，或者是让大家进行匿名投票。

网络欺负的特点有：①隐蔽性、匿名性。在网络空间中，大部分的欺负者都是用虚假的身份隐藏在其中的，而且这些行为并不是在学校这个实体内发生的，欺负者也不会受到学校相关守则的惩罚，这就使得欺负者更加张狂。②强扩散性。网络的普及以及网络本身所具有的开放性很自然地能够将欺负的信息迅速地传播。而同时，在网络这个虚拟的空间中，参与者也更具有盲目性，他们更有可能在不知情的情况下参与欺负，因此，欺负所传播的范围也比传统的欺负行为要广得多。③超越时空性。在网络空间中，欺负者可以在任何时间、选择任何地点进行欺负行为。而且欺负行为的实施地与欺负结果的发生地不仅可以是分离的，甚至可以相距千里之遥。④不可预见性。在网络这个虚拟的空间中，即使学生知道自己的行为是具有伤害性的，但是他们却能够很轻易地说服自己并没有伤害到某个人，这就给纠正学生的网络欺负行为增加了更大的难度。

三、校园欺负的危机管理

校园欺负的危机管理应该从欺负行为的预防、欺负行为发生时的应对和欺负行为发生后的恢复三个部分来建立一个完整的、循环往复的危机管理过程（见图2-3）。

（一）校园欺负预防

1. 提高教师对欺负问题的重视程度

学校的欺负问题具有一定的隐蔽性，一方面是由于受欺负者很少向教师报告，另一方面是教师往往低估校园欺负行为的发生率和后果的严重程度，同时又高估自己的干预程度。因此，学校需要通过培训、会议、规章等形式提高教师的认识。第一，教师要明确欺负行为的范围，不能只重视身体欺负。第二，通过培训，让教师理解校园欺负对学生身心发展的严重后果。第三，教师要关心学生的情绪表现，注意发现儿童的消极情绪和受拒斥现象，要积极寻找原因，不应将其简单地视为游戏争论、起外号、开玩笑或者年龄特征。教师不应该让受欺负者忽略、忍耐或者自己解决遇到的问题。第四，教师要为受欺负者的报告保密，以鼓励学生报告类似的问题。第五，学校要以规章或者危机预案的形式表明，教师在解决欺负问题时应该采

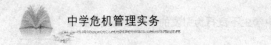

取何种恰当的反应。

2. 发挥学生团体的作用

学校中有时存在着一种"沉默的预谋"，也就是说，学校里存在某些可能的危机事件的信号，但教职工无法辨识，但在学生中却是众所周知的秘密。同教师相比，学生更了解"谁是欺负者？谁受到了欺负？身边是否存在欺负现象？"因此，可以利用同伴团体发现并及早解决欺负，同时向受欺负者提供情感支持。如梅恩（Maines）和鲁宾逊（Robinson）提出了同伴群体的干预策略——无责备方法，这一方法强调欺负的社会背景和学生间的人际互动，将重点放在发展同伴团体的移情能力和对他人的关怀上，其目标是运用来自同伴的压力以抵制欺负行为。这一方法目前在英国的学校中被广泛使用并被证明非常有效。也可以通过同伴的讨论如："什么是欺负？""为什么有人会欺负别人？""自己受欺负时应该怎么办？""同伴受欺负时应该怎么办？"向学生介绍反欺负的榜样，让学生意识到停止欺负是每个人的责任，让学生敢于将欺负告诉老师、家长和同伴。

3. 建立学校欺负干预小组

学校欺负干预小组的工作包括：

（1）风险评估。包括对学生、学校制度情况进行评估。对学生的评估不应该仅仅考虑那些可能有暴力行为的学生，同时还应该考虑那些导致其产生暴力行为的因素，如家庭、班级、同辈群体等。对制度的评估不仅要看完善程度，还要看对制度的执行情况。通过风险评估，我们可以发现许多制度制订和执行上的漏洞及潜在的暴力行为，如何采取措施预防和遏制这些暴力行为的发生是在校园暴力预防阶段的重点。具体做法包括：①教师通过观察、访谈对有暴力倾向的学生、小群体做早期的筛选，及早关注并做重点辅导。②随时注意学生的到课情况，如有缺席者应及时和家长联系，尽早确定缺席者行踪。③利用电话、家长联系本、电话、家访等方式，与家长多沟通，全面了解学生的表现，并向家长提供教养上的帮助。④成立安全巡逻小组，不定时地对教室、操场、走廊等进行巡视，防止学生滋事。

（2）开展多方面的教育，营造安全的学校氛围。具体做法包括：①重视学生礼仪礼节的常规训练和纪律的常规教育。②开展多种有意义的活动，如"某校园危机事件纪念日"等。③加强民主法制教育，让学生了解触犯法律的后果及应负的责任。④利用社会资源，如派出所、社区及心理咨询中心等，进行反暴力及青少年心理方面的宣传。

（二）校园欺负应对

1. 学生应对方法

（1）大声呼救或哭喊。校园暴力侵害行为大部分都是年龄大一些的学生所为，他们之所以选择比较偏僻的地方施暴，就是因为他们本身也害怕。在遭遇侵害的时候，被害人最好大声呼叫或者哭喊，引起周围人的注意，欺负他的人也就会有所顾忌。

（2）寻找机会报警。在遇到有人勒索钱财的时候，被害人应该找机会报警。比如：可以假装顺从帮助勒索人买东西，择机拨打110报警。

（3）及时告诉家长或老师。遭遇欺负或暴力行为，学生不懂或不敢告诉老师和家长。这样一来，受侵害学生的恐惧感会随着时间增加，对学生的学习和生活都会造成不良影响。同时，隐瞒侵害事实，会让施暴者更加有恃无恐。如果在校内遭受暴力侵害，应立即向班主任或者学校保卫科报告。

2. 教师应对方法

教师应该让学生知道，受到欺负时，哪些反应是有效的。心理学研究发现，攻击行为发展变化有一个过程，被攻击的学生采取措施越早越安全。教师可以对受欺负的学生进行相关的模拟心理演练，如：根据攻击者渐渐失去理智、对他人的行为容易发生误解的特点，可采取相应的策略减少危机系数：①努力使自己镇定下来，给对方平静的印象，而不是傲慢的。②用正常的语调与对方交谈，转移他的注意力，改变对方的狂躁状态。③与攻击者保持一定的距离，假装屈服，让对方放松下来。④寻找有效的逃避路线，确保危机爆发时有安全路线可逃等。当欺负事件发生后，教师应注意缓解受欺负者的心理压力，向他们保证，问题将立刻得到解决。对有严重焦虑、抑郁或退缩反应的受欺负者进行心理辅导，通过"自信与果敢训练"改善受欺负者的反应方式，对同伴关系处境不利的受欺负者进行"社交技能训练"，努力消除欺负事件给受欺负者带来的消极情绪和可能出现的长期后果。

3. 家长协助方法

如果自己的孩子被抢走物品，或者被威胁、被欺负，家长不能急躁，一定要安慰孩子，并且鼓励孩子勇敢一点，如果条件允许，担当"和平使者"角色，陪着孩子报案或者与孩子一起找作恶者交谈，消除孩子的心理阴影。另外，父母要注意与孩子多交流。许多孩子在遭遇欺负或暴力行为时都会选择沉默，因此，家长只有通过与孩子的交流才能发现问题。一旦发现孩子身上有来源不明的伤痕或产生害怕上学的情绪，应该想到他可能遭遇了欺负或暴力行为，此时要与孩子谈谈心，给予安全感。此外，若时间允许的话，家长在孩子因遭受欺负而表示不愿上学的时候，最好能送孩子去上学，坚持一段时间，帮孩子重新树立对学校的信心。

（三）校园欺负恢复

1. 消除受欺负者的心理恐惧

欺负干预小组成员应充分理解由欺负事件导致的学生行为、心理方面的异常现象。当处于危机状态的学生已明显解除高危状态后，教师和家长仍应积极、密切地监视他们的情绪与行为变化，直到危险性已确定消失。学校可以给予受欺负学生各种形式的心理援助，如：和学生家长沟通，帮助家长理解孩子的行为；给学生提供短期的或者是长期的心理咨询，让他们适当地发泄心里的恐惧；制订一个计划，帮助受欺负者重新适应校园环境等等。

2. 评估欺负干预的危机管理

对整个危机处理过程中的欺负干预策略进行回顾和剖析是非常必要的，它可以使欺负干预小组从中吸取经验和教训，从而完善欺负干预计划。保证受害学生接受医院的治疗并康复，鼓励学生继续上学，保证学生回到学校后学校能给其一个温馨、友爱的环境。

3. 营造反欺负的校园氛围

据调查，大约80％的学生没有卷入欺负行为，他们既不是欺负者也不是受欺负者，但是他们的态度会影响到校园气氛。学校可以通过学校相关课程、主题班队活动、专题报告等形式动员这部分学生在欺负问题上不再袖手旁观，要主动报告欺负事件和帮助受欺负者。同时学校应该和家长联系，引起家长对欺负问题的理解和关注，提高家长对欺负问题的认识并为家长提供教育上的帮助，如建议欺负者家长：①建议孩子进行反击不是一个最好的解决办法；②帮助孩子培养自身的自信心；③把对孩子安全的担心告知学校的领导；④如果孩子遭到严重的侵犯，父母应该报警求助等。要努力使师生和家长形成这样的共识：任何人都不应该受到欺负，学校决不允许欺负行为。

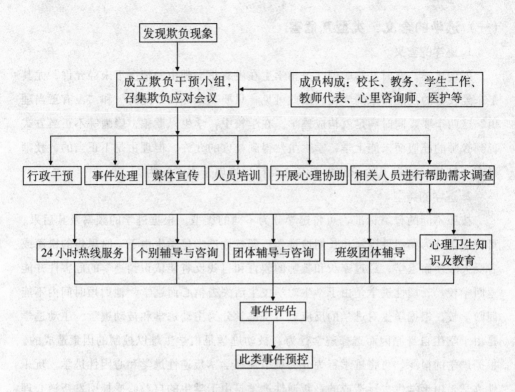

图 2-3　校园欺负的危机管理流程图

第三节　逃学及网络成瘾

一、逃学

逃学现象在各个国家都普遍存在，国际教育界已把逃学列为中学生的三大病症之一。如在新西兰，政府数据显示：2006 年，在 75 万名中小学生中，逃课率是 4.1％。我国目前学生的逃学情况也不容乐观。据上海市区 14 所中学调查，一个学期逃学的学生有 49 名（不包括家长开病假证明的人数）。重庆市某区教育局做过统计，每年逃学的学生有上千人之多。1991 年北京、上海、河北、江苏、湖北、广东、四川、陕西等八个省市，对 1983 名违法青少年进行了调查，发现其中 91.5％的人有过逃学经历。而尤以 14 岁至 16 岁为逃学的高峰期，这正好是在中学阶段。

（一）逃学的含义、类型及危害

1. 逃学的含义

所谓逃学，有时又称旷课，是指学生在没有正当理由的情况下未经允许，尤其是未经校方的批准而未到学校。由此可见，只要"未经校方允许"和"没有正当理由"这两个要素同时满足就构成逃学。在学校中，学生以欺骗、隐瞒等不正当方式得到教师的准假而未能上学；学生虽然得到校方的允许，但理由是不正当的，教师是在不知情的情况下给予的批准等这类行为均属于逃学行为。

2. 逃学的类型

按照不同的分类标准，可将逃学分为不同的类型。根据逃学的频率及其后果，可将逃学分为偶然性逃学和长期性逃学。偶然性逃学是学生由于一时思想的松懈或者受人唆使而逃学，经过家长和教师的教育和自我反省能认识到逃学的危害性并能返回学校。长期性逃学是由于学生对学校生活失去信心而逃学，他们短时间内不能回归学校。根据学生对逃学的反应，可将逃学分为主动逃学和被动逃学。主动逃学是由于学生自身原因而选择逃学行为；被动逃学是由学生难以控制的因素造成的。根据逃学的根源，可将逃学行为分为玩乐性逃学、叛逆性逃学和心因性逃学。玩乐性逃学是由于学生贪玩造成的；叛逆性逃学是由于学生的自尊心受挫引发叛逆心理造成的；心因性逃学是由于学生存在的心理疾病或人格偏差造成的。

3. 逃学的危害

逃学对学生、家庭和学校都会产生不良影响。对于学生而言，逃学不仅影响了正常的学习生活，而且学生一旦脱离学校规章制度的约束，走向社会，很容易受不良社会风气的影响，被社会的不法分子利用和控制，极有可能出现打架、抢劫等各种"反社会"行为，甚至走向违法犯罪的道路。有关报告显示，由于青少年违法行为被监禁的未成年人当中有90％曾是长期逃学者。长期逃学的未成年人实施犯罪行为的几率是其他学生的12倍。

对于家长而言，学生逃学加重了家长的精神负担和经济负担。学生是家长的希望，"望子成龙"是每个家长的心愿。如果孩子逃学，家长付出很多时间和精力来教导甚至看管孩子，就会给家长造成很大的精神压力。此外，家长为寻找孩子往往不仅要放弃手边工作，还要花费很大的人力财力物力，这使得家长承受沉重的经济负担。

对于学校管理而言，逃学扰乱了正常的教育教学秩序，并且逃学具有一定程度的传染性，它会像瘟疫一样传染给其他有逃学倾向的同学，出现部分中学生小团体集体逃学现象，对整个班级和学校的风气产生恶劣影响。逃学也容易使学生走向辍学，如果学生长期逃学，最终结果只能是离开学校，造成学校生源的流失。另外，学生逃学失踪或者学生离校遭受到一些身心伤害，学校可能会面临着不理智家长的诘难，一旦通过媒体引起社会的广泛关注，还会影响到学校的声誉。所以学校处理这种事件时也不只涉及到学校内部事务，还要考虑社会各方利益，如果不及时处理或处理不当就会导致学校管理的危机。

（二）逃学的成因

1. 学校缺乏吸引力

（1）学业压力过大。当今社会升学竞争激烈，学生学业压力巨大，影响了学生的身心健康。据中国青少年研究中心对城市少年儿童的生活习惯的调查表明，中学生平均睡眠只能达到 7.88 小时，没有达到国家文件规定的保证中学生 9 小时睡眠的学生占到 77.5%。根据广州市的统计，有近七成（69.5%）的青少年承受着学习的巨大压力，在如影随形的压力下大约有 73.2% 的青少年常出现生理疾病、倦怠、睡眠不好或失眠、腰酸背痛等。面对这样的压力，部分学生不堪忍受，逃避学习。

（2）学业成就感低。有些学生在学校的学习活动中屡次失败，缺少成就感，就开始怀疑自己的能力，长此以往，自卑情绪越来越重，最后导致逃学。逃学在相对优秀的学生中也不少见。有些学生虽然曾经很优秀，但是随着课业难度的增加或者环境的变化，难以适应新的情况，于是便失去了曾经的优越感而出现心理失衡等现象，久而久之就会厌学甚至逃学。

案例 5　两初中女生离家出走

2004 年 4 月 12 日，浙江省舟山市某中学正举行升旗仪式，初一（2）班的女生蔡某突然晕倒了，缓过来后，蔡某向班主任提出要到校外县人民医院检查一下，并希望同学栾某陪同，在得到老师允许后，两人离开了学校。

可是此后俩人一直没来学校，也没回家或上医院。学校预感事态严重，与家长一起实施地毯式的搜寻，可直到第二天还是没找着。为尽快找回失踪的学生，学校多次召集任课老师、家长代表、同学代表进行分析与讨论。在分析会上，从学生口中得知蔡某和栾某两人前一段日子的行为确实有点异常，她俩经常在一起"密谈"，并向同学打听通往外地的船期，两位学生家长也发现自己家里的钱少了几百元。综合各种因素，大家排除了其他意外的可能，一致认为，两人一定是离家出走了。

可两个初一的小女生为什么要出走呢？大家进行了更深入的分析。据

47

了解，蔡某和栾某是小学时的同学，从小就是好朋友，在读小学的时候均是学校里的佼佼者，又是活跃分子。可自从进入县重点中学就读后，成绩总是平平，甚至感觉跟不上，一个学期下来，成绩越来越差，平时也变得沉默寡言，很少与同学交往，并迷恋上了网上聊天，听说她俩都有许多网友。经多方努力，最终两名女生在远在上海的一间网吧里被找到。

在案例 5 中，蔡某和栾某在小学阶段是佼佼者，进入重点中学后成绩平平，没有了往日的优越感，心理失衡，久而久之出现厌学情绪，最后发展为逃学。从小学进入初中，对学生来说可谓是一个重要的转型期，由于学习环境、人际关系、学习成绩等方面的变化，以及学生自我评判与认识不足，使部分学生无法适应新的学习生活，在学业上饱尝失败的痛苦，久而久之便会引发逃学行为。

（3）学校教学枯燥乏味。作为制度化产物的学校教育，自然需要一定的规范和约束，以保证学校教育功能的正常运行。但是一旦这种规范和约束过强，则会限制学生的自主权和主动精神，从而制约了他们创造性思维品质的展现。在我国，传统的教育思想所倡导的是一种教师权威型的授课方式，个性的需求应该服从集体的意志，这样便导致学生在学校教学中找不到乐趣，仅仅迫于各方面的压力而在课堂学习过程中苦苦挣扎。当这种过强的压力遭遇中学阶段学生的反叛精神时，逃学现象便出现了。

2. 同辈群体的影响

同辈群体又称同龄群体，是由一些年龄、兴趣、爱好、态度、价值观、社会地位等方面较为接近的人所组成的一种非正式初级群体。（周晓虹，1997）同辈群体是一个人成长发展的一个重要的环境因素，尤其是在青少年时期，同辈群体的影响日趋重要，甚至有可能超过父母和教师的影响。（鲁洁，1990）同辈群体在青少年中普遍存在，对其成员的心理倾向和行为具有较强的影响力，他们交往频繁，时常聚集，彼此间有着很大的影响。一些表现出逃学倾向的同辈群体存有厌学情绪，当厌学情绪发展到一定程度，这个团体内有一人提出逃学其他人会立即赞同，于是产生"同辈效应"，出现集体逃学现象。一些有暴力行为的学生组成的同辈群体经常在校园内部欺诈、打架、恐吓同学，使学生生活在恐慌中，一部分受过欺负的学生因怕丢人或再次受到欺负而不敢到学校。还有一些学生不愿或不会与同学交往而脱离集体，被排斥在同辈群体之外，这样的学生就会因为长期受到同学的冷落而不愿上学。

3. 社会环境的影响

（1）"读书无用论"的影响。当前社会面临着严峻的就业形势，"金钱至上"的价值观念充斥着人们的头脑，在这种现实背景下，"读书无用论"再度滋生。这种观念已在第一章有所阐述。部分学生受这样不良社会风气的影响，内心中排斥学校教育，贬低学校教育的价值，迫切希望逃离学校而通过"赚钱"实现自己的价值，因而常常逃学打工，或是放弃学业到社会上"淘金"。

（2）娱乐场所的诱惑。学校周边环境影响着学生的行为。学校附近的网吧、舞厅、台球室等娱乐场所诱惑着学生。其中网络游戏是导致逃学的比较普遍的外界诱因。因为网络游戏的出现正好迎合了青少年的这一心理需求。情节生动、画面鲜活的网络游戏使学生在枯燥的学校生活之外找到了新的乐园，网络游戏创造的虚幻空间暂时让他们找到了躲避现实压力的"避风港"，也让他们体验到了成功。许多学生沉迷于网络游戏带来的愉悦感觉之中不能自拔，逃学也就在所难免。

案例 6　难抵游戏机房的诱惑

正在读初中一年级的张某家对面新开了一家游戏机房，闪闪发光的屏幕和阵阵激烈的枪声强烈地吸引着他。他在课后总想找时间去玩，可是由于学校抓得紧、学习任务重，除了周末外，他根本抽不出时间来。每当上课的时候，他心里总是想着游戏机。于是，他想出了一个办法，托人把假的病假条带到学校，自己却一头钻进了游戏机房。

（蔡江燕，2007）

由这个案例我们可以看出，张某逃学的原因有多个方面。张某家对面的游戏机房是外界诱因。游戏机房闪闪发光的屏幕和激烈的枪声强烈地吸引着张某，对于很多好奇的青少年而言，这是一种巨大的诱惑。在学校方面，繁重的学习任务和日复一日单调乏味的生活使他们对学校有排斥感，不愿进入学校。所以张某想出用假病条请假的办法在正常上课时间玩乐。张某可以用假病条获得准假，说明请假制度也有问题。班主任拿到的假条应该是有家长签字的假条，或者应该给家长打个电话确认学生是否真的病了。这也说明家长和学校在沟通联络方面还不健全。因此，在逃学危机管理的过程中，不能仅仅靠学校一方的力量，而是要调动多方力量共同应对。

（三）逃学的危机管理

一般说来，没有适用于任何类型的厌学逃学的矫治方法，需要对学生的具体情况作综合的分析和判断，据此提出有针对性的具体策略。所以，当学生出现厌学逃学的行为时，教师、家长首先要分析造成学生逃学的原因，这样才能对症下药，有的放矢，尽快采取措施帮助学生回归校园。如果学生是迫于父母过高期望的压力而逃学，那么管理者要考虑如何与家长沟通，教给家长科学的教育方法。如果学生因暗恋同学被人发现而不敢上学，管理者就要对该学生耐心引导，助其走出心理困境。具体问题具体分析，学校、社会、家长三方始终要保持联系，相互配合，共同构筑综合的、立体的、多维的逃学预防矫正系统。

但从操作的层面讲，学校对于逃学的危机管理应该建立起一套基本的流程，并在这一基本流程的基础上采取相应的措施。

1. 逃学危机预防

（1）捕捉逃学征兆。学生在逃学之前总会有一定的心理和行为征兆。行为征兆包括：经常不完成作业，教师询问原因时回答含糊不清；不愿参与集体的活动；经常违规违纪；经常请假；课上睡觉课下活跃；与社会不良分子接触等。心理征兆有情绪低落、不敢看教师的眼睛等。学校要善于捕捉这些信号，及时采取措施防止逃学行为的发生。

在案例5中，两个女初中生离家出走前出现一些征兆：蔡某和栾某两人经常在一起"密谈"，并打听通往外地的船期。如果班主任及时从同学那里了解到内部消息，就不会出现逃学危机。

教师可以通过观察询问和考勤等方式获取危机征兆。班主任应当留意班上学生最近的举动，主动询问任课教师哪些学生在课上有不良表现，或者通过与学生谈话等方式获取学生内部信息。可以采取班主任、任课教师和班长点名相结合的考勤办法。对于住宿生，值周教师和值周班级可以在午晚休巡看、检查、记录学生的出勤情况。

（2）与家长保持沟通。学校应建立家长通讯录，通过电话、短信、家访等方式经常与家长保持联系，及时汇报学生在校的表现，同时也了解学生的具体情况。如果学生不在学校，教师可及时将情况告知家长。家校双方达成共识，共同教育，防范逃学。下面是美国亚利桑纳州的部分学校使用短信发送学生逃学警报的办法与家长共同防范学生逃学的例子。

案例7　学校启用手机短信系统发布逃学警报

美国亚利桑那州的部分学校用了一种手机短信系统，该系统可向父母发布学生逃学的警报信息。学校希望通过这种新方法与家长一道规范教学秩序。

据了解，学生家长加入这种短信系统后，教师便可将学生无故旷课的"逃学信息"立即发送到家长的手机上。学校方面解释说，以往校方遇到学生逃学时，也会通过拨打学生家中电话通知家长，但通常很难找到家长本人，而电话留言有时会被学生偷偷删除。通过短信系统既能与学生家长实时交流，又不必直接拨打手机打扰对方。此外，一旦遇到其他紧急情况，也可通过短信第一时间通知家长。

（光明日报，2006.08.18）

学校与家长的沟通不只是在防范阶段，在危机发生后也尤为重要，学校与家长冷静的处理，达成一致，有利于问题的解决。如案例5，危机发生以后，学校领导者能保持沉着与镇定，并能对危机事件进行理性的分析，与家长相互配合、共同分析研究解决问题的方法与策略。在一个较为平和、协调的气氛与环境下，双方才能群策群力，共同寻找解决危机的最佳策略与方法。在此次事件处理中，学校与家长并没有太多的责备与推诿，而是大家都能静下心来进行分析研究，从而也促成了此事件的圆满解决，直到最后，家长还是怀着感激之情，感谢学校为他们找回了失踪的孩子。

（3）分解逃学群体。既然逃学经常表现为群体行动，那么教师在管理过程中应该注意发现并采取措施解散逃学群体。班里学生比较清楚班内哪些同学有逃学倾向，教师要善于利用信息资源，尽快确定逃学同辈群体的成员，以便根据那些有逃学倾向学生的特点对症下药。在班级活动和团队活动中，教师注意拆散逃学群体，让他们多与优秀学生接触，让他们尽快重新加入积极的同辈群体。例如教师可以从座位上打破原来的结构，让这部分学生与优秀生坐在一起。对于逃学同辈群体中的核心人物，学校要做重点个案加以研究，采取措施进行干预，做到"擒贼先擒王"。

（4）开展有吸引力的学校活动。学生由于学校的娱乐活动缺少吸引力而逃到校外寻求刺激的游戏，针对这一现象，学校可开设"绿色网吧"，每天有一定的开放时间让学生在校内娱乐，这样就避免了学生偷偷在校外上网可能带来的问题。学校可适当引导，根据中学生的心理特点，开展网页设计大赛等相关活动，既激发了学生的兴趣，又培养了学生的创造能力，让他们在校内找到施展才能的舞台。学校还可以组织郊游、文化艺术节、体育节等活动，让学生在集体活动中体验到快乐，从而对学校产生归属感。

2. 逃学危机应对

如果学生已经逃学，学校应该按照以下程序进行。首先是信息沟通。学校应在平时建立逃学危机应对信息网络，应有明确的沟通渠道和解决途径，无论是学生、教师、班主任还是学校管理者，一旦发现逃学现象，非常清楚该向谁汇报、由谁来解决。其次是充分发挥班主任的功能。作为整个班集体的负责人，班主任最了解情况，也应该承担起相应的职责。从学校管理者、家长到公安部门，班主任应该熟悉相关的通报和处理流程。从相关同学处获得信息也是重要一环。最后是利用媒体协助进行搜索，这个环节应该由学校管理者来负责，尽可能地保证其正面和客观的进行报道而非对学校声誉造成伤害。

3. 逃学危机恢复

逃学危机管理流程的最后一环是事后教育，包括对家长的教育和对逃学学生的教育两个方面。学校应建立家长委员会，由教育心理教师、教育专家和法律专家为家长进行心理健康的讲座，或者举办家庭教育咨询的活动，让家长了解学生的心理，帮助学生克服成长中的困难。

返回学校的逃学学生心理承受着一定的压力，如果教师严厉批评，就会增加他们的压力感，可能会导致他们再次逃学。所以对于这样的学生，校规要留有余地，给他们改过的机会。班主任应联合任课教师和家长制定矫正方案。必要时，班主任可以请心理辅导教师对他们进行专门辅导，多管齐下，共同转化。

（四）相关的法律法规

《中华人民共和国预防未成年人犯罪法》（节选）

第十六条　中小学生旷课的，学校应及时与其父母或者其他监护人取得联系。未成年人擅自外出夜不归宿的，其父母或其他监护人、其所在的寄宿制学校应当及时查找，或者向公安机关请求帮助。收留夜不归宿未成年人的，应当征得其父母或者其他监护人的同意，或者在二十四小时内及时通知其父母或者其他监护人、所在学校或者及时向公安机关报告。

第二十三条　学校对不良行为的未成年人应当加强教育、管理，不得有歧视。

第二十四条　教育行政部门、学校应举办各种形式的讲座、座谈培训等活动，针对未成年人不同时期的生理、心理特点，介绍良好的教育方法，指导教师、未成年人的父母和监护人有效地防止、矫正未成年人的不良行为。

二、网络成瘾

（一）网络成瘾的含义、类型及表现

网络被喻为20世纪最伟大的发明，它的飞速发展给当今世界带来了广泛而深刻的影响，不仅改变着人类赖以生存的地缘空间，同时也影响着人们的日常生活。网络因其资源的丰富性、自由性、超时空性和即时性而广受欢迎，但另一方面，网络的虚拟性、匿名性和低责任性也带来了色情、暴力、迷信等不良信息的泛滥。人们在享受互联网带来的种种便利的同时，也遭遇到诸多负面影响，青少年"网络成瘾"就是其中之一。

据中国青少年网络协会（CYAND）2005 年调查显示，全国青少年网瘾用户约占青少年网民的 13.2%，人数约达到 1105.4 万人。除此之外，非网瘾用户中还有约 13% 的网民，即 900 万青少年存在网瘾倾向。其中中学年龄阶段（13～17 岁）的未成年人比例最高，为 17.1%；而初中学生群体的网瘾比例则高达 23.2%。

网络成瘾障碍、病态网络使用、网络成瘾或网络依赖都是对过度使用网络的描述。虽然到目前为止，临床医学及社会科学学术界尚未形成一致的严谨定义及诊断标准，但当前对"网络成瘾"较为认可的定义是："由重复地对网络使用所导致的一种慢性或周期性的着迷状态，并带来难以抗拒的再度使用之欲望，同时会产生想要增加使用时间的张力与忍耐、克制、戒断等现象，对于上网所带来的快感会有一种心理与生理上的依赖"。其界定的角度主要有"过度使用网络"（重复使用）、"冲动控制障碍"（难以抗拒的使用欲望）、"使用快感"（或满足感）和"负面影响"（戒断症状）等四个方面。（刘晓彬，2006）

根据使用网络的程度以及问题严重程度的不同，当前我国青少年的网络问题可以分为三类：网络使用失调、单纯性网络成瘾和复合性网络成瘾。当前我国青少年网络问题大部分属于"网络使用失调"，即不适当地使用网络给青少年发展造成了一定干扰，但不影响其基本完成在校学习。这部分青少年属于网络成瘾的边缘人群，是有效预防网络成瘾发生的重点人群。单纯性网络成瘾是指主要由网络使用引发的青少年发展性问题，他们上网时间很长且问题很严重。但这部分青少年不存在其他心理问题，如果能够帮助纠正引导，就可能顺利恢复常态发展。而大部分网络成瘾的青少年都存在其他心理问题，这部分青少年网络成瘾的问题比较严重，必须结合心理及其他方面的诊断才能真正使他们走出困境。

整体而言，网络成瘾症状表现在如下方面：

（1）上网已占据过多身心；

（2）不断增加上网时间和强度；

（3）因某种原因突然不能上网时，感觉到烦躁不安，无所事事；

（4）向家人隐瞒自己迷恋因特网的程度；

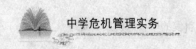

（5）每天上网时间超过 4～5 小时，连续一年以上；

（6）将上网作为解脱痛苦的唯一方法；

（7）在投入大量的金钱和时间后有所后悔，但第二天仍然控制不住上网；

（8）无法控制上网冲动；

（9）因长期迷恋因特网导致睡眠节律紊乱、视力下降、食欲不振和营养不良。

（二）网络成瘾的危害

网络成瘾现象，无论对中学生个体，还是对家庭、对学校、对社会都有很大危害。

1. 对中学生身心健康的危害

目前我国小学生患近视的已达 30％，到高中，这一比例高达 70％。除了学习负担的增重，迷恋上网、用眼过度也成为导致近视的原因之一。"网瘾"患者由于上网时间过长，还容易引起心血管疾病、紧张性头疼等症状，严重的甚至导致猝死。2002 年 11 月安康一少年连续 27 小时上网，结果疲劳猝死；2003 年 4 月南昌 17 岁高中生余斌因连续两天上网猝死网吧。广博的网络世界给学生获取信息提供了方便，但是长期使用电脑与滥用网上材料，也容易使学生的思维模式单调化，在一定程度上限制了他们的想象力、创造力的发展。美国《教育周刊》的调查发现，常"泡"在网上的青少年，其写字作文、分析综合、评论鉴赏的能力，要比接受传统教育的学生差一些。而网络上不良信息的泛滥，更是给中学生的精神世界带来很多负面的影响：人际交往障碍、道德意识弱化、道德行为失范等。

案例 8　两中学生通宵上网累昏头　铁轨上熟睡被火车轧死

2004 年 3 月 31 日上午 9 时 33 分，重庆市沙坪坝回龙坝镇中学两名初一男生因连续通宵上网后疲惫不堪，坐在铁轨上熟睡时，被疾驰而过的火车轧死。与他们同在一起的另一男生被火车惊醒后侥幸逃命。

（中国青年报，2004.04.22）

2. 对学校的危害

网络成瘾对学生的危害，间接地也影响到了学校的教学，进而对学校的声誉造成了负面影响。

互联网信息的丰富，网络上流动的各种冗余信息成为干扰中学生选择有用信息的"噪音"，而且计算机网络挤占了中学生阅读书本、思考问题的时间，对中学生的学业有很大影响。中学生因沉迷于网络而旷课、逃学以致荒废学业的情况屡见不鲜。中学生为见网友逃学，为了上网费用去盗窃，因为上网引发暴力事件而致伤致死的新闻频频出现在人们面前。这些行为影响了学校正常的教学秩序，降低了学校的教学质量，进而对学校的声誉造成了恶劣的负面影响。因此，对中学生网络成瘾现象的预防和应对已经成为中学管理者和教师的当务之急。

案例9 山东三名中学生为上网卖掉全班课本

为筹措上网费，阳谷县三名中学生趁学校期末考试后同学暂时离校之机，将全班同学的课本拿到废品收购点卖了23元钱，然后跑到网吧上网。

（齐鲁晚报，2008.02.08）

案例10 免费上网 引得广西上百名中学生请"病假"

日前，广西上林县一所中学的老师发现，该校竟有180多名学生同时请病假。老师们在调查后发现，学生请假的原因，竟是县城一家新开张的网吧打出了开张期间免费上网、附赠矿泉水的广告，因此让这些学生网虫同时"生病"。据了解，类似现象在上林县城的其他几所中学也不同程度地存在。

（中国青年报，2006.12.31）

从以上案例中，我们清楚地看到因为上网成瘾而引起的学生的失范行为，从小团体的校内盗窃，到集体逃学，不仅给学校造成了财物上的损失，也严重影响了学校的教学秩序，给学校带来了恶劣的影响。

3. 对社会的危害

中学生在尽情享受网络带来的便捷和高效的同时，也出现了大量的违法犯罪行为，如网上诈骗、网上色情服务、网上非法交易等等。而网络成瘾也能引发中学生在现实中的犯罪行为。中学生因网瘾诱发犯罪的现象也是愈演愈烈，在北京发生的青少年犯罪案件中，90%与网瘾有密切关系。网络已成为中学生犯罪的主要诱因，根据青少年犯罪研究会的统计资料显示，目前青少年犯罪总数占全国刑事犯罪总数的70%以上，而70%的少年犯因为受到网络中色情、暴力等内容的影响而诱发盗窃、抢劫、强奸，甚至杀人等严重的犯罪行为。

案例11 为筹钱上网中学生抢劫

绥阳县城一批中学生为筹钱上网，经商量后持刀在县城对市民实施抢劫，依法被刑事拘留。

（尹光全等，2007）

（三）网络成瘾的成因

中学生网络成瘾现象的出现是诸多因素影响的结果，其中既包括内在的因素，

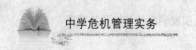

也包括外在的因素。而主要成因则在于中学生的心理发展特点及其个体人格特质因素。

1. 中学生年龄段特点

中学生网络成瘾与他们所处的年龄阶段有很大关系。在个体发展的过程中，青少年时期（13岁至18岁）充满了变化，如，身体迅速发展，认知发展，社会化角色重新定位等。由于这些发展往往不同步，而使得青少年时期的中学生心理发展特点十分复杂。他们处在求知欲强烈与识别能力低的矛盾中，处在向往独立自由与情感依赖的困境中，如果他们的种种心理压力在现实中得不到正确的引导与释放，再加上个体的特殊的个性心理特征的影响，就可能使中学生求助于虚拟的网络世界而无法自拔。因此，要预防并应对中学生网络成瘾所带来的问题，学校必须针对中学生独特的心理特点做出引导。

2. 社会因素

对于网络成瘾行为来说，其原因是多方面的，除了受中学生心理特征、个体人格特质等内在因素影响之外，家庭环境、学校环境、社会环境以及网络特性等外部因素也对网络成瘾行为起着重要作用。美国著名的精神分析学家卡伦·霍妮认为，如果父母抚育子女的方式不当，就会造成子女无法与他人正常交往，而这种人际关系的障碍可能导致青少年产生焦虑，使他们潜在地感到自己所处的环境充满了敌意，感到被人抛弃，缺乏安全、无能为力。有学者曾对初中生父母教养方式与网瘾的相关性进行过研究：发现有网瘾的初中生与无网瘾的初中生在父母教养方式的惩罚、过度干涉、过度保护、拒绝否认等因素上得分差异有显著性。这表明，过于严厉、溺爱、缺乏尊重的消极教养方式使孩子自信心、自控力降低，易沉迷于网络。

3. 网络的诱惑

除了中学生个体和社会的因素，网络自身的一些特点也导致其容易成瘾。网络的超时空性使中学生扩大了交往面，在网络上可以自由选择交流的对象，使得他们可以无所顾忌地吐露心声，倾诉成长中所遭遇的烦恼、困惑、孤独和痛苦，找到共鸣和理解；网络上的匿名性使得网上交友具有隐秘性，尽管不闻其声，不见其人，却能实现零距离接触，可满足学生的猎奇心理；而网络的虚拟性则对学生网络成瘾构成很大诱惑，在网络虚拟世界中，学生不需要面对现实中的挫折、失败和各种规则的束缚，能够做很多现实社会规范所不容许的事，例如结婚、杀人、随意骂人等，可以随心所欲地宣泄自己的情绪。

（四）中学生网络成瘾的危机管理

如前面所述，中学生网络成瘾现象极为普遍而且具有较大的危害，因此，对中学生网络成瘾现象的防治是学校的当务之急。鉴于网络成瘾的原因来自社会、学校及家庭等各个方面，学校在防治网络成瘾的过程中也要建立一个学校、家庭和社会互相联动的系统网络，从而帮助网瘾中学生摆脱网络的不良影响。

1. 改善学生上网环境

网络世界拥有丰富的信息，而且大大方便了人与人之间的交往，如果正确引导，完全可以成为中学生学习知识、拓宽视野的重要渠道。网吧的出现也为青少年的交流、创新、娱乐提供了便捷的服务。但作为以盈利为目的的商业网吧，虽然也为上网者提供了信息查询、网络浏览、即时通讯、休闲娱乐等功能，但休闲游戏功能还是占主要地位。互联网是一个充斥着各种思想和观念的虚拟世界，面对网络上鱼龙混杂、良莠不齐的信息，识别能力弱的中学生可能会被诱导、被迷惑。盈利性的网吧往往利用中学生的心理特点诱导中学生上网，以牟取利润。对学生上网，既要采取"堵"的办法，通过家校合作等各种方式严格管理，也应采用"疏导"的手段，为学生提供健康上网的渠道，建设校园"绿色网吧"。可以以学校的局域网为依托，以计算机机房为基础，让机房中的计算机组成网络，利用交换器连接到国际互联网上。上课时间以学习信息技术或计算机专业知识为目的，课外时间则以辅导学生学习或活动为目的。在"绿色网吧"的计算机上可以安装特定的网络安全监控软件，一旦有非法网站出现，便能自动阻断。而且在"绿色网吧"中学生上网的时间是有限制的，就不会出现学生上网成瘾的现象。上网者身份单一，就不会出现社会网吧中的吵架闹事现象，更不会出现乌烟瘴气、吞云吐雾的吸烟污染网吧环境的现象，家长也能放心孩子的安全。现在已经有一些学校建立了校内的"绿色网吧"，并制定了对其进行管理的相关措施（见附录1），不仅明确规定了"绿色网吧"对学生开放的时间，还要求老师对学生进行网络教育。在硬件和制度上，为中学生提供了健康良好的上网条件。如果学校条件不能满足学生，也能与学校所在社区联合开设"绿色网吧"，适当收取一定费用，形成学校和社区共建的健康的上网环境。

2. 加强家校合作

武汉同济医学院公共卫生学院心理卫生研究中心对武汉市上网成瘾的中学生进行的一项调查表明，目前造成中学生上网成瘾的原因中，家庭教育因素尤为明显。"在上网成瘾的学生中，有近80%的认为，他们不仅在家无法获得与父母交流的机会，而且家长平时除了关心他们的学习成绩外，对其他方面都不太过问"。因此，网络虚拟世界成为他们释放压力和获得平等的好去处。因此学校在管理网络成瘾学生时，一定要重视与家长的沟通合作。学校如果发现学生有类似网络成瘾的苗头，应主动与家长取得联系，了解学生在家庭的情况，同时和家长配合，有针对性地开展思想工作，发挥家校系统综合的教育作用。这是预防青少年网络成瘾的一个基本思路。

家校共同制定预防网络成瘾症措施，督促学生做到遵守校规校纪，严禁学生出入校外网吧，对学生的到校离校时间都要有所了解。对于学生在学校与家庭中的心理动态、人际交往情况和行为状况，双方应有交流。学校也要督促家长经常关心孩子的思想、学习和生活，并根据孩子的思想和学习情况，采取适当的教育方法。要求学校的教职工，特别是班主任要深入到学生中去，了解学生的学习、生活、娱乐（如体育、绘画、歌唱等），主动关心学生的课余生活，密切师生关系。班主任要勤于家访，要及时了解有网瘾行为的学生在家的各方面表现，经常同家长（监护人）保持联系，同时家长对子女也会有一个真实全面的了解，与学校齐抓共管，达到转化其子女的目的。例如海南省澄迈县澄迈中学陈吉灵老师在察觉到学生有网瘾倾向的时候，就去网吧追踪学生的上网情况，了解学生的上网情况后及时与家长进行面对面的沟通交流，共同寻求帮助孩子戒断网瘾的办法。通过陈老师的工作，帮多名学生戒除了网瘾。

3. 建立预防网瘾的信息反馈系统

在防止学生过度上网的措施中，建立信息反馈系统是学校处于主动地位的一条重要措施。信息不畅，学校就可能因不了解情况而成为"聋子""瞎子"，或者因事过境迁而只能在事后当"消防队"，处于被动地位。信息反馈系统，应以学校管理者和教师为主要力量，以学生、家长和学校的周边环境为辅助力量。利用现有的电子系统，对有网瘾行为的学生建立档案资料，便于学校的跟踪教育。同时，严肃校规校纪，加强教学管理和宿舍管理。班主任和任课教师对于逃课或深夜翻墙出去上网的学生，要加强心理疏导，多与其进行交流沟通，关心其学习、生活和思想顾虑，帮助其找回自信和学习上的兴趣，引导其形成良好的人际关系，多组织一些班级活动，营造宽松、和谐、民主的班级氛围，培养网瘾学生对班级和学校的认同感。

4. 丰富教师的网络知识

2000年6月湖南省团委对湖南青少年接触和利用网络的状况进行的调查显示，青少年思想教育工作者中有4.3%的人根本不用电脑，有37.1%的人根本没有接触过网络。这显然不能适应时代的要求。近几年互联网是以几何级数的速度迅猛发展，然而广大教师由于主客观方面的原因，大多数还缺乏必要的网络意识、网络知识和网络技术，因而对中学生中发生的与网络有关的问题或不良行为，究竟该如何教育、引导、解决和处理，教师尚缺乏有效的对策。教师不仅要掌握网络知识，更要了解学生上网的兴趣所在，最好是能亲自去现场调查学生在网吧里的状况，知道网络上的什么吸引了学生，才能对症下药，根据学生的不同情况，做出相应的干预措施。对于那些网瘾较重的学生，教师应该给予长期持续的关注，了解其课余活动，了解其心理动向，才能给予正确的引导。

随着中学生网络成瘾现象愈来愈严重，社会上出现了很多帮助学生戒除网瘾的学校和诊所。学校的管理者和教师在平时也应该对此类机构有所关注，有所了解，搜集相关的信息，当学校中出现了网瘾较重的学生，而家长和学校又不能给予干预的时候，可以建议家长把孩子送去专门戒除网瘾的学校或诊所进行诊疗，以免延误治疗，造成恶劣的后果。

在现代信息社会，网络的出现不应被视为洪水猛兽，应该从更宏观的视野来看待网络与中学生心理发展的问题。恰当地引导中学生将课内外的学习生活与网络这一强有力的工具结合起来，促进中学生的发展；将网络和学校的教学结合起来。这些都是教育者解决由网瘾引发的学校危机时应当考虑的问题。

（五）相关的法律法规

《中华人民共和国预防未成年人犯罪法》（节选）

第十条 未成年人的父母或者其他监护人对未成年人的法制教育负有直接责任。学校在对学生进行预防犯罪教育时，应当将教育计划告知未成年人的父母或者其他监护人，未成年人的父母或者其他监护人应当结合学校的计划，针对具体情况进行教育。

第三十条 以未成年人为对象的出版物，不得含有诱发未成年人违法犯罪的内容，不得含有渲染暴力、色情、赌博、恐怖活动等危害未成年人身心健康的内容。

第三十一条 任何单位和个人不得利用通讯、计算机网络等方式提供前款规定的危害未成年人身心健康的内容及其信息。

第三十三条 营业性歌舞厅以及其他未成年人不适宜进入的场所，应当设置明显的未成年人禁止进入标志，不得允许未成年人进入。营业性电子游戏场所在国家法定节假日外，不得允许未成年人进入，应当设置明显的未成年人禁止进入标志。对于难以判明是否已成年的，上述场所的工作人员可以要求其出示身份证件。

第三章

突发性学生身体伤害事件及其管理

除了中学生的不良行为之外，还有许多突发性事件，可能对中学生的身体造成伤害，并由此引发学校危机。对于这类频频发生的事件，许多学校管理者往往不知所措；在面对家长、社会等各方面的指责和赔偿要求时，学校管理者常常本着息事宁人的态度承担了许多本不属于自身的责任。鉴于此，本章将对这些突发性学生身体伤害事件进行分析，并着重澄清学校的职责和义务，同时提供一些有针对性的应急预案供学校管理者参考。

第一节　校园意外伤害事故

一、校园意外伤害事故的含义

校园意外伤害事故也称为学校事故，是指在学校里因过失行为所致的人身伤害事故。校园意外事故的特征是：产生于过失行为而非故意行为，其范围不只限于学生，导致其发生的行为主体具有多样性。学校因此要承担的法律责任主要是民事法律责任。

频发性是校园意外伤害事故的典型特征。在学校中，一个令学校领导和教师感到十分困扰的问题就是校园意外伤害事故的发生。类似体育课及课外活动中学生受伤、课余学生相互追逐打闹引起伤害等事件，小则引起纠纷，需要学校做好疏通工作；大则导致学校不堪重负的巨额赔偿，甚至还会诉至法庭，对学校的声誉和正常教学秩序带来影响，构成了学校的危机事件。这类事件不仅危害大，而

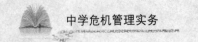

且发生频率高，几乎每所学校都曾有过类似的事件发生。因而，加强对校园意外伤害事故的控制和管理极为重要。

案例1 学生跳绳被绊倒致伤

某校高二学生上体育课，体育老师张某带领学生做好准备工作后，令学生练习跳绳。两名学生各执长绳一端，其余人依次跳过。学生徐某跳时不幸被绳绊倒，腹部着地。经医院诊断为：脾脏外伤性破裂，需手术治疗。

案例2 初中生从屋顶摔落致伤

初中生吴某、黄某和顾某在课后进入乒乓球室屋顶栏杆外非活动区域追逐打闹，吴某因不慎从玻璃天棚上摔落至地面造成身体伤害。事故发生后，校方紧急送吴某至医院。经检查诊断，吴某左侧气胸、左肘关节轻度骨折。

案例3 两高中生为情决斗致死

高中生王某给本校女同学杨某写情书遭到拒绝。当得知杨某和另一男生于某谈恋爱时，王某联想到电影中经常出现的决斗争夺女友的场面，于是找到于某，提出决斗的要求。于某同意了并与王某签订决斗"条约"。几天后的一个晚上，王某和于某按约定的时间来到学校体育场决斗。结果王某用刀刺进了于某的腹部，于某次日因医治无效死亡。

二、校园意外伤害事故的类型

校园意外伤害事故有多种分类方法。根据意外事故发生的时间，可以分为课内事故、课余事故。根据事故的表现形式，可以分为游戏型事故、恶作剧型事故和失职型事故。游戏型事故是指学生游戏时不小心发生的伤害，致害人一般不是故意伤害他人，也未考虑可能引起的后果。恶作剧型事故是指伤害者往往故意伤害他人，但由于年龄尚小，没有考虑将会产生的后果。失职型事故往往和学校的设备简陋或教师的工作责任心不强有关。（吴志宏、杨安定，2002）从学校对事故所负责任大小的角度，又可分为学校有责任事故和学校无责任事故。常见的校园意外伤害事故形式包括运动中的伤害、玩耍中的伤害、建筑物坍塌带来的伤害等。

（一）运动中的伤害

体育课的特殊性质导致意外伤害事故极有可能发生。跳马、体操、铁饼、铅球、篮球、足球等项目都很容易引起伤害。

案例4 体育课踢足球眼睛受伤

15岁的张某是西安市八中初二年级学生，2001年11月20日体育课时，老师给学生发了篮球后离开操场，后来学生开始进行足球比赛。他当时是守门员，当球到门前两三米处时，同学董某将球踢中了他的左眼部。当时他疼痛难忍倒地，左眼泪流不止，后经诊断，结果是"左眼外伤脉络膜三角综合征"，双眼视力大幅度下降，且还有后遗症。

（华商报，2002.09.02）

（二）玩耍中的伤害

在下课或放学之后，学生在操场、走廊和楼梯旁嬉戏打闹，很容易出现意外，例如沿楼梯滑下来摔断手脚、被他人推下楼梯摔伤、追逐中跌倒摔伤等。

案例5 中学生课间打闹致残

王某、张某和徐某是同班同学，2001年6月20日下午课间休息时，三人在教室里打闹，张某推了徐某一把，此时背对黑板的王某看到徐某站立不稳向自己倒过来，转身要躲，结果没站稳，一手按在了玻璃黑板上。由于黑板原来就有细小裂纹，加之王某用力过猛，黑板破裂并割伤了王某的右手腕。经三次手术后王某的手指活动范围已接近正常，但是拇指至今仍不能外展。

（中国法院网，2002.08.28）

（三）建筑物坍塌带来的伤害

在一些经济较为落后的地区这类现象相对较多。由于资金等各种原因，很多中学的建筑物并没有得到及时维护和保养，一些楼梯、走廊等设备也可能因老化而形成隐患。

案例6 厕所墙壁倒塌事件

2005年3月25日是西安市临潼区相桥中学初一、初二学生月考的日子，然而对于学校的部分男生来说却是一场噩梦。上午10时10分，正当上百名男生拥进厕所的时候，厕所的围墙和顶棚突然塌了下来，造成一名学生死亡，十多名学生受伤。

（华商报，2005.03.26）

三、校园意外伤害事故的成因

校园意外伤害事故的发生通常都是多种因素综合作用的结果，如果能够控制其中任何一个关键环节，很多悲剧都可以避免。在此，我们列出几种较为常见的诱因，供学校管理者和工作人员参考。

（一）安全保护措施不力

体育课、课间活动以及学校组织的校外活动，常常因为保护措施不力而引发事故。擦电风扇、高楼擦窗户等也会造成中学生人身伤亡的事故。体育教学中由于教师责任心不强，不能尽职尽责，实施合理的保护与帮助措施，很容易引发伤害事故。例如，没有认真检查和排除事故隐患，或者对于一些有危险因素的项目组织不当，不懂得采取合理的保护与帮助措施，对运动项目组织不当等。

案例7　体育教学中的事故

北京市丰台区某初中学生刘某，上体育课期间，体育教师张某令其自由活动，自己去传达室接电话，正在学习单杠动作的刘某不慎摔了下来。经诊断为左股骨下段骨折，花去医疗费万余元，将校方诉上法庭。

在本案中，刘某受伤时15岁，系限制行为能力人，学校对在校的未成年学生负有管理职责，应保护其人身健康和安全。教师上体育课让学生自由活动，自己去传达室接电话，在一定程度上使学生脱离了教师的管理和指导。对原告刘某的损伤，学校有一定过错，应负相应的责任，刘某的行为属正常体育学习行为，因此，刘某没有任何过错，是体育教师责任心不强导致了事故的发生。

（宋大维，2004）

（二）学生行为不当

有些校园意外伤害事故主要是由学生自身引起的，课间休息时和课后学生追逐打闹所引起的事件就属于这一类。在体育课上，有些学生不遵守纪律，或是做高难度的动作而发生的意外伤害也属此类。中学体育教学过程中因学生因素造成意外事故发生的主要包括：①部分中学生没有意识到体育教学过程中不安全因素的存在，因此，他们自以为是，在没有真正掌握必要的运动技术动作要领之前，或是运动技术不熟练，灵活性较差，动作不协调，在没有人保护的情况下，在其他同学面前"献艺"，这就会发生意外事故。②有的中学生不遵守纪律，不遵守体育运动场的安全管理和规章制度，不重视运动中的安全事项，不注意检查运动场地的情况而发生意外事故。也有少数中学生，在进行体育运动时，不讲体育道德，动作粗野，有意犯规等而发生意外事故。③有的中学生由于身体素质较差，或是身体不适、情绪不稳、睡眠不好或思想不集中，或是存在生理缺陷而未告知教师，就进行体育运动，因而导致意外事故。有的学生不注意运动强度的问题，运动量过大，超过自身承受能力，在这种情况下，也容易造成意外事故的发生。

学生因特异体质或特定疾病在学校发生伤害可分为两种情况，一种是学校知道或应当知道，但未予以必要注意的，这种情况属学校责任事故；还有一种是学生有特异体质、特定疾病或者异常心理状态，学校不知道或难以知道的，这种情况一般是指学生或未成年学生家长不及时告之必要的信息的情形。学生的许多疾病尤其是先天性疾病，学校一般难以知道。这种情况下所造成的学生人身伤害的风险应由行为人自己来承担。（宋大维，2004）

（三）建筑和设备老化

学校建筑和设备陈旧老化，如果不能够及时修复和拆除，就会给学校带来事故隐患。学校建筑物倒塌、踩踏事件等最近仍时有发生。教育部在2005年11月发出了《关于进一步加强中小学安全工作，预防学生拥挤踩踏事故的通知》。通知提到："近年来，特别是去年以来，各级教育行政部门和中小学校积极采取各种措施，深入开展安全管理专项整治行动，取得了显著成效。但是，近一段时间以来，发生在校园的学生拥挤踩踏事故急剧增加，对中小学生生命安全构成了严重威胁，中小学安全管理工作面临的形势依然比较严峻，必须引起各级教育行政部门和全体教育工作者的高度重视。"这部分相关的具体内容可参见本书第五章第三节校产危机管理。

学校运动场地器材设施也可能造成伤害事故。很多中学的运动场地、体育器材年久失修，体育器材安装不牢固或安放不恰当，并且缺乏必要的保护措施，这些都可能引起伤害事故。学校体育场地器材设施存在的隐患包括体育器材存在严重的质量问题、老化之后没有及时更换、安装不牢固、放置不合理、场地不平整等。在这类事故中，学校通常要承担主要责任。

四、校园意外伤害事故的责任划分及法律依据

校园意外伤害事故中的责任划分是学校管理者和家长最为关心的内容。2002年9月1日起实施的《学生伤害事故处理办法》第八条规定："学生伤害事故的责任，应当根据相关当事人的行为与损害后果之间的因果关系依法确定。因学校、学生或者其他相关当事人的过错造成的学生伤害事故，相关当事人应当根据其行为过错程度的比例及其与损害后果之间的因果关系承担相应的责任。当事人的行为是损害后果发生的主要原因，应当承担主要责任；当事人的行为是损害后果发生的非主要原

因，承担相应的责任。"

（一）学校职责的性质

学校职责可以用学校对学生所承担的法定义务来描述，是一个概括学校和学生关系的范畴。对未成年学生伤害事故正确处理的关键是明确学校与未成年学生的法律关系，确立正确的归责原则等。义务教育阶段公立学校与未成年学生之间是单一的教育、管理和保护关系；民办学校与未成年学生之间既有教育、管理和保护的法律关系，又存在教育服务合同关系。但学校不是未成年人的监护人。

《学生伤害事故处理办法》第七条规定："未成年学生的父母或者其他监护人（以下称为监护人）应当依法履行监护职责，配合学校对学生进行安全教育、管理和保护工作。学校对未成年学生不承担监护职责，但法律有规定的或者学校依法接受委托承担相应监护职责的情形除外。"

事故发生后，有关责任主体应根据不同情况承担不同的法律责任。法律责任包括三种：民事法律责任、行政法律责任和刑事法律责任。民事法律责任是最主要的一种事故责任，它是由有过失的加害人（包括自然人和法人）向受害者承担的以财产责任为主的一种法律责任。这也是未成年人伤害事故中学校承担责任的主要性质。

学校的办学性质不同，学校与未成年学生的法律关系不同，决定了其所承担的民事责任也有所不同。公立学校在未成年学生伤害事故中应承担侵权责任。侵权责任是指行为人由于过错，违反法律规定的义务，侵害他人人身权利和财产权利，应当依法承担的损害赔偿等法律后果。由于公立学校与未成年学生之间的关系是法定的教育、管理、保护的关系，所以在未成年学生的伤害事故中，学校应承担因违反教育、管理、保护这一法定义务而产生的民事责任。

民办学校承担民事责任的性质，一般应由未成年学生的监护人选择。因为民办学校对未成年学生的主合同义务是向学生提供教育，而保护学生人身安全，只能作为学校的随附义务。这种随附义务与教育、管理、保护的法定义务并无区别，两者所要保护的都是法定权益。在民办学校未成年学生伤害事故中，既涉及违约责任，即因当事方的违约行为而侵害了对方的人身权益；又涉及侵权责任，即因侵害对方的人身权益而违约。在责任竞合的情况下，究竟以何种法律关系要求学校承担责任，由受损害方选择。因此，在民办学校中，如未成年人遭受伤害，未成年学生监护人有权就民办学校承担民事责任的性质做出选择。

学校事故的责任人承担行政法律责任的方式有两种：受到行政处分和行政处

罚。如果学校事故造成严重后果，有重大过失的人员若触犯刑律，便构成犯罪，行为人要承担刑事法律责任，受到刑罚制裁。

（二）校园意外伤害的归责原则

归责原则确立的根本宗旨是决定侵权行为所造成损害的赔偿责任归属，即决定何人对侵权行为的损害结果负担何种程度的赔偿责任。侵权行为的归责原则，实际上是确定行为人侵权民事责任的根据和标准，是司法人员在处理侵权纠纷时应遵循的基本准则。我国的侵权理论在侵权归责时一般适用三种侵权责任原则，即过错责任原则、无过错责任原则和公平责任原则。对未成年学生伤害事故的归责原则应适用过错责任原则。

最高人民法院《关于贯彻执行<中华人民共和国民法通则>若干问题的意见（试行）》第160条规定："在幼儿园、学校生活、学习的无民事行为能力人或者在精神病院治疗的精神病人，受到伤害或者给他人造成损害，单位有过错的，可以责令这些单位适当给予赔偿。"

根据认知和行为能力的不同，未成年学生可分为无民事行为能力和限制民事行为能力两类，归责原则的确定也根据学生的行为能力区别对待。无民事行为能力学生的伤害事故，由学校承担举证责任；限制民事行为能力学生从事与其年龄、智力相适应的行为造成的伤害事故，由未成年学生及其监护人承担举证责任；限制民事行为能力学生从事与其年龄、智力不相适应的行为造成的伤害事故，由法官根据具体情况裁量举证责任的承担。

（三）学校的注意义务

过错有故意和过失两种心理状态。在伤害案件中，学校因故意而造成伤害案件发生的情况很少，绝大多数伤害案件是由于学校的过失引起的。过失是与一定的注意义务分不开的。学校应在教育、管理、指导和保护等方面对学生尽相当的注意义务。这种注意义务性质上属于"善良管理人"的注意义务。学校只要履行了教育法律规定的特定职责并对在校学生尽了相当的注意义务，就可免责；校方未尽相当的注意义务，可认定为有过错。这些义务包括学校设施安全保障、组织安全教育、谨慎管理等。

《学生伤害事故处理办法》（节选）

第九条　因下列情形之一造成的学生伤害事故，学校应当依法承担相应的责任：

（一）学校的校舍、场地、其他公共设施，以及学校提供给学生使用的学具、教育教学和生活设施、设备不符合国家规定的标准，或者有明显不安全因素的；

（二）学校的安全保卫、消防、设施设备管理等安全管理制度有明显疏漏，或者管理混乱，存在重大安全隐患，而未及时采取措施的；

（三）学校向学生提供的药品、食品、饮用水等不符合国家或者行业的有关标准、要求的；

（四）学校组织学生参加教育教学活动或者校外活动，未对学生进行相应的安全教育，并未在可预见的范围内采取必要的安全措施的；

（五）学校知道教师或者其他工作人员患有不适宜担任教育教学工作的疾病，但未采取必要措施的；

（六）学校违反有关规定，组织或者安排未成年学生从事不宜未成年人参加的劳动、体育运动或者其他活动的；

（七）学生有特异体质或者特定疾病，不宜参加某种教育教学活动，学校知道或者应当知道，但未予以必要的注意的；

（八）学生在校期间突发疾病或者受到伤害，学校发现，但未根据实际情况及时采取相应措施，导致不良后果加重的；

（九）学校教师或者其他工作人员体罚或者变相体罚学生，或者在履行职责过程中违反工作要求、操作规程、职业道德或者其他有关规定的；

（十）学校教师或者其他工作人员在负有组织、管理未成年学生的职责期间，发现学生行为具有危险性，但未进行必要的管理、告诫或者制止的；

（十一）对未成年学生擅自离校等与学生人身安全直接相关的信息，学校发现或者知道，但未及时告知未成年学生的监护人，导致未成年学生因脱离监护人的保护而发生伤害的；

（十二）学校有未依法履行职责的其他情形的。

第十条　学生或者未成年学生监护人由于过错，有下列情形之一，造成学生伤害事故，应当依法承担相应的责任：

（一）学生违反法律法规的规定，违反社会公共行为准则、学校的规章制度或纪律，实施按其年龄和认知能力应当知道具有危险或可能危及他人的行为的；

（二）学生行为具有危险性，学校、教师已经告诫、纠正，但学生不听劝阻、拒不改正的；

（三）学生或者其监护人知道学生有特异体质，或者患有特定疾病，但未告知学校的；

（四）未成年学生的身体状况、行为、情绪等有异常情况，监护人知道或者已被学校告知，但未履行相应监护职责的；

（五）学生或者未成年学生监护人有其他过错的。

五、校园意外伤害事故的危机管理

由于校园意外伤害事故本身具有突发性、多元性等特征，完全杜绝此类事件的发生几乎是不可能的。但是，对于学校管理者而言，充分尽到自身的职责，则可以尽可能地避免此类事件的形成；而且，学校努力做到无过错则是完全可能的，这样就可以充分化解学校的危机（见图3-1）。

（一）改进学校设施

校园意外伤害事故的发生，很多都与学校的设备老化或者不合理有关。根据《学生伤害事故处理办法》，学校场地、设施、教具等物品如果不合格或者存在安全隐患，造成了学生的意外伤害事件，学校应当依法承担相应的责任。因而，加强对学校设施的维护、对学校场地进行更加合理的设计具有重要意义。

学校还应加强对体育教学设备、器材的管理，定期对其进行检查维修，注意发现和及时消除体育场地器材的潜在危险。体育教师尤其要注意在课前查看体育器材有无问题，并对学生进行教育，防止学生在运动中被佩带的饰品以及一些尖锐物品划伤。

应建立和完善学校安全工作制度。学校的建筑、体育场地、运动设施等均应纳入安全检查制度，由专人负责。学生的健康状况、学校门卫的保卫、学生参加体育活动前的安全教育等均应实现制度化。学校的体育组、医务组等办公场所和体育场馆设施内均应公开张挂安全防范工作要求和责任制度，随时提示教职工尽职尽责地做好学校体育事故的安全防范。

（二）认真规划组织活动

根据《学生伤害事故处理办法》的规定，学校在组织学生活动中也应注意多项内容。在筹划活动时，必须考虑这项活动是否适合中学生、可能存在哪些隐患。在活动开始之前，必须进行相应的安全教育，这样既可以大大降低意外伤害事故的发生几率，同时也减轻了学校的很多责任。在活动中，要尤其注意个别学生的体质，如果有特殊情况必须尽快处理。学校教师或者其他工作人员在负有组织、管理中学生的职责期间，一旦发现学生行为具有危险性，应进行管理、告诫甚至制止。活动结束后，还可以总结经验，将可能发生的危险和情况文本化，为以后的相关活动提供参考。

（三）将学校纳入保险体系

当前，日益增多的中小学生在校伤害事故引发的纠纷集中表现在对学校责任的认定及其损害赔偿问题上，而学校对受伤害学生及其家长的赔偿则是问题的核心所在。如果学校能够纳入保险体系，那么很多因此而引发的学校赔偿负担就可以大大减轻。

在加拿大，1980年通过的《安大略省教育法》规定，地方教育局必须：①为学校建筑物和设备提供适当的财产保险；②为正式教师和临时代课人员提供学生在校园内发生意外事故的责任保险。1987年，该省政府批准成立了非盈利性的专业教育保险公司，主要承担中小学财产（校舍和仪器设备）、汽车以及责任方面的保险。其中责任保险是学校对在校园内因管理或监督不善而造成的学生意外伤害事故可能承担的责任进行的保险。

在我国，教育部、财政部、中国保险监督管理委员会在2008年4月联合签发了《关于推行校方责任保险完善校园伤害事故风险管理机制的通知》，决定将在全国各中小学校中推行由政府购买意外伤害校方责任保险的制度。这种校方责任保险是指以校方依法应承担的民事损害赔偿责任为保险标的的保险。学校投保后，一旦学生在校园内或学校统一组织的活动（包括体育课、课外活动、春游、夏令营和各类社会实践活动等）过程中发生意外伤害责任事故，将由保险公司在第一时间向受害学生提供赔偿。形成健全的保险体系将对化解因校园意外伤害而带来的学校危机具有重要意义。

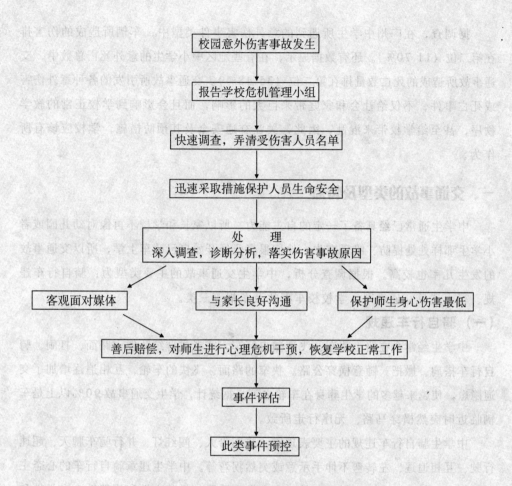

图3-1　校园意外伤害事故的危机管理流程图

第二节　交通事故

随着我国经济的迅速发展和现代化进程的加速，无论是道路基础设施还是交通工具的数量都实现了飞速增长，但与此相伴而行的却是交通事故发生数量的急剧上升。自2000年以来，我国交通事故所造成的死亡人数持续保持在9万人以上，直到2006年才略低于9万人。中学生也成为交通事故伤害的主要对象之一。一项统计表明，交通事故是造成4岁至14岁儿童非故意伤害的主要原因，已成为"头号杀手"。据公安部统计，2003年，我国中小学生交通死亡人数高达4104人，占总人数的3.9%；受伤人数为19,196人，占总人数的3.88%。

据调查，在广州中学生所遇到的意外伤害事件类型中，车辆所造成的伤害排在第二位（11.70%）。还有数据显示，在有些地区中小学生的意外死亡总数中，交通事故所造成的死亡数量排在第二位（35.48%）。交通事故所引发的各种意外伤害或死亡事件，不仅给社会和家庭带来巨大的影响，而且会影响到学校正常的教学秩序，甚至给学校带来混乱。因此，关注交通安全及其预防措施，学校应该有所作为。

一、交通事故的类型及特点

中学生通常已经具备了一定的自主能力，所以家长和学校不再像对幼儿园或者小学生那样处处提防、唯恐有失，他们很多已经开始自己骑车上学，所以交通事故的发生几率也较高。根据调查分析，中学生交通事故的主要类型为：骑自行车违规、行人违反交通规则、学校校车事故及车祸等三类。

（一）骑自行车违规

中学生经常会在路上飙车、飞速骑自行车，或者成群结队侵占路面、打闹、骑自行车搭肩、撒把、随意横穿公路。狭窄的路面、飞快的车轮、互相追逐增加了交通隐患，使越来越多的学生葬身在车轮之下。据统计，学生交通事故90%以上是车辆临近时突然横穿马路、无序行走所致。

中学生骑自行车违规的主要表现有：骑车带人、闯红灯、并行骑车聊天、超速行驶、互相追逐、左转弯不伸手示意或突然拐弯等。中学生违章骑自行车的心态主要包括：①好胜心理。中学生正处于身心发育阶段，是独立性和依赖性、自觉性和幼稚性错综矛盾的时期，生理阶段处于发育高峰时期，而心理阶段处于"断乳期"。中学生的好胜心理驱使他们骑车时互相追逐、竞驶或双手离车把飞速行驶；有的甚至攀扶机动车辆行驶。②抢行心理。由于赶着上学或回家，保证准时到校或者做其他的事情，中学生在尽可能地挤压路上所耗费的时间，由此产生了一种抢时间的抢行心态，不顾交通规则。③涣散心理。一些中学生行为散漫，勾肩搭背，边骑车边聊天，没有保持足够的警觉，这样一旦出现意外情况就造成了事故的发生。

（二）行人违反交通规则

我国存在的一个较为普遍的现象就是行人违反交通规则，这也是造成中学生交通安全事故的重要原因之一。一项在8省市进行的中小学幼儿园安全管理工作调查的结果显示，违反交通规则是导致中小学生受伤害的首要原因。而上、下学路上最容易发生安全问题。尽管学校教育使学生慢慢培养起了遵守交通规则的意识，但是社会的不良风气却严重损害了这种意识。有对比表明，中小学生遵守交通规则意识较成年人要高，我们经常会看到成年人拉着小孩子横穿马路的现象，多数孩子此时会制止家长的行为，但也有不少孩子跟着家长跑，可见家长对孩子起了不良的带头作用。此外，尽管许多地方中小学生放学都有交警或教师负责护送，但学生在路上嬉戏、打闹并由此引发的交通安全事故不在少数。

案例 8　女中学生横穿车道一死一伤

2003 年 12 月 29 日下午，北京市海淀区发生一起交通事故，两名 16 岁的女中学生横穿机动车道，被车撞倒，造成一人当场死亡，另一人受伤。

（北京青年报，2003.12.30）

（三）学校校车事故及车祸

学校校车事故以及在春秋游、寒暑假和各类集体活动或种种乘车（船）中可能发生的安全事故也是中学生交通事故的一个重要方面。根据国家公安部 2006 年 12 月发出的迅速开展运输学生的车辆及驾驶人员全面整治的通知，各省市公安交通管理部门对校车进行集中排查整治。据悉，在此期间，检查校车共计 87,031 辆，其中合格校车 80,808 辆，不合格校车 6223 辆，不合格率 7.15%；校车驾驶人 93,699 名，其中不合格驾驶人 3337 名，占总数的 3.56%；非法营运车辆 6327 辆，校车超员违法行为 7095 起，超速行驶违法行为 3268 起，疲劳驾驶、酒后驾车等交通违法行为 58,813 起。这些数据使我们不得不关注校车安全。

案例 9　春游时的交通事故

2004 年 3 月 28 日，江苏省张家港市梁丰中学组织学生春游，临近返校时发生重大交通事故，致使高一（8）班 6 名同学、2 名教师死亡，另有多人受伤。校长引咎辞职。

（江南时报，2004.04.06）

案例 10　客车坠桥入江　17 名学生死亡

2006 年 8 月 9 日，云南昭通交通运输集团公司巧家分公司一辆宇通牌客车，加班运送重庆工商学校新招学生由昭通市巧家县城出发驶往昭通市昭阳区。车辆行驶途中因车速过快、制动不及，翻入波涛汹涌的牛栏江，造成 17 人死亡，7 人失踪，其中 22 人为学生。

（昭通日报，2006.08.10）

二、交通事故中的学校责任

引发学校危机的交通事故可以简要划分为两类：一类是学校在组织学生活动过程中产生，因而学校必须承担相应责任的交通事故，比如在春游、跑操等活动中发生的意外交通事故；另一类则是在学校之外发生，学校本身并不负直接责任，但是会对学校的正常运转产生直接或间接影响的交通事故，比如学生在假期中发生的意外交通事故。对于不同的事故类型，学校应该采取不同的举措，对此我们将分别进行论述。

（一）学校承担直接责任的交通事故

中学在组织学生活动、尤其是校外活动时，应该特别注意交通安全，因为学校活动过程中发生的交通事故学校必须负责。在以上三类主要的中学生交通事故中，学校校车事故及车祸是学校必须承担责任的交通事故。当然，这也并不意味着为了避免交通意外事故的发生，应该取消春游、秋游等各项集体活动。这种看似杜绝隐患的方法却也断绝了一种很好的学生集体活动形式，是一种因噎废食的表现。防患未然、建立安全预防体系才是正确的选择。

案例 11　沁源交通事故

2005 年 11 月 14 日早晨 5 点 40 分，长治市沁源县第二中学的 900 多名学生在公路上跑操后掉头转弯返校时，一辆货车横冲直撞碾压过来，当场有 18 名师生命丧车下。在伤者被送医院抢救的过程中，又有 3 名学生因抢救无效死亡。

（南方周末，2005.11.17）

经调查发现，造成这起事故的主要原因有以下几个方面：

（1）肇事车辆。这起惨剧的直接原因在于货车司机驾驶速度过快，且没有打开车灯。据沁源县公安交警大队大队长段保岗介绍，现场勘察仅发现两个无法认定的点刹，没有明显的刹车痕迹，他估计大货车冲向学生时时速应该在 80 公里以上。撞飞很多学生，并从学生身上碾压过去后，大货车巨大的冲力冲倒了路北 8 棵直径约 10 厘米的杨树。

（2）学校硬件设施匮乏。学校设施不够齐备，甚至没有足够的空间来跑步是这次事故较深层次的原因。沁源二中副校长席世英介绍：沿着马路晨跑已经有 10 多年的历史了，学校的操场只有 600 多平方米，散落着 8 个篮球架，"全校有学生 1189 名，如果都在操场，只能原地踏步，没有办法，也就把初一年级 6 个班放在操场，初二 6 个班级、初三 6 个班级还有一个复读班沿公路跑步。"

（3）危机意识淡漠与教师的缺失。学校和教师缺乏危机意识，责任心不强也是造成此次事故的一项重要原因。沁源二中副校长席世英介绍，当时 13 个班级是由事故中去世的姜华老师和另一名体育老师去带操的，"按照学校规定，每个班主任是要求每天早上带操的，但是由于时间太早，加上一直也没有发生事情，很多班主任就没有带操。"责任的不到位为危机埋下了多种可能的隐患。

在这起事故中，尽管存在许多客观原因和偶然因素，但是学校如果能够做好自身的本职工作，意识到活动中可能存在的威胁，这起事故完全可以避免。我国中小学校硬件设施不足一直是困扰教育事业的一个重要问题，这个问题在广大农村地区则更为明显。这既有历史的原因，也有相关部门重视不够的原因，在很大程度上还受到客观条件的限制与制约。对于学校而言，积极呼吁并希望引起重视、期待外在条件改善是一个方面，而更重要的则在于要充分利用现有条件和设施，比如交替使用操场、分开时间跑早操等，而不能把学生置于可能存在危险的场景之中。

目前，我国学校安全的现状堪忧，上级部门提出了要求却没有将其有效地操作化，导致的一种现象就是即使学校意识到了危机状况却不知从何做起。有些学校，即使有了相应的规章制度却也仅仅是应付检查需要，并没有将其内化为自己的责任感。事件发生后又仅仅是惩罚导向而非解决问题导向，将一两个负责人解职了事，给人留下"并没有什么可以作为的地方，只能靠运气避免事故"的印象。事实上，如果增强责任意识，实施危机全程管理模式，很多事故都可以避免。

（二）学校无直接责任的交通事故

发生在中学生身上的交通事故，大多数情况下并不是在学校组织的活动中发生的。对于这类事故，尽管与学校并无直接关系，但是却会影响到学校正常教学活动的进行。如果处理不当，甚至会使整个学校笼罩在一种悲伤的气氛中无法自拔。信息的沟通不畅还可能导致各种虚假信息的散布，出现涣散人心的情况。我国目前大多数学校对危机事件的处理都仅限于理清学校的责任，而除此之外几乎很少有所作为。下面我们将以美国学生私自驾车死亡事件为例来分析学校可能的作为。

案例 12　美国学生私自驾车死亡事件

1. 悲剧发生

一个周日早上，在美国一座较大的南部城市的郊区，7 名中学生驾驶着一辆小汽车，由于速度过快失去控制撞到了树上，所有人都当场死亡。驾驶员没有驾驶证，而且车子从家里开出来也没有得到家长的允许。

2．危机应对

这起事件对死亡学生的家庭、朋友、同伴和学区都产生了深刻的影响。7名学生所在学校的校长在那个周日早上的7点钟左右得到事故发生的通知。在上午9点，她联系了所在学区咨询服务主任的电话，两人在中午12：30会面。在他们五个小时的会谈中，他们做了以下事情：通知了学校机构和工作人员关于事故的情况；建立了危机小组；选择了供学生和受害者家庭咨询的场所；决定了在什么时候和怎样从柜子中和教室里移走遇害者的个人财产；讨论了如何同媒体打交道；并制定了管理志愿者的程序。然后学校工作人员开始按照拟定的计划和程序进行工作。

3．学到的经验：更有效地应对危机

学校和学区工作人员开发了一项应对模式，它可以供多种类型的事故进行模仿，其主要步骤是：

①开发一本危机手册。为了建立危机小组和提高学校管理人员应对学生、家庭和工作人员在紧急情况下需要的能力，在这起事故发生后的夏天，该学区开发了一本危机手册。

②计划对危机小组进行培训。危机小组中选出的一些成员已经通过全国受害者救助组织接受了培训，这个项目为他们提供了必要的知识和技能以帮助创建危机管理手册。这个手册包含了应对危机事件和从中恢复的策略。这个学区还计划让这些接受过培训的人对特定的学生和工作人员进行再培训。参与者然后向这个学区中的其他人展示了相关的信息。

③创建理解备忘录。在学校和学区为应对危机而共同提供服务的过程中，资源的协调能够产生巨大的影响。一个详细的计划应该包括范围广泛、书面的指导过程；或者危机应对模式和特定的政策、制度以及执行这些计划的指导。保证在紧急事件发生前制定，理解备忘录能够为危机应对小组中的专业人员和志愿者提供交流和指导的机制。

④建立同家庭、教师和媒体进行交流的程序。在危机时，通常的交流策略和程序往往是不够的，在通知和应对的早期阶段尤其如此。一个全面的危机应对计划应该设计一个事故控制体系（Incident Command System，ICS），并指定一名ICS的成员负责外部交流（更多的信息可参见www.ercm.org）。这个人还要设置媒体与学生和工作人员联系的范围并规定这些联系可能发生的中心位置。

⑤改进计划还应该包括开发多样化、适合不同文化和特定年龄需要的交流材料和资源以使不同的听众都能够明白。例如，应该根据教师的需要来提供指导，帮助他们评价什么时候应该允许情感受挫的学生离开教室。在合适的时候，交流材料应该以其他的语言或者盲文来制作。所有的交流材料应该进行年度审核以确保它们仍然是通用的、有价值的并能够反映团体的需求。

　　⑥为学校工作人员提供支持。在学校发生危机过程中和危机后，管理人员、教师、管理支持人员和全体成员都面临着挑战，要维持正常的秩序，这对安抚学生尤其重要。

4.结论

　　尽管任何紧急事件都存在不可预期和不可控制的性质，但是这篇新闻简报中所提到的特定学区、中学和社区强调了紧急管理计划的重要性。通过开发在危机之前、过程中和之后的步骤式明细计划，学校和学区能够利用专家和志愿者的力量，而非在事件发生后才花时间来制定规则和程序。

美国的这种处理模式关注了危机处理的很多细节，这种对人的关怀和周到的处理方式尤其值得我们借鉴和学习。首先，事先制定一套危机管理计划非常必要。正如结论中所阐述的那样，"尽管任何紧急事件都存在不可预期和不可控制的性质"，但是如果能够事先明确处理危机的基本流程和计划，那么在危机发生时就可以迅速有效地进行处理。在这个案例中，如果事先有一套危机管理计划，那么"危机应对"部分校长和学区咨询服务主任五个小时的计划安排就都可以省略，至少也可以省去很多时间。

其次，提高学校工作人员在危机应对过程中的素质和能力非常必要。危机小组的成员应该是专业工作者，他们应该懂得如何最好的处理各种可能发生的问题。同样，作为一线的工作人员，他们也需要得到支持和帮助，人性化的关怀不仅应涵盖受伤害者，还应涵盖工作人员自身。此外，多渠道的沟通方式和适时总结经验同样具有重要意义。

三、交通事故的危机管理

　　对于中学生交通事故给学校带来的危机，可以有针对性地采用多种措施进行预防和控制，其中既需要社会的关注和支持，也需要交通部门加强监管，而学校所能做的，是在现有条件下切实有效的加强宣传工作，并制定相关的预案尽快解决可能给学校带来的问题（见图3-2）。

（一）加强监管与完善校车制度

学校应强化对校车的安全监管，着力防范春秋游、寒暑假和各类集体教育教学活动乘车（船）可能发生的安全事故。中学在组织学生出游过程中，必须做好安全教育、各项安排和应急预案，必须有学校领导带队和足够的教师负责管理，必须报主管教育行政部门备案；凡承载中学生出游的车、船等交通工具，必须经交通（运管）部门检查、许可（客车技术状况应达到一级），严禁乘坐无证（照）人员驾驶的车（船）等交通工具，严禁车（船）超载、超速行驶；学校应事先与具有三级以上资质的客运企业或旅游客运企业签订包车运输协议，明确各自的安全管理责任，并主动与公安交警部门联系，落实有关措施，确保交通安全。

根据国外的经验，建立一套完善的校车制度也是减少中小学生交通事故的有效措施。在美国，橙黄色的校车是中小学生最主要的交通工具，约54%的中小学生每天乘校车上学。美国的校车制度非常严格，包括校车的制造标准、驾驶员的筛选、交通优先规则等，这些都有法律保证，务必确保孩子能安全到家。据了解，美国交通部近年来颁布了36项用于校车的安全标准，包括校车车体结构、防颠覆保护、制动装置等，校车必须由专业厂商制造。加拿大的校车还享有一些特权，如所有的机动车都必须与校车保持至少两三米的距离，为它让路；在很多州，超校车都是违反交通规则的行为，必须要被罚款、扣分等。我国也在尝试建立并完善校车制度，公安部和教育部从2007年9月1日开始强制推行新的校车标准，一些大城市如北京、上海等还逐渐推出了校车专线。但是由于经费负担、信息不畅等问题，新校车强制标准仍然难以执行，许多未达标校车仍然在运行。完善校车制度，制定相关的配套政策并调动全社会的力量共同服务于这个新标准仍然需要进一步努力。

（二）安全宣传教育

宣传教育在交通事故的防范中发挥着重要作用，相关实验研究表明，对初中生和高中生开展以宣传道路交通法为主的多种健康教育活动能够有效的提高预防和控制道路交通伤害的能力。从心理学的角度讲，认知的发展有助于促进行为的改变。因而，加强相关的宣传教育，使学生获得更多的相关知识，对减少中学生交通事故的发生能够产生重要影响。

一项调查表明，尽管安全教育已经在我国大多数地区展开，但不少都流于形式，实效性差，效果并不理想。这一现象在县镇和农村学校中更加普遍。专家建议，安全教育应当联系实际，通过案例分析等引导学生讨论、分析和解决交通安全问题。安全教育应尽可能从课堂延伸到校外，与实际生活更紧密的结合起来，让学生获得更多的感性认识，从而培养起其自觉的主体意识。

（三）学校教育与社会教育相结合

针对学校教育遭遇社会和家庭教育时的低效，我们呼吁社会形成遵守交通规则的良好风气和习惯，加强道德的舆论监督力量，谴责那些不遵守交通规则的个体。学校可以一方面联系交通安全职能部门，让他们以更丰富的实践经验说服中学生珍惜生命、遵守交通规则；另一方面可以在社会上做一些宣传活动，既促进整个社会风气的形成，同时在宣传的过程中让中学生对其有更深入的理解。此外，学校还可以通过学生做好家长的宣传工作，让学生发挥引领作用，抵斥违反交通规则的行为。

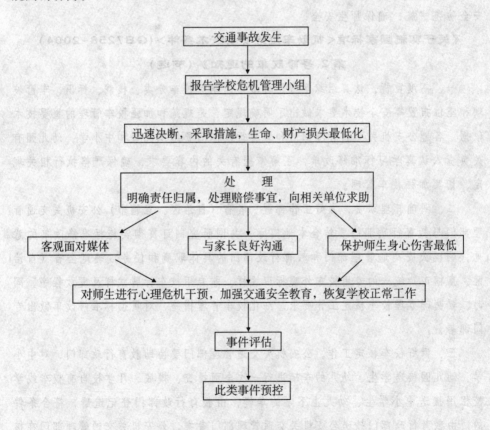

图3-2 交通事故的危机管理流程图

四、相关的法律法规

《教育部关于切实落实中小学安全工作的通知》（节选）

二、严防中小学生溺水、交通和拥挤踩踏事故的发生。

2. 强化校车管理和交通安全教育。各地要立即开展以对本行政区域内中小学幼儿园的校车及驾驶员为重点的拉网式排查和清理工作，坚决杜绝因校车或驾驶员不合格造成的学生伤亡事故。要教育学生在上学放学时靠公路边上行走，不上高速公路；必须横穿公路、铁路时，要注意观察来往车辆，还要注意教育学生上学放学避免乘坐农用车，坚决不上超载车。要特别强调的是，各级教育行政部门和学校在暑期组织学生夏令营或组织教师外出旅行时，一定要制订各项安全预案，落实各项安全防范措施，确保师生安全。

《关于实施国家标准<机动车运行安全技术条件>（GB7258-2004）第2号修改单的通知》（节选）

一、高度重视，认真组织学习。标准修改单对校车分类、核载、标识、车窗玻璃和座位布置等安全技术要求做出了明确规定，是规范和加强校车管理的重要技术依据。各地公安机关交通管理部门和教育行政部门要组织民警和中小学、幼儿园有关负责人认真学习标准修改单，了解掌握有关的内容要求，确保严格执行相关规定，切实加强校车管理。

二、明确管理职责，做好工作部署。各省（自治区、直辖市）公安机关交通管理部门与教育行政部门要结合本地实际，共同研究制订贯彻实施标准修改单的意见，明确公安交通管理部门和教育行政部门的具体职责和任务，确定全省（自治区、直辖市）统一的专用校车外观标识式样、非专用校车标牌式样及发放程序。同时，要明确办理校车核定工作要求，细化校车管理措施，对贯彻标准修改单做出专门部署。

三、做好校车核定工作。公安机关交通管理部门要协助教育行政部门，对中小学、幼儿园接送学生、幼儿的车辆进行一次全面排查、摸底。凡学校自有校车或学校租用接送中小学生、幼儿上下学的车辆，由教育行政部门登记造册，符合条件的，由教育行政部门抄送公安机关交通管理部门备案。公安机关交通管理部门在核定校车类型和乘员人数时，要审核外观标识或核发校车标牌，同时，按照标准修改单重新核定校车类型和乘员数，在机动车登记系统中录入校车类型、乘员数（包括驾驶员、学生及其照管人员）、学校名称、教育行政部门名称等信息，在《机动车行驶证》副页上签注校车类型和乘员数。

四、做好校车外观标识和标牌管理工作。对于专门运送学生上下学的校车按专用校车管理，由教育行政部门会同公安机关交通管理部门共同组织喷涂统一的外观标识，对不专门用于接送学生的车辆按非专用校车管理，在前风窗玻璃右下角和后风窗下角适当位置各放置一块校车标牌。校车标牌内容应包括号牌号码、车辆类型、品牌型号、行驶路线和时间、校车类型、乘员数（包括驾驶员、学生及其照管人员）等信息。交通民警在路面执勤中，发现接送学生车辆无外观标识或校车标牌的，在进行宣传教育的同时，要责令其停止运营，并要求其按校车类型喷涂外观标识或补办校车标牌，同时通报教育行政部门。

五、做好宣传工作。各地要结合贯彻实施标准修改单，利用各种新闻媒体开展一次加强校车管理、保护中小学生和幼儿交通安全的宣传活动，使社会、学校、校车经营单位和驾驶人了解遵守相关规定，确保校车交通安全。

各地在执行中遇到的问题，请及时报公安部交通管理局和教育部基础教育司。

第三节　食物中毒

近年来，随着我国市场化改革进程的发展，越来越多的学校把后勤管理承包出去，这既减轻了学校的负担，同时也避免了相应问题出现所带来的法律责任。但是，将餐厅等后勤服务承包出去并不意味着学校可以对这一领域不管不问，必要的监督对于学校维持正常运行仍然非常重要。因为食品中毒所带来的危害不仅可能会影响学校正常的教学秩序，而且在有些情况下，如果学校没有相应的举措，学校自身也要承担相关责任。近年来，多起食物中毒事件的频频发生已迫使我们不得不重视对学校食物中毒的管理。

一、食物中毒的含义

食物中毒是指人摄入了含有生物性、化学性有毒有害物质后或把有毒有害物质当做食物摄入后所出现的而非传染性的急性或亚急性疾病，属于食源性疾病的范畴。食物中毒既不包括因暴饮暴食而引起的急性胃肠炎、食源性肠道传染病（如伤寒）和寄生虫病（如囊虫病），也不包括因一次大量或者长期少量摄入某些有毒有害物质而引起的以慢性毒性为主要特征（如致畸、致癌、致突变）的疾病。

学校中发生的食物中毒会直接导致学校危机的出现。据卫生部统计，仅 2006 年第三季度，全国就发生学校食物中毒事件57起，中毒人数2170人；其中38起发生于学校集体食堂，中毒人数1329人。

案例13　沈阳某中学食物中毒事件

2006年9月1日，沈阳实验中学78名师生中午和晚上在学校食堂用餐后出现恶心、呕吐、腹痛、腹泻等症状，部分患者出现发热现象，经调查，该学校食堂存在无卫生许可证、从业人员无健康证明，食堂后厨工艺流程不合理、环境卫生差等问题。有关部门多次提出整改意见，但该校均未落实。

（中国新闻网，2006.09.06）

案例14　学生校外就餐　集体中毒

2006年10月8日傍晚，贵州省余庆县龙溪一中、二中两个中学发生集体食物中毒事件，52人入院，1人死亡。中毒原因为当天下午部分学生在校外附近的小摊点就餐。

（贵州商报，2006.10.10）

二、食物中毒的类型及特点

含生物性、化学性有害物质引起的食物中毒的食物包括以下几类：致病菌或其毒素污染的食物；已达急性中毒剂量的有毒化学物质污染的食物；外形与食物相似而本身含有毒素的物质，如毒蕈；本身含有毒物质，而加工、烹调方法不当未能将其除去的食物，如河脉鱼、木薯；由于贮存条件不当，在贮存过程中产生有毒物质的食物，如发芽土豆。

食物中毒按病原物质分类可分为细菌性食品中毒、有毒动植物中毒、化学性食品中毒以及真菌毒素和霉变食物中毒四类。

（一）细菌性食品中毒

指因摄入被致病菌或其毒素污染的食品引起的急性或亚急性疾病，是食品中毒中最常见的一类。发病率较高而病死率较低，有明显的季节性。无论从国内还是从国际的资料来看都表明，微生物污染食品是最重要的食品卫生问题，细菌性食物中毒无论从发生的起数和人数都占第一位。

细菌性食物中毒以胃肠道症状为主，常伴有发热，其潜伏期相对于化学性的较长。有较明显的季节特点，经常发生于夏秋季气温和湿度较高的季节，常常表现为集体突然爆发，发病率高，病死率低，一般病程较短。

（二）有毒动植物中毒

指误食有毒动植物或摄入因加工、烹饪举措不妥未除掉有毒成分的动植物食品引起的中毒。发病率较高，病死率因动植物种类而异。在学校食堂中，经常会出现因某些动植物食品由于加工处理不当，没有去除不可食的有毒部分或毒素引起中毒。常见的有猪甲状腺、青鱼胆、四季豆、黄花菜、未煮熟的豆浆等引起的食物中毒。少数动植物食品保存不当也可能产生毒素，如发芽土豆的龙葵素等。

这类食物中毒一般发病快、无发热等感染症状，按中毒食品的性质有较明显的特征性的症状，通过进食史的调查和食物形态学的鉴定较易查明中毒原因。

（三）化学性食品中毒

指误食有毒化学物质或食入被其污染的食品而引起的中毒，发病率和病死率均比较高。化学性中毒食品，主要有4种：

（1）被有毒有害的化学物质污染的食品。污染的途径可以是多方面的，如近年来各地多次发生食用绿叶蔬菜造成的有机磷农药中毒；使用有毒化学品的包装盛装猪油引起的有机锡中毒。

（2）误为食品、食品添加剂、营养强化剂的有毒有害化学物质。这类化学性食物中毒颇为常见，把非食品、食品原料，当做食品或食品添加剂，如用工业酒精兑制白酒引起甲醇中毒，把砷化物误认为是发酵粉造成砷中毒，把桐油误认为是食用油等。

（3）添加非食品级的或伪造的或禁止使用的食品添加剂、营养强化剂的食品，以及超量使用食品添加剂的食品。食品生产经营者在使用食品添加剂时必须遵守"食品添加剂使用卫生标准（GB2760）规定的品种、用量和使用范围，否则均属滥用食品添加剂。

（4）营养素发生化学变化的食品。如油脂酸败引起的食物中毒。化学性食物中毒一般发病急、潜伏期短，多在几分钟至几小时内发病，病情与中毒化学物剂量有明显的关系，临床表现与毒物性质不同而多样化，一般不伴有发热，也没有明显的季节性、地区性的特点，也无特异的中毒食品。

（四）真菌毒素和霉变食品中毒

食用被产毒真菌及其毒素污染的食品而引起的急性疾病。发病率较高，病死率因菌种及其毒素种类而异。

霉菌是一部分真菌的俗称，区别于我们熟知的食用真菌，是霉菌的菌丝体比较发达而没有较大的子实体，一般通过孢子繁殖，广泛存在于周围的自然环境中。目

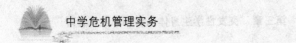

前已知霉菌约500种，其中大部分有害于人类，如在发酵食品中广泛应用的菌种。大约有1/10的霉菌可产生有害的霉菌毒素。

霉菌毒素主要是指霉菌在其污染的食品中所产生的有毒代谢产物。有些可发生急性的食物中毒，有些霉素少量长期的摄入可产生慢性、潜在性的危害，如人们普遍认为的黄曲霉毒素的致癌作用。霉菌毒素与霉变食品中毒均与食用霉变食品有关，由于其毒素种类不同，可有不同的临床表现，一般的加热处理不能破坏霉菌毒素。

案例15　内蒙古某中学食物中毒事件

2006年9月29日，内蒙古自治区丰镇市实验中学一些学生突然相继出现了头晕、头痛、发烧、呕吐、腹泻等症状，共计217名学生先后住院接受观察治疗，最终确诊中毒学生数量为120多名。起因是食用了28日晚上校内学生食堂所提供的晚餐，而当时的菜中掺有变质的剩菜。

（新华网，2006.10.01）

三、食物中毒的危机管理

对于中学食物中毒事件的发生，可通过多种途径进行预防和控制，其中既需要学校领导的关注、校医的宣传教育，同时也需要从制度建设入手，施行可行的制度措施，同时培养出学生良好的饮食习惯（见图3-3）。

（一）增强食品安全意识

学校领导要加强对食堂的领导和卫生管理工作，加强对食堂职工的思想教育，使其形成更强的责任心和积极性，自觉地办好伙食。同时，要为食堂增加必要的设备，如食堂的通风降温设备，冷藏和食具消毒设备，防尘和防蝇、防鼠等设备，以及食堂的环境卫生设备。如果是外包的食堂，需要加强监管，确保各种设备的配置到位并使用良好。餐桌和餐具应保持清洁。规模大一点的学校可以引进多家食堂并鼓励其在提供更优质的服务上进行竞争。提倡校长、教师和学生共餐制，并可以充分利用这些机会进行健康教育。

学校的校医和相关工作人员要经常对食堂职工和管理人员进行饮食卫生的宣传教育，可组织炊事人员学习业务，不断提高他们的卫生知识水平。平时要加强饮食卫生和饮食营养的指导和监督工作，如参与制定食谱、对食堂卫生提出改进意见等。要定期为炊事员进行健康检查，发现有结核病、慢性肠道传染病等情况要尽快处理，防患未然。食堂操作过程应严格监督，避免无关人员入内。

（二）规范食品管理制度

在购买食品过程中，要选择新鲜食品并及时丢弃变质食品。肉类等容易变质的食品要有计划购买并妥善保存，储备箱应定期清空消毒。食物要煮熟、煮透，并根据情况调整食品供应。

生食和熟食要分开。生的食品，往往带有细菌，容易污染其他食品。在采购、运输、保存、烹调过程中，生食和熟食应严格分开。切洗、装盛器具、抹布和储存设备等均应分开使用，防止食品受污染。熟食应有防尘、防蝇设置。

食具要严格消毒。公用食具要做到一洗、二过（清水过）、三消毒、四密封保存。一般可用煮沸、蒸汽或药物消毒。对肺结核或病毒性肝炎患者用过的食具，必须煮沸消毒30分钟。学校每天收进的饭菜票可用紫外线消毒，或清点后销毁，以防传染疾病。

搞好食堂环境卫生。食堂要订立卫生制度，经常清洁。对食堂的环境要求是不拥挤、空气流通、光线充足、清洁美观、无积水、有防尘、防烟和防蝇、防鼠设备。

注意个人卫生。食堂职工应做到工作前和大小便后洗手。勤换衣服、勤洗澡理发、勤剪指甲，工作时应穿工作服。不吸烟、不随地吐痰、不手抓熟食。

（三）培养学生良好的卫生习惯

尽管现在的生活条件已与过去相比有较大提高，但是仍需要对学生进行教育，帮助其养成良好的卫生习惯，并对食物状况保持较高的警惕，避免食物中毒的发生。尽管中学生在很多方面已经有了一些意识，但是仍有必要加强教育。除了在吃新鲜水果、就餐前，应首先清洗干净等事项之外，还应帮助他们识别变质的食物、不卫生的饮食场所等。

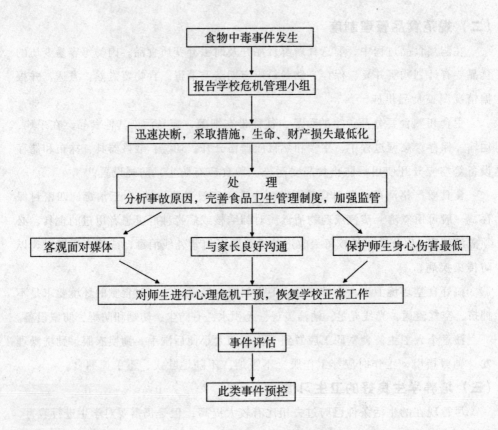

图 3-3　食物中毒的危机管理流程图

四、应急预案

下面我们列举国内外两个学校食物中毒应急预案，供学校参考，以助于学校管理者制定本校的相关应急预案。

恩施清江外国语学校食物中毒应急处理工作预案

一、总则

为有效预防和控制学校集体食物中毒的发生，降低中毒事故所造成的危害与影响，保障学校师生身体健康和生命安全，维护正常的学校和社会秩序，依据《突发公共卫生事件应急条例》《食品卫生法》及《教育部办公厅关于加强民办学校卫生防疫与食品卫生安全工作的通知》（教艺厅[2006]5 号）的有关要求，制定本预案。

二、组织领导

学校食品卫生联防联控工作由学校负总责，成立领导小组，负责统一指挥，统一协调。

领导小组由下列人员组成：

组长：×××

副组长：×××、×××、×××

成员：×××、×××、×××……

主要职责：

1.制定学校食物中毒应急处理预案和检测方案；

2.建立健全学校食品卫生安全责任制度、食物中毒责任追究制度、食物中毒报告制度等各项规章制度；

3.负责食物中毒防控工作的统一指挥与协调，保证人员到位、责任到位、权利到位、指挥调度坚强有力。

三、检测与报告

（一）检测

1.加大食品卫生知识的宣传力度，提高从业人员辨别有毒动植物及有害化学物质的能力。在全校范围内树立食品卫生安全意识，时时警惕食品中毒事件的发生。

2.严把食堂、小卖部的食品采购、验收关，杜绝"三无"食品及其他具有生物性、化学性有毒有害食品和腐烂变质食品进入校园。

3.加强食品保管加工场所和饮用水源的安全保护，防止投毒事故发生。

4.学校医务室要不定期地对食堂及其他饮食服务场所的安全卫生（含餐具消毒）情况进行检查，发现问题，责令整改，整改不到位者，报学校对责任人实行处罚。

（二）报告

班主任若发现本班学生就餐后有类似食物中毒可疑病情后，及时报告医务室，由医务室医生初步检查确定，若属食物中毒，应立即向学校应急处理领导小组报告，应急领导小组要及时向上级教育主管部门和卫生防疫部门报告。任何单位和个人都不得隐瞒、缓报、谎报或者授意他人隐瞒、缓报、谎报。

四、应急处理程序

学校在食品供应过程中或学生用餐时发现食品感官症状可疑或有变质可疑时，要组织校医观察病情，对症处理，若如中毒学生较多，情况紧急，打120进行送院急救，启动应急预案，采取抢救措施。

1.立即着手处理该批全部食品，第一时间内通知所有学生停止食用。

2.保护好现场，封存一切剩余可疑食物及原料、工具、设备，保护好中毒现场，防止人为地破坏现场，等候卫生执法部门处理。

3.医务室医生要协助卫生机构救治病人，深入各班级配合卫生行政部门，做好流行病的调查。向患者了解食物中毒的经过、可疑食品、中毒人数，并预测发展趋势。

4.学工处做好师生思想工作，稳定学生情绪；负责家长的疏导工作；向新闻部门解释；协助学校领导做好善后工作。

5.总务处做好后勤保障工作，保障抢救机动车、药品、消毒用品到位，保障抢救中心必需品的供应。

6.食堂负责人要协助卫生部门做带菌检查和取证工作，按照卫生部门的要求如实提供有关材料和样品。

7.落实卫生行政部门要求采取的其他措施。

8.组织落实善后处理。

（恩施清江外国语学校，2006.09.23）

五、相关的法律法规

《学校食堂与学生集体用餐卫生管理规定》（节选）

第十八条　食品在烹饪后至出售前一般不超过2个小时，若超过2个小时存放的，应当在高于60℃或低于10℃的条件下存放。

第十九条　食堂剩余食品必须冷藏，冷藏时间不得超过24小时，在确认没有变质的情况下，必须经高温彻底加热后，方可继续出售。

第二十六条　学校食堂应当建立卫生管理规章制度及岗位责任制度，相关的卫生管理条款应在用餐场所公示，接受用餐者的监督。

食堂应建立严格的安全保卫措施，严禁非食堂工作人员随意进入学校食堂的食品加工操作间及食品原料存放间，防止投毒事件的发生，确保学生用餐的卫生与安全。

第二十七条　学校应当对学生加强饮食卫生教育，进行科学引导，劝阻学生不买街头无照（证）商贩出售的盒饭及食品，不食用来历不明的可疑食物。

《学生集体用餐卫生监督办法》（节选）

第八条　学生集体用餐必须采用新鲜洁净的原料制作，严禁使用《食品卫生法》第九条规定禁用的食品制售学生普通餐、学生营养餐和学生课间餐。食品、包装材料或容器必须符合卫生标准和规定，膳食要保持一定的温度。

学生集体用餐不得直接供应未经加热的食品，制售凉拌生食菜肴要保证卫生质量。

学生营养餐每份所含的热能的营养素应达到营养要求，学生营养餐的烹调应注意减少营养素的损失。

学生课间餐的食品每份应当单独包装。

第九条　实行学生集体用餐的中小学校应设专（兼）职人员负责学生集体用餐管理工作。管理人员应掌握必要的食品卫生和营养知识，应重视学生对饭菜质量的要求，发生食物中毒时应及时向卫生行政部门报告并积极采取控制措施。

学校订购集体用餐时，应当确认生产经营者有效的食品卫生许可证。订购学生营养餐时，应确认卫生许可证注有"学生营养餐"的许可项目，不得订购无卫生许可证生产经营的学生普通餐、学生营养餐和学生课间餐。

学校应当设有学生洗手、餐具清洗设备和符合卫生标准的饭菜暂存场所。

《学校食物中毒事故行政责任追究暂行规定》（节选）

第八条　学校发生食物中毒事故，有下列情形之一的，应当追究学校有关责任人的行政责任：

（一）未建立学校食品卫生校长负责制的，或未设立专职或兼职食品卫生管理人员的；

（二）实行食堂承包（托管）经营的学校未建立准入制度或准入制度未落实的；

（三）未建立学校食品卫生安全管理制度或管理制度不落实的；

（四）学校食堂未取得卫生许可证的；

（五）学校食堂从业人员未取得健康证明或存在影响食品卫生病症未调离食品工作岗位的，以及未按规定安排从业人员进行食品卫生知识培训的；

（六）违反《学校食堂与学生集体用餐卫生管理规定》第十二条规定采购学生集体用餐的；

（七）对卫生行政部门或教育行政部门提出的整改意见，未按要求的时限进行

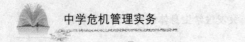

整改的；

（八）瞒报、迟报食物中毒事故，或没有采取有效控制措施、组织抢救工作致使食物中毒事态扩大的；

（九）未配合卫生行政部门进行食物中毒调查或未保留现场的。

当前，在我国能够制定出这样的预案本身已经表明这些单位具备了较强的危机意识，而且预案中也提出了一些对策。从结构中我们不难发现，预案包含了从检测、报告到应急处理等整个危机化解过程。与我国学校制定的一些应急预案相比，具体和细致是西方发达国家相应预案的特点。美国威斯康星州学校营养指导小组所开发的学校食品安全计划包含了从洗手、洗菜到烹饪、重新加热、保存食物等详细的流程。我们这里仅列出其中的目录供参考，具体材料可见网址：http：//dpi.wi.gov/fns/doc/food_safety_plan_wi_06_29_07.doc。

食品安全计划的构成
2007 年 6 月

食品安全计划／学校设施的描述

菜单条目分类

    对菜单条目分类时的程序

    图表——根据过程 1、2 或 3 对菜单进行的分类

鉴定控制措施

    过程 1（不经过烹调、煮、烤、油炸等）

    过程 2（烹调并且当天食用）

    过程 3（复杂的食物准备）

    过程 1——图表

    过程 2——图表

    过程 3——图表

    烹调的最低内部温度表（禽类、鱼、肉类、蔬菜等）

    提醒提供食物的雇员或志愿者

操作程序标准

    索引

    针对过程 1

    针对过程 2

针对过程3

　　管 理

　　　　管理过程中的责任

　　纠正行为

　　　　纠正行为责任

　　　　关键控制点纠正行为的提要

　　保留记录

　　　　保留记录的责任／位置和保持记录

　　　　现场记录（各项表格）

　　雇员的健康／培训

　　　　雇员和志愿者的适应和持续培训

　　　　新雇员／志愿者的适应性协议

　　　　培训日程

　　　　在职培训期日程表

　评价食品安全计划和检测

　重要概念

第四节　传染病

一、传染病的含义

　　生物病原体引起的传染性疾病，病原体包括病毒、立克次氏体、细菌、真菌、原虫、蠕虫、节肢动物等。由于病原体均具有繁殖能力，可以在人群中从一个宿主通过一定途径传播到另一个宿主，使之产生同样的疾病，故称可传染性疾病，简称传染病。此种疾病在人群大量传播时则称为瘟疫。烈性传染病的瘟疫常可造成人员大批死亡。现在发达国家的死因分析中传染病仅占1%以下，中国约为5%。

　　作为一个社会组织，学校所面临的医疗卫生方面的威胁主要来自生物病原体引起的疾病，也就是通常所说的传染病。传染病是否能够得到有效遏制，很大程度上取决于学校的举措是否适当。

二、传染病的类型

《传染病防治法》根据传染病的危害程度和应采取的监督、监测、管理措施，参照国际上统一分类标准，结合我国的实际情况，将全国发病率较高、流行面较大、危害严重的 35 种急性和慢性传染病列为法定管理的传染病，并根据其传播方式、速度及其对人类危害程度的不同，分为甲、乙、丙三类，实行分类管理。

（一）甲类传染病

甲类传染病也称为强制管理传染病，包括：鼠疫、霍乱。对此类传染病发生后报告疫情的时限，对病人、病原携带者的隔离、治疗方式以及对疫点、疫区的处理等，均强制执行。

（二）乙类传染病

乙类传染病也称为严格管理传染病，包括：病毒性肝炎、细菌性和阿米巴痢疾、伤寒和副伤寒、艾滋病、淋病、梅毒、脊髓灰质炎、麻疹、百日咳、白喉、流行性脑脊髓膜炎、猩红热、流行性出血热、狂犬病、钩端螺旋体病、布鲁菌病、炭疽、流行性和地方性斑疹伤寒、流行性乙型脑炎、黑热病、疟疾、登革热等。对此类传染病要严格按照有关规定和防治方案进行预防和控制。对其中的艾滋病、淋病、梅毒、狂犬病和炭疽病人必要时可采取某些强制性措施，控制其传播。

（三）丙类传染病

丙类传染病也称为监测管理传染病，包括：肺结核、血吸虫病、丝虫病、包虫病、麻风病、流行性感冒、流行性腮腺炎、风诊、新生儿破伤风、急性出血性结膜炎，以及除霍乱、痢疾、伤寒和副伤寒以外的感染性腹泻病等。对此类传染病要按国务院卫生行政部门规定的监测管理方法进行管理。

《传染病防治法》还规定，国务院和国务院卫生行政部门可以根据情况，分别依权限决定传染病病种的增加或者减少。

三、传染病的传播

（一）传染病发生与传播的基本条件

传染病的发生因素有三个：病原体、环境与人体，即必须有生物性的病原体，并且在一定的时间和空间内，同时或相继使一群人发生相同的疾病。因为传染病具有社会性，可由一个人传给若干人，造成流行，影响学生的学习以及正常的学校秩序，并且对学校声誉造成损害，所以学校应采取措施尽力避免传染病的发生。

1. 病原体

病原体侵入人体后能否引起疾病，取决于病原体的特性和病原体的变异性，其中病原体的特性最为重要。病原体的特性包括以下几个方面。

（1）传染力：是指病原体引起易感宿主发生感染的能力。有些传染病的病原体具有非常强的传染力，如天花等，一旦传染，就容易引起传染病的发生。而有些传染病的病原体传染力相对较弱，如麻风等。

（2）致病力：是指病原体侵入宿主后引起临床疾病的能力。一般认为，致病力的大小取决于病原体在体内的繁殖速度、组织损伤的程度以及病原体能否产生特异性毒素。

（3）毒力：是指病原体感染机体后引发严重病变的能力。毒力和致病力的差别在于毒力强调的是疾病的严重程度，由毒素和其他毒力因子组成。

病原体还具有变异性，可以因为环境或者遗传因素的变化而发生变异。病原体的变异有耐药性变异、抗原性变异、毒力变异等。这种变异可逃避机体的特异性免疫作用而传染疾病。

2. 环境

环境为疾病的传染提供了中介。一个健康、卫生的环境能够有效地遏制疾病的传播。在2003年的"非典"过程中，控制疾病传播的一个有效途径就是对可能染病的患者进行隔离。对于学校而言，控制传染病流行的有效途径就是对环境施加影响。

3. 宿主

宿主是指在自然条件下被传染性病原体寄生的人或其他动物。在学校的传染病控制中，主要指的是学校的所有成员，包括所有学生和全体教职人员。宿主一方面受到病原体的侵害，同时也会发挥功能抵御外来侵入。当机体具有较强的免疫能力时，病原体难以侵入或难以在宿主体内生存、繁殖，不易导致感染和发病。

免疫力是指宿主机体针对某种病原微生物或其他毒素产生的特异性抵抗力，常伴有具有特异性活性的抗体或细胞的参与。这种抵抗力通常反映了宿主不易感染或发病的状态，可抵抗和防御传染病的发生。

（二）传染病的流行过程

传染病的传播和流行，是由传染源、传播途径和易感人群三个基本环节形成的。传染病在人群中的流行过程，就是病原体从已受感染者体内排出，经过一定的传播途径，侵入易感染者机体而形成新的感染，并不断发生、发展的过程。

1. 传染源

传染源是指体内已有病原体生长、繁殖并能将病原体排出体外的人或动物。传染源既可能是患病的病人（如麻疹、天花、霍乱等），也可能是病原携带者（如伤寒、病毒性肝炎、流行性脑髓脊椎膜炎等）或者隐形感染者（如脊髓灰质炎），还有可能是动物（如鼠疫、狂犬病、结核病等）。

2. 传播途径

病原体由传染源传播给他人所经过的路线或途径叫做传播途径。传染病的传播途径有很多，不同的疾病传播途径也不同。经空气传播的疾病主要包括以呼吸道为进入门户的传染病，如麻疹、结核、感冒等，病原体主要通过空气飞沫或尘埃进行传播；被病原体污染的水源，未经消毒被人饮用后可能会引发传染病，很多肠道传染病，像霍乱、痢疾、伤寒等可以经过水传播；直接或间接的接触也可能传播疾病，乙肝、沙眼等就可以通过与患者共用洗漱用品进行传播。此外，食物、昆虫、血液、土壤、未严格消毒的医疗器械等都可能成为传播途径。

3. 易感人群

易感人群是指对某种传染病缺乏抵抗力（免疫力）而容易感染发病的人。在易感者多的情况下，一旦引入传染源即造成流行。人群的易感性取决于其中每个人的免疫状态。中学生大都是未成年人，各种抵抗力和免疫力与成年人相比都比较差，因而，应该加强锻炼、增强中学生的免疫力以提高对传染病的抵抗力。

案例 16　贵州多所学校集中爆发甲肝，家长怕送学生去上课

1. 贵州多所学校现甲肝　防疫情爆发刻不容缓

2007 年 5 月，贵州息烽县九庄镇乌江复旦中学、九庄小学、鸡场小学大规模集中爆发甲肝疫情，经过医疗部门确诊，77 名中小学生感染甲肝，感染学生表现出眼睛黄染、恶心、呕吐、乏力、厌油、腹痛等症状。

2. 家长害怕送学生去学校上课，社会秩序受到影响

疫情发生后，上述 3 所学校的学生和家长都感到非常恐慌。学生都怕到学校去上课，害怕被传染。即便到学校去上课，也都带有很沉重的心理负担。

3. 发病原因初步判断为水源污染

专家初步分析疫情可能是由乌江复旦学校的一个旱厕引起的。甲肝是肠道传染病，凡是从口入的水源和食物都有可能是传染源。这个旱厕，位置高于水源，距离学校饮用水源 10 米左右，很可能是旱厕发生渗漏污染水源引起的。

（贵州商报，2007.05.16）

三、传染病的危机管理

学校对传染病的控制，应该以积极预防为主，学校主管领导、医护人员应与当地医疗卫生部门、基层的各种卫生保健部门密切配合，在传染病发生的不同环节有针对性的进行控制，建立卫生制度和经常性的卫生措施；但是当传染病发生时，也应该采取切实有效的措施进行处理，尽快解决（见图3-4）。《学校卫生工作条例》第十七条规定："学校应当认真贯彻执行传染病防治法律、法规，做好急、慢性传染病的预防和控制管理工作，同时做好地方病的预防和控制管理工作。"

（一）传染病危机预防

1. 管理传染源

学生在入学前要进行身体检查，入学后也要定期体检，以便及时管理好传染病的传染源。学校的教职人员也应在职前和工作过程中定期进行体检。凡是在传染病隔离期的患者、病原携带者（包括健康带菌者），必须在隔离期满或服药治疗后，经连续两次细菌培养阴性的，有医生证明，才能进校学习和工作。

《学校卫生工作条例》第十四条规定："学校应当建立学生健康管理制度。根据条件定期对学生进行体格检查，建立学生体质健康卡片，纳入学生档案。学校对体格检查中发现学生有器质性疾病的，应当配合学生家长做好转诊治疗。学校对残疾、体弱学生，应当加强医学照顾和心理卫生工作。"

2. 切断传播途径

学校应保持室内外清洁，可采用药物或其他措施防虫、杀虫和驱虫，彻底消灭蝇蚊滋生地，以阻断疾病的传播。公共场所经常保持空气流通，必要时可以进行空气消毒。培养学生形成良好的卫生习惯，做到食前便后洗手，不吃不洁食物，防止病从口入。此外还要勤洗澡、勤换衣服，保持皮肤清洁，预防疥疮等皮肤传染病。在传染病流行时，学校要停止大规模集会。

3. 提高学生的抵抗力

学校可以采取多种措施增强学生的抵抗力，如进行健康教育、制定合理的生活制度、加强体育锻炼、保证膳食的营养质量等。《学校卫生工作条例》第十三条规定："学校应当把健康教育纳入教学计划。普通中小学必须开设健康教育课，普通高等学校、中等专业学校、技工学校、农业中学、职业中学应当开设健康教育选修

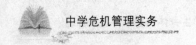
课或者讲座。"

此外，定期进行预防接种也是必要的措施。学校应制定预防接种制度，建立预防接种登记卡，在卡上记录学生的传染病既往史和预防接种情况。预防接种行之有效的方法是人工免疫法，包括人工自动免疫和人工被动免疫两类。人工自动免疫是采用病原生物或其毒素制成的生物物品进行接种，使人体自动产生免疫力。预防接种后，免疫力可在1~4周内产生，可持续数月甚至数年。人工被动免疫是给人注射含有特异性抗体的免疫血清，以提高人体的免疫力，注射后人体很快获得免疫力，但持续时间仅2~3周，免疫次数多为一次，主要用于预防某些外毒素引起的疾病，或作为与某些传染病患者接触后的应急预防措施。

（二）传染病危机应对

1. 控制传染病蔓延

早发现，早诊断：尽早发现传染源，并明确诊断，在传染病流行时要加强晨间检查。班主任和校医应加强对请假学生缺课原因的调查，如系传染病，应立即做疫情报告，采取预防措施。学生病愈返校，必须医生检查证明无传染性方能复课。

早报告：学校发现急性传染病或可疑病人时，教师和校医有责任向学校领导报告，卫生员和行政人员必须熟悉疫情报告制度，需要时应尽快向有关防疫部门报告，以便采取紧急措施，控制传染病的蔓延。

早隔离、早治疗：如果发现有传染病可能的情况出现，应该及时隔离观察，尽快治疗，否则会带来极大的危害。

2. 消毒和检疫

当患急性传染病的学生进入医院或隔离后，应该对患者接触的环境和用具进行消毒，如果是虫媒传染病，要注意消灭病媒昆虫，消毒的目的是在外界环境内消灭传染病的病原体，切断传播途径，使患者周围的设备及排泄物和被污染的物品不再造成传染。

常用的消毒方法包括物理消毒法和化学消毒法。物理消毒法包括日晒、机械消毒法和煮沸法等。日晒是利用紫外线的作用将附着在衣服、被褥等物品表面的病原体杀死；机械消毒法包括清扫、洗刷、燃烧等；煮沸法则可以用于不易被煮坏的器皿和衣物，被消毒的物品必须全部浸于水中，增加1%的烧碱或用肥皂水可以增强杀菌效果。

3. 保护易感人群

对与传染病患者有密切接触史的学生应严格进行医学检疫或观察，直至该传染病的最长潜伏期过后方可撤出检疫。在传染病流行期间，应该有针对性的进行预防注射和接种，必要时可采用药物预防的方法。一些中药对预防传染病也有显著效果。

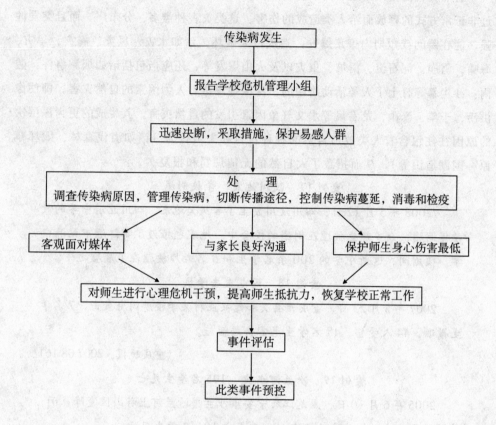

图 3-4　传染病的危机管理流程图

第五节　自然灾害

由于其巨大的破坏性和突发性，自然灾害也常常会给中学带来危机。由于当前的科技发展水平仍然不能准确地预测这类事件，所以人类在这些灾害面前似乎显得无能为力。但如果仔细分析成因，从已有案例中汲取经验教训并积极研究对策，通过增强危机意识的教育、制定相应的应急预案以及注重防灾设施的修缮等等措施，仍然可以在减少自然灾害造成的影响方面起到一定效果，从而更好地保护学校师生员工的人身安全。

一、自然灾害的含义

自然灾害是指人力迄今尚不能支配控制的、具有一定破坏性的各种自然力，通过非正常方式的释放而给人类造成的伤害。这类灾害种类多、分布广，而且突发性强，能在瞬间或短期内聚集爆发，造成巨大破坏，诸如水灾、风灾、震灾、旱灾、海啸、雪崩、泥石流、滑坡、虫灾以及火山爆发等；还应当包括诸如烟雾事件、酸雨、沙尘暴等打上了人类活动烙印的、深深地渗透着人为因素的自然灾害。即便像洪涝、干旱、暴雨、龙卷风等水文气象因素引发的自然灾害，其生成的更为深层次的原因往往包含着人类改造自然的种种盲目和失当行为（诸如滥伐森林、毁坏草原、围湖造田等），从而招致了大自然的无情惩罚和报复。

案例 17　汶川地震　学校倒塌

2008 年 5 月 12 日，四川汶川发生了 8 级大地震。四川北川中学的教学楼倒塌，众多师生被埋在倒塌的校舍中。地震也摧毁了都江堰市聚源中学。顷刻间，这所中学的 200 余名学生和 6 名老师被埋在了废墟之下。

案例 18　闪电袭击学校

2007 年 5 月 23 日，重庆开县义和镇兴业村某学校遭闪电袭击，7 名学生罹难，44 人受伤，48 名学生患雷击恐慌症。

（重庆晚报，2007.08.16）

案例 19　沙兰河水灾　105 名学生死亡

2005 年 6 月 10 日，黑龙江省宁安市沙兰镇沙兰河上游山区突降暴雨，瞬间形成洪峰，导致沙兰镇中心小学至少 105 名学生死亡。

（新华网，2005.06.21）

二、学校应对自然灾害的常见疏漏

（一）缺乏自然灾害危机意识

缺乏自然灾害危机意识，是学校管理者常见的问题之一。这种误区主要表现在两个方面。一是盲目乐观倾向和侥幸心理，认为当地不大可能发生自然灾害，根本不需要考虑，所以一旦危机到来时不知所措；二是无能为力的心态，认为自然灾害过于可怕，而且无法预测，所以作为学校管理者对此无能为力，只能听凭自然灾害肆虐。正是由于这种心态，才会出现无视上级指令、对可能的疏漏不管不问的现象。

（二）防灾抗灾设施缺乏

自然灾害造成重大的学校危机事件往往更多发生在经济较落后地区。由于资金短缺不足，很多学校无力添置防灾抗灾设施，有的学校甚至连校舍都陈旧不堪几近危房，毫无抗灾的能力。有关部门在对案例十九学校雷击伤人事件调查中发现，该校没有任何防雷导雷设施，而且教室窗户没有安装玻璃。

（三）缺乏防灾抗灾管理机制

与一些发达国家或地区相比，我国很少有学校能将预防和处理自然灾害作为日常有效管理制度的一部分，往往在灾难降临时学校教职人员只能仓促应付，大大降低了救援的成功率。因此，学校建立健全防灾抗灾的管理机制，例如做好应急预案、定期演习等，会在灾害降临时尽可能减轻损失。

（四）选址不当

学校在建设前，首先应当对所选的校址进行合理化考证，特别是自然条件恶劣地区以及自然灾害多发地区，学校在建设校舍前更要慎重考虑此问题。案例18中遭受雷击的学校坐落于某山冈的最高处，那一带的山峦春夏季节处于冷暖气团交汇处，雷电天气经常发生。学校所处的山冈四面是峡谷，孤兀而立，冈上广布水田和高大茂密的树木，"对雷电有极大的吸引力"。同样，案例19中的学校建在全镇地势最低的地方，暴雨到来的时候学校成了"天然蓄水池"，是全镇受灾最严重的地方。如果相关部门在学校建设前咨询过专业人员，考虑到灾害事件发生的可能，将学校建在一个相对安全的地方的话，也许案例18及案例19中的惨剧就可以避免了。

三、自然灾害的危机管理

（一）增强应对自然灾害的意识

中学学校管理者在管理理念中对自然灾害应有危机意识，主动采取相关措施以应对这些灾害。学校管理者首先要有危机意识，然后向全校师生员工普及自然灾害的相关知识，并结合当地情况有重点地开展教育。

应该对自然灾害有正确的认识，对其可能带来的巨大破坏做出客观估计，进而在具体管理方法上采取相应措施，以保证把灾害可能带来的风险降到最低。此外，学校管理者在对学校的日常管理和对学生的日常教育中，还要突出环境保护意识。因为在当今社会，由于人为破坏而导致环境恶化从而引起诸如泥石流、山体滑坡等自然灾害爆发的事例屡见不鲜。在青少年的成长过程中，让其形成环保意识，这对

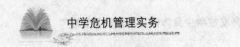

我们整个社会的可持续发展具有重要意义。

案例20 防灾意识和技能从小培养 终身难忘（日本学校的做法）

1.城市探险 自制地图

背上书包去"探险"！当然，范围不出城市，目标是孩子们眼中的危险源。学生们自制城市防灾图在日本许多高中非常热门。

"孩子们眼中的危险和成人不同，让孩子自己发现潜在危险，比看图说话有用得多！"自制地图小组带上纸和笔，高中生和小学生结伴，到熟悉的城市里兜兜转转，想想哪里存在安全隐患，灾难降临时什么地方更安全，意外最容易在何处发生等等。然后大小朋友聚在一起，各抒己见，拼绘出最能让孩子们感到警惕的城市灾害地图。

2.与邻为善 独立自主

出出进进向邻居微微一笑，很可能换来灾难中的一线生机。

灾难降临时，城市中邻里间紧闭的大门往往会关上生的希望。神户大地震中就有过这样的惨剧：救援队经过，可大家根本不知道邻居家还有小孩，结果这个小生命就被永远埋在了地下。所以，震后日本社区中出现了多种形式的邻里广场或儿童乐园，让一墙之隔或楼上楼下的邻居，特别是孩子们能够相互熟悉。

3.以史为鉴 父母讲述

日本中小学教育中有丰富的防灾画册或读本，这完全得益于历次灾难的当事人、救援队和志愿者的点滴总结和积累。许多日本小朋友更可以"听妈妈讲过去的故事"：地震时的可怕景象，自救中常备瓶装矿泉水和收音机的重要性，逃难背包应该装什么等等。

孩子们从小在家人那里学到的防灾意识或自救技能，几乎会终身难忘。但是，有些中国家长不愿回忆痛苦的过去，或者不希望孩子过早接触所谓的灾难或伤害，于是对自己成长中经历的意外或者伤害选择沉默，结果让孩子们失去了获得自救自护经验的最佳时机、最佳场所。

(新民晚报，2006.08.04)

（二）形成有效的管理制度

将对自然灾害的危机意识落实到日常管理体制中去，可以形成应对灾害的现实能力。以下将介绍两种可行的管理机制：

1. 责任共担机制

责任共担机制是西方国家进行城市危机管理时所采用的一种管理体制，是指解决城市危机并不只是政府的责任，每一个市民、非政府组织也应该主动参与危机管理，与城市政府共担责任。首先，政府通过危机制定和完善危机管理法律体系，这种体系是有层次的、为多渠道共同参与和承担各自责任提供规范。其次，培养和加强市民的危机意识，在不断的训练中培养危机和自救责任。再次，培育非政府组织等社会组织，为市民参与城市危机管理提供途径，并开展自救和建立城市社会危机基金等提供平台，从而形成市民有序自救、通过NGO（不以营利为目的的非政府组织）等社会组织与城市政府一起开展危机管理的新模式，降低危机对城市社会的影响和管理成本，提高管理能力。（叶国文，2003）

学校在应对自然灾害的危机管理中，也可以形成具有自身特色的"责任共担机制"。首先，学校高级管理层制定多层次、多渠道的相关的规章制度体系；其次，在不断的训练中培养师生员工对自然灾害危机的自救责任；再次，与学校周边的社区管理部门、派出所等组成联系网络，共同开展应对自然灾害的危机管理。在此过程中，还可以培养和巩固每位"责任人"的制度观念和奉献、团结精神。

2. 校园教、训、辅整合处理模式

此模式是指结合学校的教学、训导、辅导及有关单位一起投入到维护校园安全的行列中，针对自然灾害的具体做法如下（见表4-1）：

表4-1　校园教、训、辅整合处理模式

	初级（预防）辅导	次级（预防）辅导	三级（治疗）辅导
自然灾害（风灾、水灾、火灾、地震）	1. 实施人员编组，充实设备并定期检查随时修缮。（总务） 2. 利用相关课程加强学生防火、防台风、防震及预防水灾之认知。（教学） 3. 配合民防演习实施防震、避难、逃生、救火等演练。（训导） 4. 利用周会、班会研讨遇天然灾害时之相应措施。（训导） 5. 养成师生关心气象、注意防火及用电安全之正确知识。（教学、训导）	1. 灾难发生时危机处理小组进驻校内处理天然灾害。（各处室） 2. 遵循紧急联络网迅速联络有关人员： 教务处——科任教师 人事室——职员 总务处——工友向有关单位反映灾情 训导处——导师→各班各组组长→组员（5～6人）	1. 检查各项建筑物设施及人员受害情形。（各处室） 2. 视伤害或受害程度作适切之处理。（各处室） 3. 伤员送医，受损物品送修，不能修者报废重新添购。（各处室）

	初级（预防）辅导	次级（预防）辅导	三级（治疗）辅导
自然灾害（风灾、水灾、火灾、地震）	6. 实施亲职教育，呼吁家长共同注意防灾并告知天然灾害时放假之原则。（训导、辅导） 7. 协调警政单位，配合办理。（训导）	3. 依权责处理相关事宜。（各处室） 4. 疏散、照顾学生使伤害减至最低。（训导）	

（唐玺惠，1998）

表格所列的管理模式，我们在具体操作时可以学习它的框架，而内容则可根据自身实际情况进行相应变化，形成符合我们需要的模式。

（三）组织各项应对自然灾害的专门训练

学校应该组织各项应对自然灾害的专门训练，使全校师生都能够明确在自然灾害到来时应该如何应对。

在各学校可以按照《纲要》要求开设一些介绍、预防和应对自然灾害的课程，课程形式尽可能活泼、多样、有现场感，让学生在感性材料的强烈作用下掌握在自然灾害中自我保护和救助以及逃生的技能，学习紧急救护他人的基本技能，并形成环境保护的自觉意识。

学校的教职员工在年龄和社会经验上比起学生有较大优势，而且在突发事件发生时，他们可以充当现场组织者，具体实践学校在这方面的管理理念，可以为降低灾害影响发挥积极作用。因此，对教职员工的培训也应相当重视。在平时的培训中，首先要分配、明确每个人在灾难到来时的职责，在模拟演练中充分练习协调配合，以提高救灾的整体效率；其次要训练教职员工成为灾难中指导学生行动的指挥者；还要对教职员工进行科学的医疗救护方面的训练，一旦发生自然灾害事件，尽量保护所有人特别是学生的生命安全。另外，有一点非常重要的是，要培养教职员工在遇到突发自然灾难时能有对现状比较冷静独立的判断能力。例如，前文案例19中所提到的大暴雨，之前气象局未能准确预报，但有当地群众根据天象认为会有大雨并坚持从学校接走了自己的孩子。如果当时任课老师根据群众经验，做出自己的独立判断或者向学校管理层反映，也许就能在灾难到来时取得主动权，人员伤亡数字也可能不会那么触目惊心。

案例21　一个灾区农村中学校长的避险意识

"5·12"大地震过后，四川安县桑枣中学所在地紧临着地震最为惨烈的北川，学校外的房子百分之百受损，而该校震后的情况是这样的：全校师生，2200多名学生，上百名老师，无一伤亡；8栋教学楼部分坍塌，虽然全部成为危楼，但没有垮塌。这在很大程度上应当归功于校长叶志平，一位有着强烈避险意识的农村中学校长。

从1997年开始，他四处筹钱，按正规的要求改造加固学校一栋未经验收的危楼，这栋实验教学楼，建筑时才花了17万元，光加固就花了40多万元。

从2005年开始，叶校长每学期要在全校组织一次紧急疏散的演习。学校会事先告知学生，本周有演习，但学生们具体不知道是哪一天。等到特定的一天，课间操或者学生休息时，学校会突然用高音喇叭喊：全校紧急疏散！每个班的疏散路线都是固定的，学校早已规划好。两个班疏散时合用一个楼梯，每班必须排成单行。每个班级疏散到操场上的位置也是固定的，每次各班级都站在自己的地方，不会错。另外，每周二都是学校规定的安全教育时间，让老师专门讲交通安全和饮食卫生等。

由于平时的多次演习，地震发生后，全校两千多名师生，从不同的教学楼和不同的教室中，全部冲到操场，以班级为组织站好，用时1分36秒。学校墙外的镇子上，房倒屋塌，求救声一片。但是这所农村初中，却在大震之后，把孩子们带到了家长面前，告诉家长，娃娃连汗毛也没有伤一根。

（新华网，2008.05.24）

（四）利用社会信息系统及时传递信息

自然灾害发生的时候，保证信息渠道的及时畅通有着重要意义，这能够帮助减低灾害造成的损失。2007年秋季，在"圣帕"台风即将登陆上海市时，由于此前台风经过台湾、福建等地时已经造成巨大破坏，很多地区也被迫停工、停课，因而上海政府也果断决定全市中小学临时停课。为了能够尽快把此灾害应对决策传递给尽可能多的学生以及家长，除了教育主管部门向各学校下达停课通知外，上海市还通过电台广播以及在电视台反复播放滚动字幕等方式进行通知，成功地完成了此次灾害应对的信息传递工作。虽然"圣帕"台风最终未对上海市区造成严重影响，但此次灾害应对的决策以及相关信息的传播的成功经验都可以为将来的灾害应对所利用。

而在经济欠发达或者自然灾害频发地区，当缺乏完善的广电网络或者其他通讯设施的支持时，学校作为一个人口相对密集的行政单位，可以发挥一定的社会作用。通过学生来向其家庭成员宣传有关灾害的信息以及处理对策，这样一方面可以采取要求学生家长接送学生，不允许学生独自上学、回家等灾害应对措施，以尽量保证学生的生命安全；另一方面，可以使学生家庭对灾害有所防范，减少学生家庭在灾害中的损失，能产生一定的社会效应。

（五）保障经济欠发达地区的硬件设施

对于经济欠发达地区，由于基础设施很不完善，而且自然环境也往往较为恶劣，这就造成了客观上的潜在危险。这种情况下，学校应该主动积极地采取各种有效措施，例如向当地教育行政部门反映，求助地方财政，呼吁媒体寻求社会帮助等等，以尽量完善必需的安全设施。

此外，在硬件设施方面，校址的选择也是十分重要的。上文分析过，在案例18、19中，校址选择不当也是造成惨案的重要原因之一。学校的人口密集，而且中小学生基本都是未成年人，自我防护能力不足，需要重点保护。因而校址的选择应当十分慎重，宜选取较为安全、便利的地域，并且应该通过当地或上级规划部门的统筹、建设管理部门审查以及其他的科学论证后才能确定建校，避免校址选取的随意性。

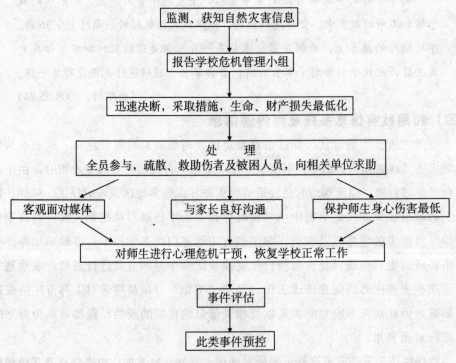

图3-5　自然灾害的危机管理流程图

四、应急预案

我们还可以借鉴广东省中山市纪念中学的防灾应急预案，对照本学校的应急预案，取长补短，使我们的预案更完善。

中山纪念中学防台风、暴雨、地震等自然灾害应急预案

一、防灾

1.学校办公室负责接受上级防灾指挥部的各项指令，制定校内防自然灾害应急预案，领导小组部署校园台风、暴雨、寒冷、地震来临前的应急防御，做好紧急救灾和恢复校园正常教学的工作。

2.学校办公室负责认真宣传、贯彻、执行上级实行防灾的指示，传递防灾信息。

3.德育处负责组织师生学习辨别台风、暴雨、地震等灾害预警信号，掌握灾害预防和自救知识。

4.总务处定时和不定时排查校园的课室、地下排水管道、供电线路、食堂、消防安全设施、树木、墙报栏、玻璃门、窗户等安全方面的隐患，发现问题及时向上级部门反映，并监督及时整改。

5.德育处制定实施抢险救灾方案，组织和训练，并指导校内师生模拟预防演练。

二、防灾应急方案

（一）领导小组及职责

组　长：×××

副组长：×××、×××、×××、×××

成　员：×××、×××、×××……

主要职责：

1.加强领导，健全组织，强化工作职责，完善各项应急预案的制定和各项措施的落实。

2.采取一切必要手段，组织各方面力量全面进行救护工作，把灾害造成的损失降到最低点。

3.调动一切积极因素，全面保证和促进学校安全稳定。

4.做好防自然灾害的宣传教育、组织防灾害的演习工作。提高广大师

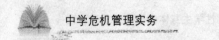

生的防范意识。

（二）通讯联络组及职责

组长：×××

成员：×××、×××、×××……

主要职责：

1. 接到上级指令或天气监测预报信息、预警信号，需要停课，则通过学校通讯网络成员第一时间将信息传递给有关老师、学生、家长，立即采取措施停课放假。

2. 通讯小组随时与教育系统应急工作领导小组保持联系，在接到台风、暴雨信息时，进入战备状态，随时待命。

3. 及时汇报学校受灾、救灾及有关情况。

（三）安全防护救护组及职责

组长：×××

成员：×××、×××、各年级正副主任、班主任、宿舍管理员、校医人员等

主要职责：

1. 在发生灾害时，组织各方人员切断电源，检查和加固窗外的悬挂物，检查旗杆、墙报栏，防止高空悬挂物摔落伤人，要检查保管好各类电器。

2. 组织各班班主任负责关好课室门窗，各处室、年级组关好办公室门窗。信息中心的老师负责检查电脑室和多媒体室电源开关。

3. 突发台风、暴雨、地震等自然灾害时，组织学生在安全地方躲避。

4. 若遇人员受伤，积极组织抢救。

（四）善后处理组及职责

组长：×××

成员：×××、×××、×××……

主要职责：

1. 发生破坏性灾害时，立即做好抗灾自救工作，在上级领导下，发扬艰苦奋斗、自力更生精神，开展自救活动。

2. 做好卫生防疫工作，做好灾后卫生消毒，防止传染性疾病在校园滋生蔓延，做到大灾之后无大疫。

3.灾后要科学安排课时，使学校教育教学工作尽快恢复正常。

（中山纪念中学，2007.01.03）

五、相关的法律法规

国务院办公厅于 2007 年 2 月 7 日颁布了由教育部制定的《中小学公共安全教育指导纲要》，其中初中年级教育内容重点的"模块五"为：预防和应对自然灾害。具体内容包括：

（1）学会冷静应对自然灾害事件，提高在自然灾害事件中自我保护和求助及逃生的基本技能；

（2）了解曾经发生在我国的重大自然灾害，认识人类活动与自然灾害之间的关系，增强环境保护意识和生态意识。

高中教育内容重点的"模块四"为：预防和应对自然灾害。具体内容包括：

（1）基本掌握在自然灾害中自救的各种技能，学习紧急救护他人的基本技能；

（2）了解有关环境保护的法律法规；能结合当地实际情况，为保护和改善自然环境做贡献。

第四章

中学教师危机及其管理

在升学竞争依然严峻的现实下，随着教育系统人事制度改革的不断深入，中学教师面临着诸多压力：一是面临着中、高考升学率的压力；二是面临教师岗位聘用制、末位淘汰制等岗位竞争和就业压力；三是面临着提高自身素质，向素质教育靠拢及参加各种达标考试、培训的压力。另外，现在的师生关系发生了很大的变化，在管理学生方面教师也遇到了前所未有的困难，而在一些师生纠纷中，教师经常处于不利的地位。这种种压力和负担似乎是没有尽头的，而在长期的沉重负担和巨大的心理压力下，很多教师都感到疲惫不堪。于是，中学教师有可能遭遇一系列危机，比如：师生冲突、教师个人成长危机（包括教师培训困难、职业倦怠症、聘任、职称评定、末位淘汰、按绩取酬、中老年教师职业危机、身份危机、价值观危机、师德滑坡）、健康危机等等。本章主要从师生冲突、课堂教学、班主任工作等几方面分别论述中学教师所面临的危机及管理策略。

第一节　师生冲突

一、师生冲突的含义

师生冲突指在现实学校教育教学情境中，由于价值观、目标、地位、资源多寡等方面的差异，师生之间为了维护各自利益而采取公开或隐蔽的力图阻止对方达到目标的互动。其内涵可以从五个方面进行理解。

第一，师生冲突是一种社会过程，是社会互动方式的一种，是社会存在在教育情境中的表现形式之一。第二，师生冲突的主体是教师与学生，既可能是教师个体与学生个体，也可能是教师群体与学生群体，还有可能是教师个体与学生群体或学生个体与教师群体。第三，多数情况下，师生冲突的发生是由教师和学生在价值观、地位、目标或是利益等方面的差异引起。第四，教育教学活动使师生有大量的机会面对面接触，直接的、公开的冲突很容易发生。第五，师生冲突的程度多种多样，既有顶撞、争吵等较弱的冲突，也有使用暴力伤害对方等比较强烈的冲突。

师生冲突与师生互动关系密切。美国芝加哥学派的帕克和伯吉斯等人主张把互动过程分为竞争、冲突、顺应和同化四个过程，把冲突作为互动过程中的一种类型，并指出只有当双方利益上或认知上不一致时才可能导致冲突的产生。师生冲突是师生互动的一种形态，"一种可能存在的状态"，而并不必然在师生互动的过程中发生。

二、师生冲突的类型及特点

师生冲突的表现多种多样，常见的有身体攻击行为、言语冲突、公然离开或罢课、拒不执行教师指令或错误执行、情绪对抗等等，其中，最严重的是身体攻击行为。

根据冲突的具体情境、表现形式和功能性质、发展顺序，可将师生冲突分为四种类型：课内冲突和课外冲突、显性冲突和隐性冲突、负功能冲突和正功能冲突、一般性冲突与对抗性冲突。

（一）课内冲突与课外冲突

所谓课内冲突是指师生之间在课堂教学时间内发生的冲突，如学生故意不守纪律，扰乱课堂秩序等。而课外冲突则是指发生在课堂教学时间之外的冲突，如教师对所谓"差生"不管不问，"差生"故意不完成教师布置的任务等。有时，课外冲突还会延伸产生教师与学生家长之间的冲突。课外冲突往往是课内冲突的拓延和继续。

（二）显性冲突与隐性冲突

显性冲突即师生之间的矛盾激化，并通过双方公开或直接的行动表现出来，如师生之间的言语辱骂、人身攻击甚至殴打等。而隐性冲突则是指师生之间冲突的一方通过静默、曲解指令或在冲突之外事件的歪曲执行等方式表现出来，如学生对教师的劝告不闻不问或曲解，任课教师通过班主任或其他教师来制裁当事学生。隐性冲突是显性冲突的前期积累，达到一定程度后，则可能爆发转化为显性冲突。

（三）负功能冲突与正功能冲突

刘易斯·科塞（Lewis A.Coser）是美国当代著名社会学家，社会冲突理论的主要代表人物之一。他认为冲突的功能性质有正与负之分，所谓负功能冲突指具有一种消极破坏的负面效果，严重影响教育教学活动的进行，阻碍良好师生关系的建立的师生之间的冲突，现实的教育情境中的师生冲突大部分都属于此类。而正功能冲突则是指在一个限定范围内，冲突以合理方式进行，从而使当事人双方加强自身反思，进而更好地促进二者良好的互动发展，如对冲突事件以"冷处理""延缓冲突""中介调节"等方式处理加工，学生通过意见信等方式善意地指出教师的缺点与不足。这样既防止了冲突的进一步升级和加剧，又有利于师生之间和谐关系的建立。教育者应该辩证地看待师生冲突，既不能漠然视之，也不应该高估其正功能的作用，改善师生冲突是极其必要的。

案例1　沉默的抗争

因为调课，上海市H校初二（8）班周五下午的班会改上语文。13：55上课，14：00整，张老师才悠悠然空着手来了，端起架子、板着面孔问道："同学们知道我为何没有带书及笔记吗？"然后就开始训话，小雯、小辰、小龙等6个学生被罚站，他们有一系列作业没有交。老师挨个点名批评："小龙有没有把我当老师看？……看看你们站着的这些人，死猪不怕开水烫，英勇就义样！你们班何时上课能有50%的人在听？"6个学生整整站了25分钟才坐下。像这样的讽刺与批评是否伤害了学生的自尊？课堂学习效率如何保证？课间休息时，我立即找同学验证。

笔者："他们为什么不做语文作业？"

小芹："懒，事多就忘记了。他们一贯如此。"（小芹学习成绩班级第15名，中等生，纪律一般。）

小玲："回家不肯背，偷懒，小辰故意不做，小龙能完成，但不做，与老师作对，叛逆心理强。"（小玲成绩班级第8名，纪律一般。）

笔者："死猪不怕开水烫是什么意思？受得了吗？"

小玲："脸皮厚，习惯了。"

笔者："他们被骂了，有用吗？"

小玲："没有用，依然如故。看，他们在外面正玩得痛快。"

笔者："你们陪骂的同学有什么想法？"

小芹、小玲："没有办法。"

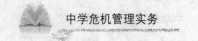

笔者："可不可以看书，不参与陪骂？"

小芹："不可以，假如自己看书，老师不同意，我们都是乖学生。"（在某种程度上，正是这些"乖学生"的容忍，纵容了教师的不当做法。在这个情境中，学生不顺从老师，反而有一定积极意义。）

笔者："你们为何不劝告他们？"

小玲："老师讲都不听，我们讲更不听了，没有用。"

部分学生硬顶，还是没有交语文作业，接下来周一下午的语文课，上述依然没有做作业的同学，被张老师训话17分钟，同样是集体陪着受训。而后，张老师让小辰离开教室，去教师办公室把作业做好了再回课堂。最后，张老师指着小龙警告："这次你有小辰做挡箭牌，下次就轮到你。"

（石明兰，2007）

这是课堂里的师生冲突，语文教师对全体学生怀有强烈的情绪对抗，部分学生拒绝执行教师的命令而不做作业。6位学生两次被教师长时间地罚站，虽然不是严重的身体攻击，却是一种变相体罚，而全体同学陪同受训，更是一种"心罚"；其次，这是一种显性冲突，虽然学生没有公开地与老师发生语言顶撞，也没有公然离开教室或罢课，只是教师单向地训斥与谩骂学生，然而学生通过拒绝做教师布置的作业、不听教师指令，与教师抗争；再次，这是一种负功能冲突，教师凭借制度赋予的权威地位，采用讽刺性、污辱性、蔑视性、过激性、恐吓性与训斥性的语言，对学生的内在心理和精神世界实施惩罚和伤害，可能导致学生产生不良情绪和病态心理问题，失去对语文学习的兴趣，形成师生对立，进而造成学生人格尊严的丧失，甚至产生反社会倾向，产生违法、犯罪等严重后果。

（四）一般性冲突与对抗性冲突

教师与学生的矛盾是学校教育教学过程中的基本矛盾，在一定条件下是正常的、不可避免的。但面对矛盾，师生双方若没有采取协商、对话等合理、合法、平和的沟通手段，而采取了过激的言辞、表情和行为等，则会使得师生矛盾激化，师生关系恶化，矛盾就会演变成冲突。因此，按照冲突发生、发展的先后顺序及剧烈程度可将师生冲突分为一般性冲突和对抗性冲突两个阶段，对抗性冲突往往是从一般性冲突演变而来的。（丁静，2004）

1. 一般性冲突

师生双方由于误会或教师处理学生违纪事件的不当行为而产生的冲突，这种冲突强度较低，可以及时化解。

（1）教师误解学生，学生委屈、辩解。

案例2　是谁乱抛纸

正在上课，突然，从一个男生的抽屉里飞出一个纸团，学生都"哗"地叫起来。张老师非常生气，快步走到那个抛纸团的学生小童旁边，严厉地说："你为什么上课乱抛纸?你看你现在对全班纪律造成的影响!"小童说："纸团不是我抛的。"张老师更加生气："做了错事还不肯承认。我明明看见纸团是由你这儿被抛出去的，还想抵赖?"小童被张老师这样一说也发起了脾气，出言顶撞："我说不是我就不是我。"班级这下更加乱了，吵声引来了班主任，将小童带出了课室。课后张老师才了解到，那纸团确实不是小童抛的。

（2）教师干预学生违纪行为，学生不执行。

案例3　游戏机事件

突然，静悄悄的教室里传来了"嘟嘟"的电子游戏机的声音。教室里一下子骚动起来，张老师三步并作两步赶到学生小黄的座位旁："把游戏机给我。上课有纪律没有?胡闹什么?"谁知小黄根本没有将老师放在眼里，若无其事地照打他的游戏机。张老师更火了，硬把他手里的游戏机抢了过来。小黄更嚣张了，坐在位子上把东西故意弄得"叮当"乱响，一副"我也给你点颜色看看"的样子。张老师想把他叫到办公室，却叫不动。

2. 对抗性冲突

师生双方面对一般性矛盾采取了过激的言辞、表情和行为等，使得师生矛盾激化，师生关系恶化，矛盾就会演变成对抗性冲突。对抗性的师生冲突扰乱了正常的教学秩序，伤害师生的身心，从而影响学校教育功能的实现。该阶段主要有三种情形:

（1）冲突暂时平息。冲突平息与冲突化解不同，冲突平息是指教师运用指责、训斥、恐吓，甚至体罚等手段暂时压服了学生。尽管冲突没有激化的外在表现，但师生之间已经凸现的矛盾依然存在，事后师生关系仍不和谐或更加恶化，学生疏离或敌对教师。

（2）冲突陷入僵局。当教师反复训斥或命令学生，学生拒不执行，师生双方互不相让、争执不下，致使冲突陷入僵局。这时又存在两种状况:一是旁人解围，打破僵局;二是冲突不了了之。

（3）一般性冲突演变为对抗性冲突。学生的对抗性行为主要表现有学生对教师以武力示威、学生离开课堂等。教师的对抗性行为主要表现有抢夺学生的东西、用力拉扯学生、把学生赶出教室、打学生，甚至师生对打。由于对抗性冲突必然伴随着对抗性行为的发生，往往导致事态进一步扩大或冲突无法收场，给师生的身心皆造成很大的伤害，恶化了师生关系，使教育教学难以进行。要弥补这种伤痛得花成倍的精力，甚至无法补救，成为永远的遗憾。

案例4　一场老师与学生的冲突

某晚讲完课后，还剩半小时才放学，高一（3）班英语老师李老师便和同学们说起大学生就业问题，鼓励大家努力学习。忽然，最后排小王同学喊："一、二、三，我×"，全班哄堂大笑。李老师便说："既然大家不愿意听，就自习好了。"第二天，李老师便把此事告诉了班主任伍老师。听到班上学生侮辱老师，伍老师顿时非常生气，径直来到了教室，把小王叫出来狠狠地批评了一顿。小王受到了惩罚，但同时骂老师的最后一排几名学生却只是被伍老师暗暗地记了一笔。两天后，其中一名学生小张因为前排一女生不小心把笔扔到他身上，大骂该女生使她泣不成声，恰巧此景被伍老师抓个正着。联系到上次骂老师事件，伍老师十分生气，把学生小张拉到了办公室，他先是推了小张一把，同时呵责他。不料小张却不服"管教"，反手抓住伍老师的胳膊。伍老师勃然大怒，一个耳光便抽在了学生小张的脸上。小张毫不示弱："你敢打我！你一定会付出代价的！我上教育局告你去！"然后大步走出了办公室。伍老师由于上学期曾因监考弄错试卷而受到过通报批评，根据学校规定，如果教师犯错误达两次以上，就会将其辞退。所以一旦小张把他告到教育局，那么很有可能面临下岗的危险。

尽管事情是由伍老师引起的，但他并不认为自己错误严重；无论学校还是伍老师都不愿意与学生及其家长进行沟通；从维护学校声誉的角度出发，教导主任要求李老师出具相关证明材料，证明事情确实是学生小张辱骂老师在先；出于情感上的考虑，李老师挺身而出，她主动和学生家长联系，承认老师打学生不对，但也是出于纠正学生错误，希望家长能够谅解。小张的母亲不愿把事闹大，就不再追究。三天后，小张重返学校，此事暂告一段落。

在这个案例中，师生冲突类型不停地演变，由小到大，由内到外，由课堂到学校、家庭，由任课老师到班主任、校长、家长，冲突的强度不断加剧。

第一，语言冲突演变成身体攻击行为。间接原因是英语老师李老师与小王、小张之间的课堂语言冲突，直接原因是小张与女生之间的语言冲突，最后演变成班主任伍老师与小张之间的身体攻击行为。

第二，隐性冲突演变成显性冲突。起初班主任伍老师与小张之间的冲突是隐性冲突，是一种情绪对抗。因为小张与本班同学的显性冲突，伍老师与小张之间的隐性冲突上升为显性冲突。

第三，一般性冲突演变成对抗性冲突。起初伍老师与小张之间的一般性情绪冲突，因为小张与女生之间的语言冲突，演变成伍老师与小张之间的对抗性冲突。

第四，课堂冲突演变成课外冲突。由英语老师李老师与学生小王、小张之间的课内冲突，演变成班主任伍老师与小张学生之间、家长之间及领导之间的课外冲突。

第五，学生之间的冲突演变为师生冲突，再演变成教师与领导、教师与家长之间的冲突。

三、师生冲突的成因

分析师生冲突的原因是改善师生冲突的前提条件。师生之间权力与地位的悬殊差距是造成师生之间冲突的根源，不平等性、过分突出正式角色、权威主义色彩浓厚等易引发师生冲突；师生差异是师生冲突的必要条件，并不必然构成师生冲突，不平等的合法性的消解是师生冲突的充分条件。下面从社会、教师和学生等方面分析引发师生冲突的根源。

（一）社会方面

首先，当代社会对师道尊严提出了挑战。在传统社会中，知识观念几无更新，教师以自身的知识经验优势为"师道尊严"这种师生不平等的合法性奠定了基础。但在当今社会中，科学知识日新月异，特别是随着网络媒体的高速发展，学生获得知识信息的渠道日益多样化。"弟子不必不如师"，教师自身优势地位丧失，传统师道尊严"不平等的合法性"基础的消解是引起师生冲突的一个重要原因。

其次，"学校组织的异质、多权威、多层次结构"强化了其自身的科层化。教师在这一组织中是重要的管理者、控制者，因而常常"重事不重人，缺少人情味"，而学生则是一种初级社会群体，他们注重情感沟通，讨厌官僚习气。二者之间的矛盾常常导致师生关系的冷淡僵化，进而产生各种形式的冲突。

由于我国计划生育政策的推行，独生子女家庭成了普遍的家庭模式，家庭结构的变化间接导致了师生冲突的产生。家长对独生子女的溺爱导致了我国"小皇帝"的大量涌现，也出现了这些"小皇帝"、"小太阳"们所特有的问题行为，如任性、自私、依赖性强、娇气、骄横、不合群、不善交际等。同时，人们的婚姻观念日趋开放，单亲家庭、再婚家庭数量的增加，使这些家庭中的孩子的教育也面临着新的问题。面对这些问题，用习惯的方式无法根本解决问题，尤其是在对师生冲突缺乏深入研究的前提下，难以选择有效而合法的冲突解决策略。

（二）教师方面

教师是社会的代言人，是社会整体普遍规范的化身，奉守统一和一致原则，要塑造学生维持现有秩序，其价值观念是按照既定目标塑造标准个体。而学生则是个性化、表现差异、丰富多彩的个体。师生之间必然存在统一要求和多向发展、传统习惯和新生一代顺应潮流发展要求的矛盾。特别是在当代社会，科技文化突飞猛进，价值观念多元，往往都会加深师生之间的隔阂而引发师生冲突。

教师在管理建设班级时，通常存在三种控制类型：即民主型、权威型、放任型。在权威型控制方式中，教师是至高无上的，其发出的指定要求学生必须无条件的服从。学生自由活动、支配的空间狭小，任何事情都必须经过教师审批。随着学生的成长，自主意识、挣脱束缚意识增强，师生冲突尤其是隐性冲突往往增多，并最终以显性形式直接表现出来。而放任型控制方式则恰恰走上另外一个极端，学生自以为是，无视教师存在，对教师的要求不闻不问，或曲解片面执行，师生间冲突也较多存在。此外，教师自身的素质不高，教育评价方式的偏差，性格孤僻内向，不善于与学生交往沟通，也是产生师生冲突的一个因素。

（三）学生方面

当代的中学生，他们正处于社会转型的关键时期，社会对他们寄予了厚望并向他们提出了很高的要求，转型时期社会出现明显的无序状态，但同时，现代化的程度却在不断提高。处在这种社会文化历史背景之下的中学生具有以下几个特点。

第一，偶像崇拜所导致的"追星"心理、文化撞击造成价值观念冲突。

第二，信息多元化易导致怀疑、心理上的闭锁性所导致的不易被理解与渴望理解的矛盾心理。

第三，迅速发展的社会生活所导致的心理活动内容的社会性的增多。学生不断增强的独立、自由、平等、民主的意识和观念与教师的权力主义的对立，加剧了师生冲突。尤其到了中学阶段，学生处于一种"自为"的形态，即学生任何事情都自己做主，反抗来自外界的控制，维护自己意识中"理想自我"的尊严，从而使自己在某些观点上明知有误，仍坚持己见，与老师产生分歧，导致冲突的产生。

第四，非正式群体的"首领"和"后进生"。在班集体中，学生因个人的兴趣爱好相近，组成一些小群体，并自然产生出"首领"。"首领"一般都会认真履行自己的职责，所以当教师在批评某位学生时，常有"好事者"挺身而出，与老师争辩。同时，群体的其他成员也会迫于群体内部的"自然规则"而与老师发生冲突。而"后进生"被教师贴上"标签"确认后，在升学竞争指挥棒的导向下，有些教师便对这一部分学生持放弃的态度而不管不问，而这一部分学生往往也自暴自弃，破罐破摔，事事和教师对着干。

此外，师生交往中的沟通障碍，也是产生师生冲突的影响因素。师生之间有效的人际沟通能使师生之间的思想感情得以交流，增进彼此了解，避免师生冲突，促进良好关系的形成。然而，师生间的信息交流常受多种因素干扰而产生障碍。一是主观障碍。由于师生双方在成熟度（如知识、经验、情感、态度、抱负等）上存在差异，对同一信息可能有不同的看法，由此就会出现一种特殊的人际沟通障碍。二是客观障碍。如教育活动中师生间的空间距离，由于师生社会背景、角色、性别、年龄、外表等差异而产生的社会距离，班级的组织结构等，都可能阻碍信息的及时交流与传递。三是沟通方法障碍。师生冲突往往是由于师生之间不善于沟通而变得复杂。

案例5 中学生舔痰事件

1. 案例简述

2006年11月30日下午晚自习期间，北京私立学校——礼文中学的政教主任杨文香老师在校园里进行巡视。在教学楼门口，杨老师发现高一男生赵刚正在玩手机。由于学校规定学生不允许带手机到校，于是杨老师走过去说："把手机给我。"赵刚就是不给。杨老师说："让班主任写条，你先回家吧。"（写条就意味着开除。）赵刚没动，杨老师又说："你跟我去一下德育处。"这时赵刚站起身看了杨老师一眼，然后咯出一口痰，吐在老师面前，走向德育处。根据杨老师的回忆：由于赵刚吐痰的楼门口两三米远就是教学楼的厕所，我当时说："你回来，拿拖把擦了。"赵刚说："我舔了行吧？"我认为他当时的表情非常狂傲，就说："你是高中生，知道什么该做什么不该做。"话没说完，只见赵刚单腿下跪、两手撑地将痰舔了起来。

根据此事和赵刚入学后的表现，礼文中学的行政会和其家长签署了《试读协议书》，并对赵刚做出劝退处理。2007年1月底，赵刚的家长通过媒体报道了此事，并以"学校处理措施造成未成年人赵刚的身心损害"为由，将北京礼文中学和杨文香老师起诉到法院，提出了5万元的精神损失赔偿，并要求学校重新接受赵刚入学及杨老师公开赔礼道歉。2007年4月12日上午9时，北京市石景山区人民法院公开审理了此案。庭审现场原被告双方激烈交锋，有多名证人到庭作证，同时还出示了两份音像材料。庭审至中午，杨老师突然说要救心丸，随后脸色苍白，趴在桌上一动不动，见杨老师突发心脏病，法官宣布"休庭"。赵刚急忙跑到被告席，伸手抱住杨老师，喊"妈妈"。最终，本案以学生赵刚撤诉告终。赵刚在法庭上表示其实不想起诉老师，只想上学。

2. 各方态度

对于该事件，教师、学生、学校及家长的态度各不相同。

(1) 杨老师：委屈与矛盾

杨老师在接受媒体采访时承认，"赵刚舔痰事件"及后来被起诉，对自己的身心都有很大的影响。首先，在事件发生后的多日里，自己几乎每天要依靠"速效救心丸"支撑；这件事情几乎改变了她作为教师一生的追求和信仰，并一度想到以死来唤醒社会的良知，以证明自己的清白。杨老师并没有觉得自己哪里做错了。因为，赵刚当时将痰吐在自己脚下，这是对老师的侮辱，对学校纪律的挑衅。当时之所以没有制止赵刚舔痰，她解释说："凭几十年教师、七年政教主任的经验，我根本想不到他真的会那样做，而整个过程只有三五秒钟，我根本还没有反应过来。"

在自己和学校被起诉这件事情上，杨老师表示自己心中是既委屈又困惑，既矛盾又不安。"我觉得真的闹到法庭上，对孩子是一种伤害。我有时觉得特别为难。如果我把赵刚在学校的表现都说出来以证明我有理，那么，必然就要伤害到孩子（赵刚）。如果我不想伤害到孩子什么都不讲，那么，受到伤害的可能是我们的学校。现在学校已经因为媒体报道受到了很大的负面影响，我也不能让学校领导和老师这么多年的努力，因为这件事化为泡影，所以我特别为难。还有，要证明老师清白，需要学生作证。但我真的不愿意让我的学生去作证，我担心将来他在外边受到伤害。"

（2）赵刚：我想上学

关于为何会去舔痰，赵刚表示当时特别害怕被开除，而不是为了气老师，并且当时其实特别希望杨老师能阻止自己。对于将学校和老师告上法庭，赵刚的说法是"为了上学，我不能总待在家里"。而对后来在法庭上，跑上前去拥抱倒下的杨老师，称老师"妈妈"的行为，和最终撤诉的决定，赵刚解释说自己对杨老师有感情，看到老师倒下很着急，并承认自己不懂事。

（3）学校：劝退针对的是学生的一贯表现

在赵刚家长提出起诉后，学校依然坚持劝退的决定，并表示不会向学生及家长赔礼道歉。校方认为，劝退处理不是仅针对"玩手机"和"舔痰"这两件事，而是根据赵刚入学后的一贯表现，依据市、区教委学籍管理规定和《试读协议书》做出的决定。校方表示，不会接受他的起诉条件，但是如果赵刚撤诉，并向媒体说明情况，学校还可以帮助他转学，学校的目的并不是让他没学可上。

（4）家长：起诉的目的不是为了钱

学生赵刚的家长在庭审的最后，通过代理律师表达了这样的心声："本次诉讼的目的并不是想要那笔钱，我们是在礼文中学不给协商机会的情况下做出的无奈选择。"

2007 年 4 月 28 日中午，学生赵刚代理人北京澍铧律师事务所的沈腾律师，在接受媒体采访时透露，到目前为止，礼文中学对于赵刚复学一事还没有任何态度。不过，北京市门头沟区三家店中学主动联系了赵刚，表示愿意接受他入学。现在，赵刚有三四家学校可以选择，他本人倾向于到门头沟三家店中学就读。

（人民法院报，2007.01.31）

从案例 5 我们可以发现，正是多方面的复杂原因导致了这起危机事件的发生：

第一，教师方面。危机发生前，教师采取权威型控制方式失效。赵刚晚自习期间玩手机，杨老师要求没收，这是强制性指令，没有给赵刚任何申辩的机会，拒绝接受指令。如果杨老师缓和一下，站在学生的立场思考，也许没有任何冲突后果。危机进行时，教师缺乏驾驭危机的能力。学生不肯交出手机，本可以用其他方式解决，偏偏杨老师不肯让步，让班主任写条，叫他先回家，而且要勒令退学，教师的权力过度使用，反应过度，教师主动把危机升级，是对学生的一种挑衅，赵刚依然拒绝接受指令。此时如果妥协一下，就不会有后面的舔痰。老师让学生到办公室，学生吐一口痰以示抗议。杨老师步步紧逼，学生行为错乱，当赵刚舔痰时，杨老师面对紧急事件，必须采取快速的、决定性的行动来阻止，但此刻她的反应太慢，没有绝对的优势处理这件事情，没有处理事件的应激能力，致使事态朝相反方向发展。危机之后，教师没有以合作精神化解危机，主动与学生及家长沟通，及时挽救局面，却使赵刚失学，赵刚家长告上法庭。杨老师最后仍不明白自己的错误，认为自己有理，觉得委屈与矛盾，表明该老师的自我反省能力与自我保护能力缺失。

第二，学生方面。赵刚明知故犯，显得很无助，他有许多矛盾与冲突。他渴望被理解，渴望老师能制止自己的错误行为，他想要表达个性，却又不会正确地表达，最后用过激的行为回应关心与教育自己成长的教师。赵刚最终明白自己的错误，喊出："我想上学。"

第三，学校方面。危机处理不当，校领导太过于强调制度与权威。危机发生后，要以解决危机为主，让事态朝良性方面发展。舔痰事件的处理，学校应该就事论事，不应该新账旧账一起算，推卸责任，勒令学生退学，不给学生及家长任何机会，学生不懂事，教师与学校在处理这件事上也不成熟，摆架子，寻求自我保护，这样反而伤害了彼此的利益，使冲突激化，危机加剧。

四、师生冲突的危机管理

长期以来，受功能主义社会观的影响，人们一直将教育、学校教育视为社会的有机组成部分，单纯从正面功能的角度设定教育与社会的关系，一厢情愿地认为学校教育的功能就是为社会培养人才，学校对社会的作用永远是正面的，永远是积极的。于是，人们不愿看到、不能接受学校教育出现问题。大多数教育管理者和教师都认为，师生冲突是一种不正常的现象。传统的冲突观已经难以适应教育现实的要求，简单依靠消除、回避、控制等方法阻止师生冲突的发生，已经被实践证明是无效的。冲突是民主社会的特征之一，师生冲突的发生是必然的、不可避免的，教育者现实可行的做法是——接纳冲突。接纳冲突，并非是为了平息冲突，而是为了避免让它们以暴力的形式来表现。过多、过强的冲突一定对师生的发展不利，而适度的冲突恰恰是组织发展的契机。那么，如何避免产生严重的消极后果？

图 4-1 所示的"冲突管理二维模式"（汪明生、朱斌好，1988）由美国行为科学家 K. 托马斯（Kenneth Thomas）于 20 世纪 70 年代提出并设计。托马斯认为有五种处理人际冲突的策略，每种策略都由两个维度来确定，一个维度是关心自己，另一

维度是关心他人。"关心自己"表示在追求个人利益过程中的武断程度;"关心他人"表示在追求个人利益过程中与他人合作的程度。五种策略代表了武断性与合作性之间的五种不同组合。(田国秀,2004)

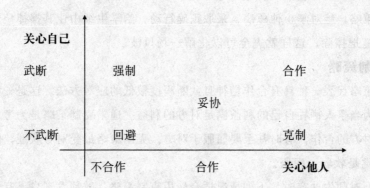

图 4-1　冲突管理二维模式

(一) 回避策略

回避策略指既不武断又不合作的应对冲突的方法。人们将自己置身于冲突之外,以忽视、沉默、拖延等办法回避冲突的存在。回避策略可以避免问题的扩大化,有利于暂时缓和矛盾,但并没有真正解决问题,长期使用效果不佳,反而可能进一步加深冲突。

教师面对师生冲突时,下列情况可以使用回避策略:引发冲突的问题微不足道,有更重要的事情需要解决;教师达到自己的愿望的机会微乎其微;先使双方冷静下来,需要重新分析问题;掌握的资料、信息不全面,有待进一步了解;冲突以外的其他人有更有效的办法;处理这个冲突会引发更大的问题,等等。如案例 2,这是一般性课堂冲突,教师掌握的资料、信息不全面,并且课堂上当众处理冲突会引发更大的问题,影响教学进程,又容易误解学生。此时教师可以考虑使用回避策略。

(二) 强制策略

强制策略指高度武断且不合作的应对冲突的方法。强制策略往往带来的结果是赢-输,为了自己的利益牺牲对方的利益。强制策略的达成需要一方具有绝对优势的权力和地位,而另一方没有权力而且地位较低,失败的结局具有必然性。强制策略只考虑自己,忽视对方的需要,对对方伤害比较大。

教师面对师生冲突时，以下情况适合使用强制策略：面对紧急事件，必须采取快速的、决定性的行动；教师确信自己是正确的，考虑到多数学生的利益；面对无理取闹、故意挑衅的学生；冲突的影响很大，为减少损失、降低成本。案例5中，当赵刚要求舔痰的一瞬间，面对无理取闹、故意挑衅的学生，杨老师应当机立断，采取强制策略，绝对禁止他舔痰，采取正确行动，给学生纸巾让其擦掉痰迹，或者让学生拿拖把擦除，这样就完全可以化解一场风波。

（三）克制策略

克制策略代表一种具有合作精神且武断程度很低的应对方法。这是一种无私的选择，因为当事人牺牲自己的利益满足对方的利益。通常克制策略是为考虑长远利益而换取对方的合作，有时甚至要屈服于对方。克制策略最受对方欢迎，但自己给对方的感觉是软弱、屈服。

教师面对师生冲突时，下列情况适合使用克制策略：教师发现自己有错误，愿意接受学生的批评和监督；和谐与安定对双方、对班级更重要；考虑长远工作，暂时放弃眼前输赢；冲突的议题对学生个人、对学生集体都很重要，值得讨论和思考；将损失降到最小。如案例3，教师硬抢学生的游戏机促使学生更加捣乱，影响了课堂教学的顺利开展。如果教师使用克制策略，站在学生的立场上，考虑到长远利益，不给双方带来难堪。先安稳好学生，好言相劝，让学生把游戏机暂时收起来先听课，下课后再玩。这样，和谐与安定对师生双方、对班级更重要，可以将损失降到最小。

（四）合作策略

合作策略是在有高度的合作精神而又坚持自己立场的情况下采取的应对方法。尽可能满足双方的利益，达到"双赢"的结果。冲突双方需要有下列共识合作方可实现：相信冲突是一种客观、有益的现象，有建设性功能；相信对手，坚持平等，相信每个人的观点都有合理性；不愿牺牲任何一方的利益。

合作策略是一种最优策略，是最为理想的解决冲突的方案。师生冲突的解决有可能采用合作策略，需要具备下列条件：师生双方都有解决问题的态度，对事不对人；尊重差异，愿意分享对方的思考与观点；双方的利益都重要，努力寻求整合的结果；将冲突作为发展的机遇，师生双方能够坐下来沟通、对话。在案例5中，舔痰危机发生后，针对这一件事，学校本可以积极地做出应对，对事不对人，此时不能新旧账一起算，对学生做劝退处理，这就伤害了学生及家长的自尊心，以致告上法庭。杨老师也应主动地找赵刚沟通、对话，即使学生的某些做法有值得商榷的地方，只要教师主动一点，"蹲下身子"真诚交流，就可以"化干戈为玉帛"。学校、教师、学生及家长都应该通力合作，双方的利益都要兼顾，努力寻求最佳的解决办法。

（五）妥协策略

这是合作性和武断性均处于中间状态时采取的应对方法，它的观念基础是"有所得必有所失"。妥协策略只求部分满足各自的利益，但是一种最实际、最容易达成的解决方案，因为双方的基本立场仍然是合作，有利于维持双方关系的良性循环。

教师面对师生冲突时，下列情况可以运用妥协策略：当师生双方各有道理而目标相互排斥时；学生的要求有充分的理由，且符合社会发展方向；过分坚持有可能造成更大损失时；当时间成为强大压力时；专制与合作都不能有效解决问题；问题比较复杂，无法满足任何一方的要求；维护并发展师生之间的良性循环；保护学生的民主意识。在案例 4 中，危机是因班主任伍老师打小张耳光而引起的。危机发生后，伍老师应该采取妥协策略，主动与学生、家长及校领导取得联系，获得各方的理解与帮助，不应该回避与拖延。最后，反而是李老师以及小张家长的妥协，危机才平息，表明伍老师处理危机的态度不够积极主动，缺乏沟通技巧。这场危机只是暂时平息，伍老师与小张、小张家长及校领导之间依然潜伏着很多危机，随时有可能爆发。

（六）效益最优策略

这个策略是针对学校领导及主要职能部门对师生冲突的危机管理而提出来的。学校职能部门在危机不同阶段都要遵循沟通原则。危机发生前：注重在平时建立联系的网络、为"战时"做准备；危机处理中：控制事态、开诚布公、勇于承担责任、积极行动；危机后期：关注安慰受害人（教师与学生）及其家属、不同时期不同场合增强"预防就是一切"的管理意识、重建与公众联系的渠道、重建学校与教师信誉。

在师生冲突发生后，学校职能部门要做好事件报告：发生了什么事？什么时候发生的？在什么地方发生的？原因是什么？怎么处理的？

在危机管理的后期，学校职能部门及学校主要领导要对师生冲突的危机管理进行整合、反思与评价。依照如下标准对师生冲突管理进行评价。

第一，在处理过程中，师生受到的不良影响是不是降到最低？

第二，在师生危机管理的实施过程中，给学生、教师、家长及社会造成的损害

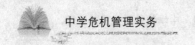

是不是最少？

第三，在危机发生后所进行的处理过程中，学校是不是以最小的代价保住了经济与形象维护方面的最大利益？

第四，危机处理之后，学校及教师在公众心目中的形象受到的损害是不是最小？或者是否已经以最大的努力在公众中建立起学校及教师的新形象，最大限度地恢复了学校的美誉度和公众的信任感？

师生冲突是一个动态的过程，是一种复杂多变的社会关系。教师作为师生冲突的一方，角色和身份并不总是固定的、一成不变的。教师面对师生冲突时要保持一份开放、灵活的心态，针对不同的情形，扮演不同的角色；针对不同的学生，表现不同的身份。灵活多样，开放具体地应对师生冲突，这是当代教育赋予当代教师的教育精神。

第二节　教学危机

一、教学危机的含义

教学危机主要指由教师的工作态度与教学能力等因素所引起的在课堂上发生的影响教学质量与教学效果的突发事件或者导致教学质量和教学效果向恶性方向演变的趋向。

二、教学危机的成因

（一）教学观念和教学方式落后

信息时代带来了教学观念和教学方式的巨大变革。传统的师道尊严和教师的话语霸权越来越受到挑战，教师原先封闭的知识体系已经不适应开放时代的要求。新型的教师除了具备丰富的经验之外，还需要保持学习的态度，不断地获取新的信息，保证知识的更新；保持开放交流的心态，真诚地接纳学生的观点；参与教师培训，接受新的教学理念和教学方法。教学观念和教学方式的落后是造成教学危机的直接原因。

此外，一些"伪创新"教学也是教学观念和教学方式落后的一种体现。当前，这种现象甚至有愈演愈烈的趋势。"伪创新"教学，是指教师在教学过程中，由于没有深入领会创新教育的精神实质，缺乏系统的创新理论和必要的创新经验，为创新而创新所导致的创新教育失效或效果不明显的一种教学行为。主要表现为：

第一，为追求师生互动，用"满堂问"取代"满堂灌"，"对话"变成"问答"；

第二，为追求生动形象，用"拼合""掺合"取代"融合""整合"，课堂有温度却无深度；

第三，为追求个性培养，用"轻师""轻书"取代"唯师""唯书"；

第四，为追求课堂气氛，用"牧羊式"取代"填鸭式"，有活动却没体验，合作有形式却无实质，有探究之形却无探究之实。

案例6　教师搞素质教育遭"弹劾"

2005年8月下旬，武汉一家媒体收到读者来信，其署名为"武汉中学高三（7）班学生"，信中称该班语文教师刘守琪自称坚持素质教育，上课爱讲与课本无关的内容。几天后，该媒体再次收到一封署名为"武汉中学高三（7）班一名学生"的来信，题为《一名悲观无比的中学生的求助信》。在信中，该学生同样写道，刘守琪老师上课喜欢神侃："在课堂上大谈特谈弗洛伊德，大篇幅讲述有关性的一些问题来显示他的学问，他完全忘记了他是在一个毕业班的课堂讲课，他面对的是一群恨不得把1分钟当10分钟用的准毕业生……"面对突如其来的两封"弹劾信"，执教数十年、已经57岁的刘老师很震惊，也很委屈：自己身体力行，坚持素质教育这么多年，一直把培养学生的创新能力和思维能力作为教学的出发点，注重学生成人成才，而且教书几十年来从没有学生指出他教学方法的不当，更没有学生向领导反映他在教学上有问题，怎么这一届学生就会"弹劾"他呢？

（关华，2006）

（二）评价机制不合理

在评价方法上，教师评价片面、简单。许多学校简单地用及格率、排名次、分数高低等指标来衡量教师业绩，实行末位淘汰制，对学生评教的组织和结果的解释不够科学。另一方面，职称评聘、奖金分配、评优、选模未采取公平竞争的形式，或部分政策制度措施的不完善，使得教师们尤其是青年教师，感到自己被埋没，产生烦闷和消极情绪，工作热情降低。但是在一些重点学校中也出现了过度重视教师科研能力的情况，功利性取向的教育科研以各种方式影响和干扰着教师的智慧状况。很多学校的课堂变成了种种"流行理论"的试验场，一些该传承的、坚持的东西没有坚持下去（比如，真正的教改课题很难试验推广，目前相当一部分中学不愿承担教改试验任务，教育教学科研工作不被重视），而所谓新东西又不能长久。教师的论文和科研成果的表述，与各种教科书的语言越来越相似。甚至在一些经验交流讨论会上，教师所说的话也都大同小异，这种情况可以称之为"教师失语症"。"教师失语症"反映的实际是教师个性逐步丧失、智慧水平下降的深层问题。在忙碌、紧张的功利背景之下，现在学校、课堂中呈现出有知识却少智慧、有理论但少思想这样一种局面，师生的整体智慧水平在表面繁荣的背后正出现下降。

（三）教学管理制度滞后

教学管理制度落后，对教师的管理过于机械和死板、且不注重实效，这也是教学危机的一种成因。有些学校领导喜欢维持现状，并且形成较为稳定的常规模式，多年不变，据调查统计，中小学的无效劳动大约占50%，具体表现为常规项目多、参加会议多、应付检查多、无实质性进展的重复培训多等，使教师疲于应付，重负下的中小学教师无法充电，无法得到专业发展。一些负责教学工作的领导认为，教学管理的最佳境界就是整齐划一，集体备课与教研强调教学要求、进度、评价整齐划一，频繁的检查评比仍是一些地方教学管理的基本方式，加重了教师的负担。

三、教学危机管理

教学危机管理根据在危机发生前、发生时、发生后有不同的处理对策（见图4-2）。

（一）教学危机发生前

（1）掌握教师管理的特点，对教师的日常管理要体现灵活性，在管理的过程中要体现参与性特点，重精神、轻物质。教师的招聘由单一的教学能力转向教学、科研、组织、人际等多重能力，教师的甄选从静态的档案到动态表现。

（2）重视师德与教师法制教育，组织教师和学生学习《教育法》《教师法》《中华人民共和国义务教育法实施细则》《未成年人保护法》以及《中小学教师职业道德规范》等，增强教师与学生的法制观念。依法治教，依法治校，保障教师合法权益。

（3）充分尊重信任教师。对教师的管理不仅要有严格的规章制度，还应充分体现对教师个性的理解和尊重，了解教师不同层次的需求，积极创造条件，满足教师的正当需要并对其加以引导，使教师的才华得到展示。知人善任，用人之长，使每位教师都能适得其所，在各自的岗位上发挥聪明才智，提高工作质量和效率。关注教师心理问题，注重教师心理疏导，提高教师心理健康水平；关注教师的个体经验，尊重教师的个人风格；淡化改革及科研的功利性，还教育科研以本来面目。

（4）建立科学的教学行为设计目标。课堂教学行为的总体目标应实行"五性三化"，即规范性、普适性、真实性、系统性、高效性，以及自主化、个性化和人文化。在教学行为设计中要坚持六项原则：一是要坚持教法服务并服从于学法的原则；二是要坚持因材施教和循序渐进的原则；三是要坚持发挥学生主体和主导作用相结合的原则；四是要坚持民主和谐和以生为本的原则；五是要坚持既教书又育人的原则；六是要坚持宏观设计与微观执行相结合的原则。

制定全面的教学行为评价标准。课堂教学行为评价不仅要关注教师的教，更要关心学生的学，对教学行为进行全面、科学、合理的评价。一堂好课的评价标准可概括为"三好"，即效果好、心情好、动机好。"效果好"指在课堂教学完成后学有所获所成、教有所得所悟，心智发展，目标实现，信心倍增。"心情好"指在教学过程和师生互动中和谐融洽，合作默契，倾听分享，同甘共苦。"动机好"意为师生在课堂教学前和教学过程中自觉主动，专心致志，堂堂正正，因材施教，厚德博爱。把对教师的奖惩性评价与发展性评价结合起来，公正公平地评价教师，让教师与学生一同成长。

（二）教学危机发生时

（1）了解状况，找出教学危机中的主要当事人，初步分析发生危机的原因，并制止教师的不良行为，阻止危机再度扩大，安抚情绪波动的学生。

（2）学校、教育主管部门应采取积极态度保护学生的合法权益，该承担的责任应积极承担，严肃处理责任人。

（3）尊重与保护教师的人格，相信教师的能力。将事情发生的经过及初步处理情形以传真或电话的方式向教育主管机关报告，处理过程、结果及书面报告于事件之后再行续送。

（4）如有媒体报道，应以积极、客观、真诚的态度面对媒体，树立学校的社会信誉，挽回不良社会影响。

（三）教学危机发生后

（1）关注心灵受创学生，并对可能造成的学生心理问题进行疏导。关心名誉受损的教师，保护教师的合法权利。给教师学习与提高的机会，教学能力严重缺失的教师可以转岗或淘汰。

（2）做好善后工作，必要时给予受伤学生赔偿。

（3）总结教训，及时填补教学危机的管理漏洞，避免此类事件的再次发生。

（4）对此次教学危机事件从对学校的影响、学校的经济损失等方面进行评析。

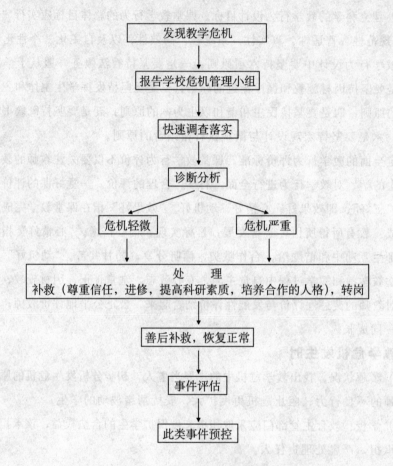

图4-2　教学危机管理流程图

四、相关的法律法规

（一）教师的权利与义务

《中华人民共和国教师法》规定：教师的身份是普通的公民，履行教育教学职责的专业人员。

第八条　教师应当履行的义务：

（一）遵守宪法、法律和职业道德，为人师表；

（二）贯彻国家的教育方针，遵守规章制度，执行学校的教学计划，履行教师聘约，完成教育教学工作任务；

（三）对学生进行宪法所确定的基本原则的教育和爱国主义、民族团结的教育，法制教育以及思想品德、文化、科学技术教育，组织、带领学生开展有益的社会活动；

（四）关心、爱护全体学生，尊重学生人格，促进学生在品德、智力、体质等方面全面发展；

（五）制止有害于学生的行为或者其他侵犯学生合法权益的行为，批评和抵制有害于学生健康成长的现象；

（六）不断提高思想政治觉悟和教育教学业务水平。

（二）学生的权利与义务

和学生有关的教育法律有《教育法》《宪法》《未成年人保护法》等；《教育法》中规定的学生权利有 5 款，学生义务有 4 款。

1. 受教育权

《中华人民共和国教育法》第九条规定："中华人民共和国公民有受教育的权利和义务。公民不分民族、种族、性别、职业、财产状况、宗教信仰等，依法享有平等的受教育机会。"

2. 平等权

《世界人权宣言》第一条规定："人人生而自由，在尊严和权利上一律平等。他们富有理性和良心，并应以兄弟关系的精神相对待。"第六条规定："人人在任何地方有权承认在法律前的人格。"

《中华人民共和国民法通则》第十条规定："公民的民事权利能力一律平等"。教育平等权的根本特质通常表现在两个层面：有教无类、因材施教。

3. 自由权

《中华人民共和国宪法》第三十五条规定："中华人民共和国公民有言论自由、出版、集会、结社、游行、示威的自由。"

《儿童权利公约》第十二条第 1 款："缔约国应确保有主见能力的儿童有权对影响到其本人的一切事项自由发表自己的意见，对儿童的意见应按照其年龄和成熟程度给予适当的看待。"第十三条规定："儿童应有自由发表言论的权利，此项权利应包括通过口头、书面或印刷、艺术形式或儿童所选择的任何其他媒介，不论国界，寻求、接受和传递信息和思想的自由。"

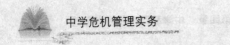

《世界人权宣言》第三条："人人享有生命、自由和人身安全"。第十九条："人人有权享有主张和发表意见的自由；此项权利包括持有主张而不受干涉的自由，和通过任何媒介和不论国界寻求、接受和传递消息和思想的自由。"

第三节　班主任危机

班主任危机指在巨大的压力下，学校教师害怕担当班主任、拒绝担当班主任或班主任工作成效较差，直接或间接导致班级管理的意外事故、突发事故或者演变趋向。班主任危机直接影响到正常的教学活动，并可能助推学生的问题行为，使教学活动无法正常进行、学生问题行为增多。

在中学，担当班主任的大多有以下几种情况：一是年轻教师要锻炼；二是评职、提干规定必须达到若干年班主任任职年限；担当班主任机会较多的是升学考试学科的教师，如语、数、外等科，艺体类教师机会较少。

一、班主任危机的类型及特点

（一）班主任压力过大

班主任曾经是对表现优秀的教师的肯定，只有各方面表现出色的教师才能赢得信任担当班主任工作。但现在很多学校却出现了不愿担当班主任的现象。不同阶段的教师有着不同的托词：新教师怕自己没有经验承担不起班主任职责，中年教师职业倦怠觉得班主任工作没有成就感，老教师怕自己没有足够的精力应付繁重而复杂的工作。

但教师们不愿当班主任，其真实原因在于，学校管理制度不够完善，或者任用与评价等方面不甚科学，以及班主任自身工作方法的陈旧落后等因素，造成了目前不少班主任的低效劳动甚至是无效劳动，使班主任们承担了过重的压力。

案例7　班主任的愿望

2007年暑期，笔者在苏北某县教师进修学校的中学教师培训班上，看到一位教师写下的唯一一个愿望："我最大的愿望就是下学期不再当班主任了。"近40个教师的回答，竟有一半左右表达了同样的愿望。

案例8　教师辞职

海淀区一普通中学的李老师自毕业开始已经当了8年班主任了，一听下学期自己又要接一个班，李老师决定辞职。他说："这么多年的班主任，我已经当怕了，每天像上满了发条一样，再不停下来我就要崩溃了。"

（樊未晨，2005）

（二）班主任缺乏工作技能

班主任工作技能是教师职业基本技能的一个重要组成部分，是以对班主任工作理论知识的领会和方法原则的掌握，以及热爱学生、热爱班主任工作的优秀心理品质为基础的，能够建立班级教育优势，达到班级教育目的的中间环节和行为系统。班主任的工作技能包括集体教育的技能、个体教育的技能、与任课教师和学生家长沟通的技能三个部分。由于工作技能不足，部分班主任不知道如何组建一个优良的班集体、如何形成良好的班风与学风、如何组织和指导学生的各种课外活动、如何教育学生遵守日常行为规范，不懂得如何与学生进行良好的人际沟通、如何处理偶发事件、如何进行青春期教育、如何鼓励学生乐观地生活；缺乏形成教育合力的整体能力，不能有效地引导学生提高学业成绩，协调好家长、任课教师与社区的关系。

（三）班主任责任心不强

部分教师缺乏责任心和敬业精神，尽管也有一定的工作能力，但不愿意从事班主任工作。当这些教师出于各种原因承担班主任工作时，往往会出现工作简单化、情绪化的现象，教育效果较差。如爱发脾气；对学生冷淡；经常挖苦或嘲笑学生；经常批评、惩罚学生；作风专制，对学生放任自流；容不得不同意见。他们难以胜任班主任工作要求，在工作中可能造成较大失误。

案例9 蹲着上课的学生

山东济南某中学一学生小韩，性格孤僻平时爱自言自语，因在数学课上"交头接耳"被班主任赵老师抓了个正着，老师就罚他蹲着听课，以示惩戒。此后，每逢数学课小韩就蹲到教室的后面，直到学期末放假才得以"解放"。

（云南日报，2000.03.08）

二、班主任危机的成因

（一）职业倦怠

职业倦怠指教师在长期、连续和过度的压力影响下，难以获取足够的缓冲资源而产生的教师职业的理想与信念迷失，教书育人的价值感和满足感匮乏，师生教学交往的热情与兴趣枯竭以及教育教学手段和方法的简单、粗暴等系列不良反应。部分教师会发生职业倦怠现象，这与教龄、性别、人格特征、自尊和归因等有密切关系，工作11～20年的中学教师最容易出现情绪衰竭感；教龄在5年内的初中男教师与教龄11～20年的初中女教师是职业倦怠的高发人群；A型血性格的教师喜欢极端的竞争，具有攻击性倾向，性情急躁；那些认为有些事情超出自己的控制之外，归咎于命运、运气或其他人的教师更容易发生职业倦怠。（张丽华等，2007）

在中学当班主任的教师一般都是学校的教学骨干，教学改革、课程改革他们都是主力，研讨、学习、做公开课几乎把时间全部填满，超负荷工作让他们疲于应付。职业倦怠导致教师不愿意做班主任，即使勉强承担，最终也会导致身心俱疲。

（二）评价体制不合理

班主任工作评价是教育评价的一个方面，它是根据学校教育目标，对班主任工作所实施的多种活动的效果所进行的科学评定，它起导向、调节、激励、鉴定的作用。然而，在现实工作中评价标尺并非客观公正，存在着不少问题，主要有以下几方面：一是简单的"量化"，如计划、总结的份数，纪律、卫生的分数，做好人好事的次数，上交学校广播稿的篇数等等。二是"以智论德"。不管班主任平时做了多么深入扎实的学生思想工作，只要考试成绩不理想，班主任必须要承担责任，尽管其原因是多方面的。三是提倡并鼓励班主任当"保姆"。越是陪着学生自习，守着学生做操，盯着学生扫地的班主任得到的评价就越高。班主任有着沉重的体力负担与心理负荷，许多班主任怨声载道、丧失信心、失去干劲，这样的评价体系不能正确引导班主任努力的方向，不能引发更强的内驱力，不能提高学校的管理水平。

（三）工作负担过重

班主任工作"严重超载"，承担的负担过重，这是导致班主任压力过大，进而出现班主任危机的重要成因。作为班主任，既要管学生，又要管家长，还要管科任老师；既要管学生校内纪律，又要管学生校外表现，还要管学生的家庭教育；除了班级纪律管理、思想教育，还要具体督促检查甚至辅导学生的各科学习。班主任的责任非常大，因为他什么都要管，而且必须管好。同时班主任的权力似乎又相对较小，因为无论是谁都可随时给班主任下达任务，使班主任成为一个忙忙碌碌的办事员。

案例 10　教师职业压力过大

2005年杭州市教科所曾对市区30所学校近2000名教师进行过心理健康状况调查。结果表明，有76%的教师感到职业压力很大，其中毕业班的教师和班主任压力远大于非毕业班和不当班主任的教师。

（樊未晨，2005）

（四）学生个性过强

一方面，随着时代的发展和独生子女现象的凸显，当代学生的个性日益增强，教师权威不断受到挑战，学生之间、师生之间冲突不断，班主任面临的问题不断增加；另一方面，越来越封闭的内心世界使说服、教导学生的工作越来越难做，缺乏情感日益成为当代中学生的通病，班主任工作的难度也在增加。此外，独生子女的现状还使家长对学校问题的介入越来越多，这一方面给班主任工作带来了机遇，使班主任有更多的机会和家长沟通交流，但同时也意味着处理学生问题涉及范围的扩大。这些都给班主任工作提出了越来越多的挑战。

案例 11　孙霞不做班主任了

"孙霞不做班主任了！"这个消息在 Q 中学传开后，教师们态度不一：有些表示同情，有些表示惋惜，还有些觉得早该如此，甚至对她还会有些好处。因为根据惯例，这也就意味着她在近三到五年内基本上失去了得到重用的机会。孙霞是一名较为优秀的高中数学教师，无论是教学、评课还是科研活动都表现得较为积极，学生的学习成绩也还算理想，所以才得到了学校领导的赏识，开始担任 R 班的班主任工作。但是一年下来，却经历了种种挫折，导致身心俱疲，甚至于两次吐血。为什么会有此类现象发生？

1. 都是"鼓励"惹的祸

孙霞担任班主任工作以后，对待学生的一个主要原则就是采取鼓励措施。R 班整体的学习成绩相对较差，但是孙霞并没有采用那种批评惩罚为主的方法，而是尽量予以引导和表扬，遇到学生出现问题也尽量袒护。这样导致的一个结果就是班级纪律越来越差，最严重的时候，甚至老师上课需要学校保安站在教室后面来维持秩序，防止学生打闹以及随意外出。

2. 学校领导：坚决反对

和大多数高中一样，Q 中学也同样面临着巨大的升学考试压力；而且，为了保证在同类学校排名中的优势地位，不断地加强学校管理，例如打算逐步推行教师晚上坐班制度，即晚上也要和平时一样办公。虽然学校也鼓励教师要不断创新，但是孙霞的管理理念却让学校领导无法理解，认为这是她不负责任的表现。孙霞身体不好，于是有时便会让其他教师代替自己在早自习的时候看班。这一情况被学校领导发现后，校领导对其很不满意，觉得这是班级秩序没有维持好的一个重要原因，为此还专门找她和代替她照看班级的老师单独谈话。

2006年的元旦，学校组织文艺演出。R班同学排练了一出节目，主要内容是一群十分调皮的学生在课堂中的各种滑稽表现。有些老师觉得演得还不错，便把节目排了上去。但是在排练的时候，学校领导看到了这出表演，顿时大为光火：倘若一群成绩较好、班级纪律稳定的学生演出似乎还看得过去，但是恰恰R班的处境较为糟糕，这明显就是课堂的真实反映嘛！校领导当即对孙霞进行了严厉批评，以至说出了"不想好好教学就马上滚蛋！"这样的话。

3．无法理解的同事和并不支持的家长

孙霞的这种做法在教师中的争议也很大。很多和孙霞关系不错的教师也劝告她，觉得这种教学方式可能并不适用，而且只有她使用了这种方式，很有可能"过于冒尖"。很多家长的看法是：我们最关心的是学生的成绩，关心他们是否能有一个光明的前途，至于具体的方法，则无关紧要。但是既然班级秩序如此之差，那肯定就是班主任的失职了。曾经有学生偷偷从学校的小门跑出去玩，被发现后，其家长并没有分析这件事情产生的原因，直接便说："我们从学校正门把孩子送进来，那么之后就是学校的责任了，其他的我们都不管。"

4．学生：毫不领情

最让孙霞气愤不过的还是自己的学生。在孙霞看来，自己辛辛苦苦袒护他们，为了他们受尽了委屈，他们自然应该理解老师、为自己的老师争口气。但是煞费苦心之后却丝毫看不到好转的迹象，无论学习成绩还是班级纪律反倒每况愈下。当然，学生们有时候也会表现出对老师的理解，但是似乎也不过是转瞬即逝，过后就该怎么做还怎么做。据说，在孙霞不当班主任之后，以前班上的很多学生还是爱理不理的样子，不时还有给她起绰号的现象。如果说，学校领导的批评、同事的提醒、家长的不理解，孙霞还可以承受的话，那么学生的毫不领情则是对她最致命的打击。

事件评析：

第一，孙霞班主任工作失败，有非常复杂的原因，而根源则在于她的教育理想与现实之间的冲突。可以看出，在教学上，孙霞是一位优秀的教师，但当做了班主任工作之后，却遇到了很多困境。在她心目中，应该给予学生鼓励和表扬，这

才是真正的教育。但当她的教育理想遇到所教班级的现实时，却碰了壁。提倡素质教育并不等于完全否定纪律规范，为学生提供张扬个性的空间并不等于毫无约束。在面对一个班级纪律无法维持的班级时，必要的规范与表扬、引导的教育理念并不冲突。

第二，学生不理解孙老师，固然与部分学生不明事理有关，但也有部分原因要归结为教师和学生之间的沟通交流不够。作为管理者和被管理者，班主任与学生之间必然会存在一定的空间和隔阂，正是这种空间和隔阂奠定了教师威信形成的基础。没有这种身份差距，教师便无法开展组织管理工作。但这种空间和隔阂同样需要打通，只有这样，才能实现师生的双向互动，共同为实现学生的全面发展而努力。班主任应该承担这种打通的任务，而非仅仅依赖于学生的自觉性和主动性。

第三，校领导更为关心的是学校的教学成绩和声誉，于是便出现了一个矛盾现象：一方面，为了提高整个教师队伍的教学质量，学校允许和鼓励教师进行创新和改革；而另一方面，为了保证学校的教学成绩，又不能放任教师大动手笔，本来充满不确定性的教育创新必须成为只能成功不能失败的固定模式。因此，才会出现"素质教育轰轰烈烈、应试教育扎扎实实"的现象，学校口头上鼓励教师创新，但当孙霞施行的改革导致学生成绩下降的时候却进行干预，最终评判孙霞结果的还在于学生的考试成绩。这种局面的形成有着深刻的历史和现实原因，但这并不意味着只能听之任之，寻求可能作为的空间和糅合改革与现实的途径是学校管理者应该思考的内容。

三、班主任危机管理

（一）制度管理策略

完善班主任工作的各种制度，为班主任专业化提供有力保障。制度的确立，使管理更为科学，更为规范和严格。学校管理者要树立班主任专业化的意识；学校要使专业化成为班主任的需要；要根据本校的特点，给班主任提供培训的机会。如开设班主任论坛或沙龙，开设班级管理博客，班主任之间互帮互学；学校要关心班主任，为班主任服务。

（1）制定《班主任工作指南》。《班主任工作指南》为学校指导、培训班主任提供参考；为班主任的工作指明方向；帮助班主任实现个体和群体的专业化。《班主任工作指南》的内容应包括：班主任的角色定位、班主任的基本工作内容、不同年龄阶段学生的需求、班会课的主题、一些班主任工作的注意事项以及怎样与家长、同事、学生交往的提示等。这样会让班主任有一个学习的范本，在经验不足时能跟着学、照着做，增强了那些害怕当班主任的教师的自信心，也可避免新班主任手忙脚乱和无所适从，在工作中尽快找到方向，少走弯路。

（2）完善选拔制度。目前学校方面需要完善的班主任制度包括选拔制度、服务和指导制度、监督和管理制度以及奖惩制度。完善选拔制度，可以设置书面、课堂、情境等多种测试方法，考察教师是否有政治意识，是否能以教育学、心理学理论指导实践，是否能从学生实际、学校实际、社会实际出发开展工作。

（3）完善服务和指导制度。主要包括两方面内容：一是在目前班主任培训以校为主的情况下，学校应该加强多元、多维、多层次的培训，提供更多具有针对性、个性化的培训；二是要提高班主任的人文素养，并为此尽可能多地提供这方面的服务，比如多方面培养班主任的兴趣爱好，开拓他们的视野，以及舒缓心理压力的心理辅导等。

（二）合作管理策略

班主任工作的实质就是人际交往，他处在各种关系的连接点上，就像火车运输的枢纽，在工作中要处理好各种关系。一个专家型班主任要能将各种关系理顺，形成教育合力。和谐理论认为，和谐的人际关系有助于集体成员在愉快的心情下取得对团体的认同并使个人潜能得到充分发挥。班级基本的人际关系包括：任课教师与学生的关系、学生与学生的关系、班主任与学生的关系、班主任与任课老师的关系，这是班级内部基本的四对关系；班主任与学生家长的关系、学生与家长的关系、任课教师与家长的关系、学生与以前老师的关系等，这是班级外部基本的四对关系（见图4-3）。

在班级内部的四对关系中，班主任与学生的关系是关键。良好的班主任与学生关系是形成班集体的重要条件，也是教育获得成功的保证。教育的过程是师生之间不断交流的过程，既有各种信息的发出和反馈，又有情感的相互交流。这种互动构成教育、教学的氛围、背景，在师生之间形成了知识场和心理场。而班主任与学生关系至少包括：教育内容上的授受关系、人格上的平等关系、道德上的相互促进关系、发展上的同向关系。为此，班主任在师生交往中应随时注意调节双方的心理距离，做到既有教师的尊严，又要努力形成自身的凝聚力和让学生指向教育者的向心力。这就要求班主任必须对学生持至诚至爱的真挚情感和态度，从而引起学生的心理认同和情感共鸣。

在班级外部的四对关系中，班主任与学生家长的关系是核心。在处理班主任与学生家长的关系时，要注意每一个细节，如做好家访、与家长做好平时的沟通、开好家长会等。班主任与家长的关系是：目标上的一致关系、内容上的互补关系、形式上的协作关系。因此，班主任要处理好与家长的双赢关系。尊重家长，达成一致；开好家长会，加强沟通交流；成立家长协会，让家长参与班级建设。

此外，班主任应处理好与社区之间的关系。班级应是一个开放的系统，如果总是把学生局限在家校"两点一线"的生活中，对学生的发展是不利的。要扩大学生的生活范围，社区是最佳的资源。班主任要积极联系社区，让社区资源为学生的发展服务。

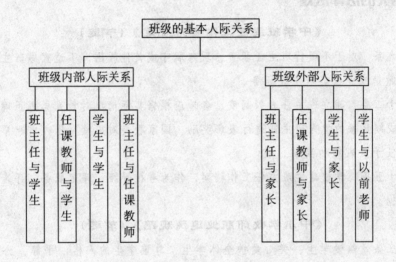

图4-3　班级的基本人际关系图

（三）培训管理策略

班主任持证上岗。对中学所有新上岗班主任开展统一的岗前培训，逐步试行班主任持证上岗制度，改变过去"班主任工作只是副业，兼一兼、代一代就行"的传统观念。

加强班主任专业知识培训。专业知识是班主任专业化的基础，班主任的专业知识主要包括专业理论知识和岗位实践知识。这两类知识既相互区别，又相互联系、相互转换和促进，它们的有机结合即构成班主任工作的专业知识基础。（杨连山，2007）

班主任要自主学习专业理论知识，实现自主发展。在参与教育科研中自主学习；在各种培训、进修中自主学习；在与同事的合作交流中自主学习；在撰写自己教育手记的过程中自主学习；在"专业对话"中自主学习。班主任还要不断反思，升华经验，积累实践智慧。美国心理学家波斯纳提出了一个著名的教师成长公式：成长＝经验＋反思，班主任也应当踏上一条由"问题（经验）—反思—调整策略—改进行动—再反思"铺就的"行动研究"之路。"反思"绝不仅仅是"想"，而是与一系列的"做"相联系。具体体现于四个"不停"：不停地实践，不停地阅读，不停地写作，不停地思考。应加强班主任专业知识学习与培训，促使他们掌握班主任专业知识与实践智慧，不断地反省自己、总结经验。

四、相关的法律法规

《中学班主任工作暂行规定》（节选）

第九条　对于不履行班主任职责、玩忽职守或其他原因，不适宜做班主任工作的，应撤销或免去其班主任职务。

第十二条　建立班主任表彰制度。各地应根据实际情况对教育思想正确，班主任工作成绩显著的优秀班主任进行表彰奖励。国家教委对成绩突出，贡献卓著的优秀班主任予以表彰和奖励。

第十五条　学校建立班主任工作档案，作为考核晋级、评定职务、评选先进的重要依据。

《中小学教师职业道德规范》（节选）

第三条　热爱学生。关心爱护全体学生，尊重学生的人格，平等、公正对待学生。

第五条　为人师表。坚守高尚情操，知荣明耻，严于律己，以身作则。衣着得体，语言规范，举止文明。

《中华人民共和国义务教育法》（节选）

第二十九条　教师在教育教学中应当平等对待学生，关注学生的个体差异，因材施教，促进学生的充分发展。教师应当尊重学生的人格，不得歧视学生，不得对学生实施体罚、变相体罚或者其他侮辱人格尊严的行为，不得侵犯学生合法权益。

《关于加强中小学教师职业道德建设的若干意见》（节选）

第三条　积极开展多种形式的职业道德教育。

第四条　建立和完善中小学教师职业道德考核、奖惩机制与监督机制。

第五章

中学可持续发展危机及其管理

学校管理的对象主要是人、财、物的管理，其目的是最大限度地发挥人力、物力、财力的作用。一所好学校具备的条件很多，但最重要的有五个：第一，高素质的领导团队；第二，高水平的师资力量；第三，良好的生源；第四，完善的教学设备和后勤保障；第五，稳定的经费来源。学校管理者若没有处理好以上几个关键点，将不利于学校发展，甚至产生比较严重的不良后果，即教师流失危机、学生流失危机及学校财产危机等。学校人的管理主要针对教师和学生，而财务和校产可总称学校财产管理。因此，本章主要从学校组织层面来分析目前教师、学生流失和学校财产困境给学校造成的危机，并分析其成因及应对策略。

第一节　教师流失

一、教师流失的含义

教师流失是指教师劳动力的非良性流动，一些适合从事教师职业的优秀人才离开或即将离开当前就任的教师岗位，而流进者或可能的流进者在数量、学历或能力等方面不能够填补这些空缺，给学校的正常运行带来损害及其可能的趋向。教师流失不仅仅意味着学校必须招聘新教师以弥补这些教师离职所带来的空缺，还意味着对学校正常教学秩序的损害、学校形象和声誉受损以及长时期学校师生心理所受的影响。

在当前的学校管理中，教师流失已经成为一个严重的问题。以湖北都昌县为例：据不完全统计，从 1990 年至 2003 年该地区教师流失数达 1029 人，这些教师通过多种途径转投到经济条件较好的学校甚至其他行业。都昌县一中是该县唯一的一所省属重点中学，在对该校的调查中发现，自 1995 年至 2003 年共有 84 人流失，这些教师都是该县教师的精华，他们的流失不仅是该校的损失，对全县的教师队伍也是一个重大损失。当然，这种情况不仅仅是在一个县出现，随着市场经济的发展，很多地方都出现了类似的情况。

二、教师流失的成因

教师流失危机的产生，往往是由多方面的因素造成的。物质条件常常是一个重要的影响因素，但除此之外，教师的工作压力、自尊感等都是教师流失危机产生的成因。

（一）经济待遇较差

教师职业的经济待遇是指社会给予教师职业的从业者的物质报酬，包括工资及诸如带薪假、退休金等福利。"教师劳动力具有较高的价值，教师职业从业者在社会总体劳动者中的经济待遇水平应和其劳动的性质与形式相称，教师的经济待遇应相当于社会总体劳动者中从事教育复杂劳动的劳动者所享有的经济待遇水平。"（金一鸣，1992）教师的社会地位体现在很多方面，特别是教师的经济待遇。经济待遇较差容易导致教师流失，最常见的现象就是教师流失到经济待遇较好的学校，或离开教师职业而转投其他岗位。

案例 1　收入两重天永泰四中教师 2 年流失

从 2004 年开始，永泰县城向所属各乡镇中小学大规模招考教师。两年间，永泰四中通过考试进县城的教师竟占在岗教师的 1/3。

"永泰四中福利一年加起来就 500～600 元，而永泰一中、城关中学光教师节就发了 1000 元，他们的福利一年加起来平均有 1 万多，两者差异不可同日而语。"该校一名教师感言。

由于教师大量流失，若按原来的班级数排课程，教师严重不足，今年只好对各年级进行缩班，班级数减少，各班的人数相应增加，这就加大了教师的教学负担。教师大面积流失，严重影响到学校正常的教学秩序安排。由于一些科目的教师严重短缺，又无法及时招到新人补上，学校只好让教其他科目的教师兼任或改任。教师跨科目任教，缺乏相关教学经验，教学质量可想而知。

（东南快报，2005.10.18）

　　经济收入的高低不仅仅表示教师劳动的收入，它同时还是教师社会价值的体现，是对教师价值的认同。近年来，中小学教师的社会地位虽有大幅度的提高，但地区间不平衡问题仍然很严重，许多地区的教师经济收入较低，教师职业的社会地位和专业化水平认可度不高。在案例中，乡镇的教师社会性流动较大，教师自动调离转向更好的学校谋求自身发展，出现两年内流动的人数达到该校教师总数的三分之一的这种现象。这种流动在很大程度上是受到经济因素的影响。由于城乡学校之间的待遇差异悬殊，乡镇一级学校的教师大规模向县城学校调进。

　　与经济相对而言较差的地区相比，经济发达的地区往往能为教师提供更多的发展机会、更多的资源，更有利于教师的专业发展。这些差异使得教师趋于向更好的学校发展，于是出现了教师频繁流动的现象。这种现象使经济上处于相对劣势的学校面临着严重的危机，因为这些流动的教师往往是专业能力较强者，他们虽然没有脱离教师职业，但他们的离开将会使原有学校面临教师资源空缺、教学质量下降等问题。此外，不同行业的经济待遇也存在着不同，有许多教师因教师行业的待遇较低，而转入其他行业，这种流失对学校及整个教师行业都将造成长久的损失。

（二）工作压力大

　　有观点认为，当代中小学校教师队伍让人担忧的地方不是缺乏敬业精神，也不是缺乏专业修养，而是他们的生存状况。随着国家政府对教育事业的重视，家长对教育的期望值日益增长，社会对教师的要求也越来越高，这使广大教师面临着前所未有的竞争压力。教师承受着来自学校、社会、升学的压力，来自责任心和时间紧迫感的压力，来自高付出与低收入的压力，来自用人制度改革后的落聘、下岗的压力等。此外，由于教师角色的复杂性——教师不仅是知识的传授者和学生活动的管理者，他们还需要与其他教师、学生家长、学校领导打交道，同时又需在家庭中充当各种角色，应付家庭生活中的种种琐事等。这些使得教师的身心就像根始终绷紧的弦，在超负荷地工作，而无暇顾及自身的身体健康，因此而承受更大的心理压力。据《文汇报》载，北京市教师队伍中，感慨"压力大"的超过9成，表示"爱本职"的不足2成。北京教科院基础教育研究所完成的《北京市中小学实施素质教育现状的调查研究报告》显示：93.1%的教师表示"当教师越来越不容易，压力很大"，在回答"有机会是否调换工作"时，50.8%的教师表示"会考虑"，31.7%的教师表示"无所谓"，只有17.5%的教师表示"喜欢这一职业，愿意终身从事教师职业"。

许多教师为了应对种种压力，超负荷地工作，身体健康得不到保证，最终积劳成疾，大部分教师因不堪重负而患上了不同程度的肩周炎和咽喉炎等职业疾病。例如，北京市一所中学的体育教师对本校的100名教师做过体质调查，结果显示，有22%的教师患有肩周炎，18%的教师患有颈椎增生，8%的人患有下肢静脉曲张等症状，身患各种疾病的教师加在一起占了50%，仅有1%的人有过运动健身的经历。生理与心理相通，生理健康影响心理健康，心理健康也影响生理健康，一个生理欠佳的群体，心理状况肯定不良。教师的身体健康问题无疑又带给了教师更多的压力。

教师身心压力不断产生往往会导致他们对教师职业的倦怠，最严重的后果是他们脱离教师行业，其负面效应不可小觑。

（三）教师评价制度不合理

所谓教师评价就是根据学校的教育目标和教师的工作任务，运用一定的评价理论和方法手段对教师个体的工作进行价值判断。科学的教师管理和方法，是调动教师积极性、促进自身发展、改进教育教学、提高教育质量的重要机制，而科学地评价教师的工作，则是这种机制的重要基础。教师评价是否发挥积极作用，受很多因素影响。

案例2 高中教师辞职事件

刘云是河南省某县城×中学的教师。×中学有套制度，就是要根据学生考试成绩来对教师评分，由此来决定奖金分发的情况。其中的一项规定是，根据某次考试教师所教班级中学生成绩在全校前300名以内的数量，以此数据为基础适当增加入前300名学生数量的名额，作为下次成绩提高的标志，如果不完成则要受到批评并克扣奖金。由于参照系数是学校自身内部的单位，所以一部分班级成绩的提升必然意味着其他班级成绩的下降。教师之间的竞争使教师的压力越来越大。

此外，学校不时会在教师不知晓的情况下向学生发问卷调查对教师的评价，然后在全体教师大会上公布结果，所以教师既要教出成绩，又要使学生满意。刘云所教的班级在上一次月考中成绩不太理想，遭到了年级主任的严厉批评。在巨大的工作压力下，刘云毅然决定辞职。

案例中，学校以学生的成绩作为评判教师能力的标准，在此基础上决定是否给教师发放奖金。这种制度迫使教师为出成绩而暗自较劲，由此产生了不必要的竞争压力。虽然现有学校的评价标准在很大程度上都是与学生成绩挂钩（特别是重大考试），但这缺乏科学性。学生考试成绩不应该也不能够作为评价教师的唯一标准，因为学生考试成绩受到多种因素的影响，如：遗传、环境、教育等，这些使得教师无法控制学生之间本来存在的差异，在这种不可能公平的情况下，仅以学生成绩作为学校对教师评价的标准将难以正确地评价教师的能力。该校"根据某次考试教师所教班级中学生成绩在全校前300名以内的数量，以此数据为基础适当增加进入前300名学生数量的名额，作为下次成绩提高的标志，如果不完成则要受到批评并克扣奖金"。其初衷似乎是鼓励教师不断超越他人、超越自我，但是由于参照系数是学校自身内部的单位，所以一部分班级成绩的提升必然意味着其他班级成绩的下降。这样的评价措施很容易导致教师之间恶性竞争，出现教师为增加自身的影响力，而争夺教学资源、拒绝交流教学方法等不正常现象，这会严重影响学校组织的和谐氛围，削弱教师集体的团队精神和合作精神。上述评价措施还以教师个人前一次评价为基础在下一次评价中提高标准，这种被逼迫下不断"自我超越"的压力，可能将教师逼到进退维谷的窘境。

（四）教师尊严受损

学校管理者对教师的尊重被教师视为工作环境优化的必要因素，所以，我们将着重关注教师的尊严问题。"据调查发现，教师对以下几方面的工作环境最有看法：工资太低而晋升机会太少；过重的负担；与同事之间的交流太少；教学材料及供应不足；缺乏参与学校决策的机会；缺乏管理者的支持；评价不公正或作用不大；没有促进专业发展的机会；陈旧或效能低下的教学设备；得不到管理者、学生和家长的尊重。"现阶段有一些学校的条件不利于教师把工作做得更好，如班级规模太大，工作任务繁重，使教师不得不花费更多时间来烦心于许多课堂教学以外的工作琐事。也有学校管理者，忽视教师的正当要求，甚至忽视他们的尊严等。这些因素往往容易造成教师对自己的工作环境及专业发展状况不满。

案例3 青年教师当众受辱

2006年9月教师节期间，教育局的局长和一些当地的官员来河南×中学慰问教师，地点就在学校的招待所，一些年轻教师临时过去服务。当时，看到桌子上有盘菜所剩不多，一位教师便询问是否可以撤去。其中一位领导有点失态，说："想吃端走就是了！"这句明显带有污辱口吻的话让教师很不自在，当场便和校长吵了起来，认为这是青年教师的奇耻大辱。虽然事情最终解决的还算不错，学校又专门召开了青年教师大会对这件事情进行了澄清，但是这位教师对学校的芥蒂由此萌生。

教师都希望能在一个良好的工作环境中提升自己的能力，并希望得到管理者和同事的尊重。那些得不到尊重的教师经常会认为自己的工作不重要，从而使他们对自己的工作效益失去信心，甚至怀疑自己的工作能力。长此以往，教师会对工作产生消极感，这对教师的工作数量和质量都会产生负面的影响。在案例中，管理者忽视了教师的尊严，使教师对学校领导产生芥蒂，而影响相互之间的关系。后来虽然事实被澄清，但仍然成为了教师对自己工作环境不满的理由，进而成为教师流失的隐患。

三、教师流失的危机管理

尽管教师流失的成因很多，但只要根据具体情况进行分析，并采取相应的有效措施，便有可能预防教师流失危机的产生，或者在教师流失发生时化危机为转机。

（一）提高教师待遇

教师待遇的提高，一方面要靠社会的重视和政府的支持，呼吁社会力量关注教师的生存状态，避免舆论将教师"妖魔化"的做法；另一方面，对于学校管理者而言，应该尽可能地拓宽渠道，在力所能及的范围内促进社会对教师的关注，为教师争取更多的资源。

有的学校管理者为了解决工资差异，通过择校费、出租部分校内财产来增加学校收入以提高教师工资收入，这是一种在必要时采取的权宜之计，难以从根本上解决问题。但学校管理者可以通过丰富工资的发放形式，使工资的激励作用达到其实效性。尽量保证国家工资政策能落实到位，切实保障教师获得应有的待遇。

学校可实行效益工资制度，注重工资实效。效益工资是指教师除获得基本工资之外，还因工作成绩突出而获得的工资。效益工资是教师工资改革的应有取向，有益于教师工资制度向科学化、合理化方向发展。学校管理者必须保证在制定效益工资时，制定详细的评定细则，以保证这项工资制度的公平性。因此，学校管理者应坚持有关优惠教师政策的连续性、公平性，保证教师享受的社会待遇落到实处。只有当教师的社会地位得到基本保障，教师才能更关注自己教学技能与知识的提高，从而激发自身的工作热情，热爱教育行业。

（二）关注教师身心发展

目前，我国绝大部分中小学教师承受的压力较大或很大，并且还有逐渐增加的趋势。但是由于教师的时间有限，工作条件不允许等因素，他们无法接触到更多调节心理问题的知识。教师心理健康知识的缺乏，自我心理调控能力的不足，心理问题排解、疏导渠道的缺乏等，使教师的心理问题得不到及时的调整与治疗，从而严重影响了教师的身心健康。学校管理者可能难以从内部推动教师心理的健康发展，但可以尽量提供一些外部措施，为教师提供更多的身心健康保障。

（1）帮助排解教师的压力。这是学校管理工作的一项重要任务。教师压力的产生一般都是竞争的压力所致，这种压力很难排出，但学校领导可以指导化解压力的方法，改善工作环境。如：学校要努力创设一个良好的工作氛围，消除环境中容易产生压力的因素，使广大教师始终置身于一个和谐的大集体，并从中汲取化解压力的力量。

（2）提供释放情绪的情境。当教师因压力而产生愤怒、抑郁等不良情绪时，要设法让他们从这些情绪中释放出来，并提供适宜的释放情绪的情境。如建立心理咨询信箱，开办学校心理咨询门诊，开展心理咨询双向交流等，让他们将心中的郁闷倾诉、宣泄出来，从而减少他们的心理压力。

（3）经常组织心理教育。教师在受到大压力的重负时，要能控制自己的非理智性行为，以免造成更大的心理压力，因而需要加强自我控制教育。学校心理咨询室的作用不仅仅是用于帮助学生，而且还要帮助教师。教师往往认为自己作为人师，是开导别人的良师益友，而羞于咨询、化解自身压力。学校管理者可为教师提供心理健康讲座，为教师保持健康的心理状态创造环境。

（三）健全评价制度

在针对教师教学实践的评价问题上，目前我国大多还是将教师评价作为对教师的衡量和鉴定的管理体系。在这种情况下，学校管理者想要丰富评价内容，健全评价制度，提高评价的效果就变得更难。

有效的教师评价应该是一种促进教师自我反思、自我学习与自我积累的方式。我们现有的评价模式往往忽视了教师的自我思考、学习、积累等，把教师的能力与学生成绩挂钩，评分的结果也是以严格的计分方式呈现，这是一种过度精确的量化评价。学校管理者可以使用质与量的评价标准，尽量关注与教师日常工作有关的日志、反思札记、自传等，这些往往能全面而广泛的反映教师各方面的情况，为教师的表现提供准确而可信的资料，便于记录、解释、描述教师在教育理念、专业知识、教学技能等方面的实际情况。

教师评价作为一种促进教师自我反思与成长的工具，更多地应该作为一种过程性的评价，而不是结果性评价。我国现有的教师评价制度比较忽视教师的自我评价，往往以管理者或学生等的评价结果作为教师工作的衡量标准。教师是被评价的对象，是整个评价系统中的重要组成部分，让教师参与到评价标准的制定、评价内容的选择过程中去，这是促进教师更积极地把自己的想法融入到评价制度中，进而保证整个评价系统的合理性的手段之一。

为使评价制度更完善，保证评价制度的公平、公正、公开，学校管理者可尽量使自己掌握有效的评价技术与策略，积极参与培训，提高自己的评价技能，从而能够尽量以规范的评定方案对教师实施测评，减少或消除像前文案例中管理者片面地以学生成绩为评价基础、隐瞒教师来对他们进行测评、同时还不能提供精确的评价标准等这些明显可以改进的不合理评价措施。在实施评价时，学校管理者应尽量保证评价过程的公开性及评价标准的稳定性、统一性和区分性。关于区分性，它要求管理者能对实习教师、新任教师的课堂教学进行反复的深入细致的评价，并提出建议使新教师发现自己的不足，从而完善自我。对表现良好或优秀的经验型教师，则需用不同于新教师的评价形式实施评价。两者的评价都是鼓励教师的专业成长和发展，为他们担任新的工作奠定基础。此外，不论对一般教学还是特定教学评价，深入了解都应是学校管理者评价教师表现的重点。学校管理者可通过自己的观察资料，如通过听事先通知的课和未经通知的课，对比两者之间的差距，给出合理的评估。

（四）营造理想工作环境

学校管理者对教师的评价形式可能会在无形中对教师造成工作压力，虽然这难以避免，但如果学校管理者能够为教师提供一个相对理想的工作环境，教师的工作热情就会极大地增加。所以学校管理者可以从以下几个方面为教师营造理想工作环境。

（1）尊重教师的人格，关注教师的正当需要。鼓励教师之间的公平竞争、合作共事、互相交流心得体会、共同解决教学中出现的问题并相互尊重。这些有助于减少教师的竞争压力，缓解上下级之间、同事之间可能存在的紧张关系。

（2）学校管理者有时很难或无法控制引起教师受挫的一些内在条件，但管理者可以给予教师尽量多的支持，鼓励实行其正确的教育方式，并提供更多使教师的新想法实现的机会。同时，管理者还需创造条件让教师获得更多的专业发展机会，推动大学和中小学之间的合作，让教师在专业发展中实现成长和满足。

（3）学校管理者可以采取开放的管理模式，重视教师的主体性。教师不仅可以参加学校管理的过程，同时还可以赋予教师更多的专业自主权和更大的自主发展空间，增强教师自主发展的主观能动性。

四、相关的法律法规

《中华人民共和国教师法》（节选）

第七条 教师享有下列权利：进行教育教学活动，开展教育教学改革和试验；从事科学研究、学术交流，参加专业的学术团体，在学术活动中充分发表意见；对学校教育教学、管理工作和教育行政部门的工作提出意见和建议，通过教职工代表大会或者其他形式，参与学校的民主管理；参加进修或者其他方式的培训。

第二十九条 教师的医疗同当地国家公务员享受同等的待遇，定期对教师进行身体健康检查，并因地制宜安排教师进行休养。医疗机构应当对当地教师的医疗提供方便。

《中华人民共和国义务教育法》（节选）

第三十一条 各级人民政府保障教师工资福利和社会保险待遇，改善教师工作和生活条件，完善农村教师工资经费保障机制。教师的平均工资水平应当不低于当地公务员的平均工资水平。

《教育部关于积极推进中小学评价与考试制度改革的通知》（节选）

第十一条 不得以学生考试成绩作为评价教师的唯一标准。未经教育行政部门批准，任何社会团体、民间学术机构组织的教学评价结果不得作为教师晋升、提级、评优的依据。

第二节 学生流失

充足的生源是保持学校生存与发展的基本要素之一。学校生源不足或学生流失，会导致教育资源浪费，学校管理者和教师心理波动，教学活动不能有效进行；使学校财政收入减少，教师待遇降低，进而引发教师流失，使学校陷入危机之中。

一、学生流失的含义

学生流失是指学生辍学、转学、退学等现象，这种现象及其出现的可能趋向会危害学校的正常教学秩序，对全校师生心理及学校信誉造成危害。学生流失的表现形式多种多样，主要表现为辍学和转学两种。

许多调查表明，学生流失在农村地区和城市地区有着不同的表现。在农村地区，因经济贫困或学业失败而导致的学生流失现象较为常见；在城市地区则更多的表现为因择校等因素而带来的学生流失。尽管存在差异，但它们都会对学校组织功能的运行带来损害。2004年中央党校中国农村九年义务教育调查课题组先后对黑龙江、辽宁、内蒙古、新疆、广西等16个城市进行调查研究，调查发现：目前"普九"的成果是低标准的，并且相当脆弱。近年来，农村学生的辍学、流失率偏高，初中生辍学率上升，有的地方农村辍学率高达10%以上。（杨东平，2006）《中国青年报》2005年6月27日报道："转型期中国重大教育政策的案例研究"课题组的调查表明，17所农村中学辍学率最高为74.37%，平均辍学率约为43%，大大超过了"普九"控制在3%以内的要求。在不少地方存在着初一有3个班、初二有2个班、初三就只剩1个班的情况。这些数据显示了学生流失的现状，也反映出其对学校发展造成的危害。

二、学生流失的成因

（一）家庭因素

近年来，学生的教育成本和费用逐年膨胀，很多家庭的收入无法维持学生的教育费用，家庭经济状况影响着家长的选择意向。在农村地区，特别是子女多的家庭，常常出现一人上学，全家支持的局面。一个高中生或大学生为完成学业，可能使家庭其他成员的生活陷入贫困之中。在城市，低收入家庭也存在类似问题，支持孩子读完中学也面临着很大的经济困难，孩子辍学的可能性较大。我国推行的"普九"工作，以及对农村贫困生实行的"两免一补"政策，虽然减免了学校所收取的书费和学杂费，但对于那些经济较为贫困的家庭而言，占更大比重的其他教育投入仍然是一笔沉重的负担。

除了贫困因素导致的辍学外，家长的教育观念也是一个不容忽视的因素。当前的教育费用不断攀升，而大学生就业形势却十分严峻，于是一些家长被眼前的"学历贬值"、"知识贬值"等现象所迷惑，认为上学投入与收益不成比例，不愿让自己的孩子读书。另外，家长受到新"读书无用论"的影响，认为孩子读不读书无所谓，只要能出去挣钱就行了，对"知识改变命运"的说法产生质疑。

案例4　广东清远山区学生流失率高

据《清远日报》消息，3月初开学至今已有一个多月了，然而广东清新县石潭某中学仍然有近150名学生尚未回校注册，流失率达15%。尽管该校教师近期兵分几路，走村入户动员尚未回校注册的学生返校复学，但作用不大。据调查，类似这种情况，在广东清远山区很多中学都普遍存在，个别学校年流失率甚至在20%左右。在这些流失学生中，也不乏一些优秀生。据了解这种现象与"读书无用论"观念抬头以及大学生就业率不高有关。

（中国新闻网，2007.04.12）

（二）学校因素

1. 教学质量不高

质量是学校安身立命和可持续发展的根本保证。提高教学质量是一项艰巨的系统工程，它是教育教学工作者追求的目标，也是防止学生流失的重要砝码。学校师资力量薄弱、教学质量不高势必会影响家长对学校的信任。没有高质量的教学，就难以保障充足、稳定的生源；没有充足的生源，就会干扰学校的发展和运行。因此，学校应该加强师资队伍建设，深化教学改革，抓好教学管理工作，努力提高教学质量，这样才能给学校发展带来生机，从根本上树立学校形象。

案例5　教学质量差　平顶山某校学生大量流失

平顶山市卫东区某学校学生大量流失，有的教室只有6名学生。这里的学生大部分都转到城里上学了。问及原因，家长反映学校的教学质量太差了，有门路的教师都调到城里学校了，学校缺乏教师，就找代课教师上课，这样下去，只会耽误孩子的前途。因此，家长们不惜一切要转学。

（郑州晚报，2005.04.19）

2. 校际恶性竞争生源

当前，由于高考的"指挥棒"效应，升学率成为了评价学校质量高低的标准。要想提高升学率，就要有优秀的生源、优良的师资。优质生源的多少意味着中考、高考的质量，中考、高考质量意味着学校在社会上的声誉和在教育界的地位，也意味着学校管理者的政绩。正是在追求升学率的指挥棒下，有些学校不惜用各种手段来争夺生源。

下面的案例就是因争夺生源而引发的学生流失。生源争夺虽然在短期内能够提高学校的升学率，提升学校的知名度，吸引更多的学生就读。但是如果不从自身建设着手，优质生源带来的利益是短期的，会掩盖学校发展中的其他危机，不利于学校的长期发展。

案例6　绵阳一些学校到周边挖取优秀生源

近年来，四川绵阳市一些初中和高中到邻近地区的学校，通过重奖等方式将尖子生挖到自己学校。"考上北大、清华奖10万元""来××学校读书，可获万元奖励""为好学生的父母安排工作"等条件，成为博弈的砝码。蓬溪县中学被绵阳部分学校挖走的名单显示：该校初中优秀毕业生，2003 年被挖走 22 名；2004 年被挖走 10 名；2005 年被挖走 9 名；今年"五一"期间，又有 7 名优等生被绵阳市区一些中学动员去参加考试并被录取。广元市一些学校也有同样的烦恼。据广元中学领导反映，广元中学高中"火箭班"（年级前 100 名尖子生班），近年来每年至少有一半尖子生被绵阳挖走。

（人民日报，2006.06.28）

3. 择校

择校是引发优秀生源流失的主要原因，而择校现象产生的最直接原因是学校间教学质量的差异。一所学校要有优异的教学质量，才能吸引学生。择校使一部分学生享受到更好的优质教学资源，满足了家长和学生的利益，但也使得一部分学生，特别是贫困地区的学生享受不到优质教学资源，这就加剧了教育的不公平。尽管教育部规定义务教育阶段实行免费和就近入学的原则，但择校热丝毫没有减少的迹象。暂且不说择校的利弊、公平与否，单就它使得一些学校尤其是公办中学受到生源流失的冲击就是个不争的事实。

案例 7　北京各区县间抢夺生源"暗战"激烈

崇文区一位知名小学校长的话道出了目前小升初中暗潮涌动的跨区择校现象："我们学校今年毕业的小学生有 170 多名，其中留在本区上学的才 50 人。"随着近年来中小学入学人数锐减，北京市各区县之间抢夺生源的"暗战"日趋激烈。

"每年从小学到初中，区里估计有 1700 多名学生流失到其他区县。"该区教委一位不愿意透露姓名的负责人袒露了这种无奈的现状。

（北京晨报，2006.05.17）

4. 学生学业失败

在实际教育教学中，教师缺乏对后进生的学习及心理健康的关注，容易使学生产生厌学心理，引发辍学现象。相关调查显示，辍学的第一次高峰是在初一下半年，因为初中课程门类骤然增多，而且难度较大，教师有时又缺乏对学生的及时指导，使一部分学生因不适应初中学习而辍学。第二次高峰是在初二下半年，这时，学生成绩两极分化较为明显，教师在教学时只注重中等和上等学生，对差生则另眼看待，使他们心灵上受到伤害，有的干脆就不学了。第三次高峰是在初三年级下半

150

年初，这时学生面临中考，学校按成绩分流，重新编班，被分流的学生感到没有什么劲头再去学习了，不少学生因此而辍学。可见，如何加强对后进生的教育是当前中学教育中一个不可忽视的问题。教育教学应面向全体学生，特别要关爱和转变后进生，做好思想教育工作，培养他们的学习兴趣，严格控制学生流失。

（三）社会因素

造成学生流失的社会因素很多，其中主要表现为留守儿童辍学这一社会现象。随着市场经济的迅猛发展，越来越多的农民进城务工。这些打工族大部分是青壮年农民，有的把孩子带在身边，让孩子在民办学校或打工子弟学校就读。但是由于经济等原因，大部分孩子被留在家里，成为教育中的一个特殊群体——留守儿童或空巢儿童。大量留守儿童的存在，摆在我们面前的是他们的教育问题。隔代教育观念的冲突，家庭教育的缺失等对儿童的学习、心理、生活造成了很大的负面影响，留守儿童辍学、失学现象严重。

据调查，当前全国15岁以下的留守儿童人数约有1000万人左右，这个数字也在逐年递增，而这些留守儿童多数现状堪忧。有关统计显示，不能与父母外出同行的农村留守儿童比例高达56.17%，6岁~16岁的农村留守儿童人数已达到2000万人，其中的一部分儿童由于疏于管教，失学现象比较严重，成为农村社会中的闲散人员，经常违法滋事。另据《海南省实施妇女儿童发展纲要中期评估报告》显示，2005年度全省小学辍学率为0.11%，初中辍学率为2.56%。而留守儿童上学总人数1.62万人，辍学人数940多人，占留守儿童总数的4.1%。从这些数据可以看出，留守儿童的教育问题亟待解决，既要关注他们的生活，也要关心他们的学习、身心健康和精神需要，防止留守儿童流失。

（四）同伴关系

大量研究表明，在学校被同伴拒绝的儿童比有良好同伴关系的儿童更容易辍学及参与不良行为活动或犯罪，在青少年时期或成年早期也更容易出现严重的心理障碍。中学生正处于青春期，做事易冲动，心理承受力差，同学之间缺乏必要的接触交流，易产生矛盾，有时会升级到打架斗殴的程度。如果不能及时化解矛盾，很可能演变成长期欺侮行为，有些学生会因为不堪忍受欺侮而不得不转学。

案例8　学生不堪受欺、无奈转学

王华是河南某高级中学高二学生，平时沉默寡言，很少与人发生争执。一天中午放学后，轮到他值日，他没有把后排男生的凳子放在课桌上，引起该男生极大不满，两人发生了口角，在同学的劝说下，事情似乎得到了解决。可是，到了第二天上午，事情恶化了。在课间休息时，有两个学生模样的人径直走到教室后面，对着王华一阵拳打脚踢，打完后，两人扬长而去。事后，王华并没有把此事报告班主任，听其他同学说，是他后面的男生威胁他了。

由于两人发生矛盾后，没有得到及时化解，事情演变到最后变成同学间的欺侮。事隔不久，该男生又找人打了王华。最后王华不得不选择转学，而学校对此事并不知情。

三、学生流失的危机管理

（一）提供社会支持

1. 提供经济援助

经济援助就是利用经济手段来化解学生流失引发的危机的一种措施。一方面要设立奖学金、助学金制度，完善助学机制，帮助学生减轻家庭经济负担；另一方面，对于经济收入在贫困线以下，支付学习费用有一定困难的学生，实行"减、免、缓交"学杂费的形式，开通绿色通道，帮助学生按时入学，防止他们因经济问题而辍学。

2. 寻求法律帮助

接受义务教育不仅是学生的权利，也是家长和学生必须履行的义务。但是部分家长法律意识淡漠，认为孩子的义务教育问题是自己家的私事，与法律无关。对此，学校可以与家长进行必要的沟通，使他们认识到学习知识的重要性。如果家长不配合，学校应向相关行政部门反映，呼吁政府重视起来，做好普法工作，向家长宣传相关法律，并真正做到执法必严、违法必究。据《中国青年报》2007 年 6 月 25 日报道，新疆维吾尔自治区阿克苏地区柯坪县的玉尔其乡、阿恰勒乡人民政府，将 29 名孩子的家长告上法庭，理由是他们的孩子因忙农活辍学，要求法院责令家长把孩子送回学校读书。最后，通过法律手段使孩子又返回了学校。在这起事件中，我们发现学校不是执法的主体，但能够借助法律手段，防止学生流失。

（二）注重学校管理

1. 确定并保护"高危"学生群体

中学最容易流失的学生是优秀生、贫困生以及后进生，我们称之为"高危"流失群体。学校应根据这些群体的特点分而治之。

为了防止优秀生流失，学校可经常召开经验交流会，增强优秀生的自豪感和成就感。也可通过经常性的个体沟通，让学生明白自己在学校中的地位，并体会到学校以他们为荣。在学习中，应坚持对学生前后评价的一致性，不因学生偶尔学习的倒退而冷落他们。

对贫困学生进行档案跟踪，多渠道解决学生的经济问题，并积极做好家长的思想工作，使学生不因家庭贫困而辍学。此外，贫困可能使学生产生自卑感，以致学业失败。学校管理者如能敏锐地意识到这些，贫困学生的流失就会减少。

在后进生中树立成功榜样，以防后进生流失。学校应该全面了解学生个体的学习差异性以及学习成绩的特点，全面分析学生落后的根源。同时，教师要真诚关注后进生，不断地在后进生中寻找成功者并树为榜样，这样可以激发其他后进生的学习欲望。

2. 合理评价学生

在教学过程中，学校要注意对学生的评价方式，打破"唯分数论"的藩篱。以分数高低评定学生的好差只会打击部分学生的学习积极性，全面、合理地评价学生是我们应坚持的原则。对不同学生应采取不同的评价方式，实施激励性评价，让每个学生都体验到成功的喜悦。例如，为学习困难学生设定合适的学习目标，使他们经过努力能达到目标，教师给予及时评价，鼓励、表扬学生，增强他们的学习自信心；教师还要多发现学习困难生身上的闪光点，挖掘其潜能。有的学习困难生组织能力强，教师就可多让他们参与班级活动，充分展现他们的组织能力，让他们在组织活动的过程中找到自我，体验成功。

总之，要多方面评价学生，"在评价的标准上，要坚持以个体为主，既可以对难度相同的内容采用不同的评价，也可以对难度不同的内容采用相同的评价；在评价时机上，既要进行即时性评价，也要进行延时性评价，即在学生没有掌握好知识的情况下，不要急于进行评价；在评价形式上，要采取闭卷、开卷、论文、实践操作等多种形式，以鼓励学习困难生的积极性；在评价内容上，除学科知识水平外，要重视学生品德、劳动、体育、艺术及特长等方面；在评价主体上，要多让学生自我评价和相互评价，发挥学生自我教育的作用。"（罗汉书，2002）

3. 开发校本课程

进入初中后，课程内容偏难，部分学生学习困难，很难跟上课程进度，特别是部分农村地区初中的课程脱离实际、偏深偏难，引不起学生的兴趣。致使一部分学生越是学不会越是不想学，久而久之就会产生厌学情绪。对此，学校可结合本地特点，开发特色校本课程。如上海宜川中学为了充分开发校本教育资源，于2007年

5月开展了"我读刘翔，如风飞翔"系列活动，编制了一本特殊的校本教材——《走近校友刘翔》。而农村中学的课程要根据现代农业及其产业结构调整的需要设置。通过校本课程的开发，使学生体会到学习对于生活的意义。因此，课程设计不能脱离学生自身发展和社会发展的需要："一些地方引进'绿色证书'教育，即在保证执行九年义务教育课程的前提下，不延长课时，不加大授课总量，有选择地把'绿色证书'的课程内容纳入到农村初中课程之中，对学生进行一定的现代农业技术教育，这既为学生升学奠定了基础，又为学生将来从事农业生产和经营创造了必要的条件。"（罗汉书，2002）这样就较好地解决了教学内容与本地生产生活实际相脱节的问题。

4. 分层管理策略

分层管理策略就是以学校为单位订立控制流失生目标制度，要求相关责任人签订责任书，完善目标责任，实行层级负责。主要的目标责任书应有以下几类：

（1）学校与家长签订防止辍学目标责任书，要求家长全力支持学生完成中学阶段的学习任务。与家长签订防辍责任书是针对义务教育阶段，到高中阶段，是否签订责任书应遵循自愿原则。此外，在签订责任书时，还要考虑到各种因素，如有的学生接受能力强、家庭经济条件优越，家长希望孩子在家学习，这时，学校没必要强制家长签订责任书。

（2）学校与教师签订目标管理责任书，巩固学生在校率。把控制流失与教师考核结合起来，把流失责任与教师奖励结合起来，强化教师的控流意识，用目标管理、行政手段来防控流失。在防止学生流失的管理中，要以班主任实施为主，班主任的作用发挥得好，可以起到事半功倍的效果。把学生流失与评价教师结合起来，是锻炼、评估班主任工作能力的一个手段。为了更好地了解学生、家长的心理动向，了解学生辍学的原因，班主任要做好学生、家长的思想工作，对他们进行深入访谈，争取学生回流。

（3）学校要建立起目标防控制度。流失率的高低与校长、班主任和教师评先、晋级挂钩。年初有计划，年终有考核。

（4）学校与上级教育主管部门签订目标管理责任书。把流失学生的控制作为学校的工作指标和计划。这样可以更好地保证九年义务教育的实施，保证学生受教育的权利。

分层管理策略是一种刚性措施，具有强制性。在执行过程中，要与柔性管理相结合，即要取得班主任、家长的积极配合，保证工作的顺利进行，否则，可能会适得其反。

（三）关注学生心理，丰富第二课堂

1. 关注学生心理健康

大量调查资料显示，学生的心理健康状况不容乐观。中国疾病预防控制中心 2005 年对 9015 名中小学生（主要年龄为 10 岁~14 岁）进行了一次调查，发现 17.4% 的孩子"认真想过自杀"，8.2% 的孩子甚至"做过自杀计划"。其中特别值得注意的是，福建省在对 2383 名学生进行的心理症状自评中，农村中小学生心理问题发生率明显高于城市。浙江省一项研究同时发现，70% 的中小学生存在焦虑等问题，生活在农村或有兄弟姐妹的焦虑症状更加突出。哈尔滨医科大学今年对城乡中小学生的调查则发现，城市儿童抑郁检出率为 19.23%，而农村的则高达 32.5%。郑州市对 2000 名青少年的心理健康状况进行了调查，调查对象是郑州市区及所辖的县市 15 所初、高中学生，年龄为 12 岁~18 岁，2007 年《郑州市青少年心理健康问题调查报告》表明：16% 的青少年心理健康状况"需要关注"。

针对学生的种种心理问题，学校要积极开展各种活动，对学生进行心理健康教育。针对群体，可以通过定期开展心理讲座及开设心理辅导课等方式进行。还可以充分利用班级资源，按周期出心理专题黑板报，既让学生参与了班级工作，又起到了宣传心理知识的作用。针对个体，开设心理咨询室，可以进行一对一的心理辅导。教师要积极向学生宣传心理辅导的重要性，消除学生的疑惑心理，让学生敢于走进心理咨询室。

2. 丰富第二课堂生活

学生流失有的是主动的，有的是被迫的。学生主动离开学校，多半是由厌学所致。因此，丰富学校生活，是有效预防学生流失的重要渠道。除了日常文化课程的教学活动外，关注中学生的课余生活，满足他们的多种需要至关重要。

第一，提倡全员参与班级建设活动。让每个班级成员都参与进班级文化建设中，班级管理不再是班干部或班主任的事情。学校还可以通过各种形式的活动让师生互动起来，共同建设班级文化。班级建设活动不仅可以在班级内部进行，而且可以推广到班级与班级之间，建立友谊班级，增强学生的班级归属感。

第二，组织学生参与各种竞赛活动。此类课余活动有利于发现并培养学生的兴趣和爱好。因此，学校管理者可以通过开展课余活动，激发学生的学习兴趣。如开展各种兴趣小组活动、学科竞赛活动、体育活动、球类活动、文艺演出活动等，既融洽了生生关系，也迎来了健康向上的精神风貌，克服和避免了学生从课堂到课堂

的单调的校园生活。

第三，建设各种社团、协会，丰富学生的业余生活。例如书法协会、美术协会等，同学之间可以分享经验，讨论学习中遇到的难题。既满足了学生的业余爱好，也给学生在紧张的学习之余提供了更多的交流机会，增进同学之间的友谊。

（四）积极与家长沟通

沟通是争取家长配合的重要前提，家访和家长会是沟通教师与家长、学生之间的心灵的桥梁。首先，学校要建立家访制度。定期进行家访，了解学生的日常表现，特别要注意观察留守儿童的生活和思想动态。在家访中，还要了解家长的思想动态，帮助和引导家长树立正确的教育观，希望家长能通过电话定期和学校，特别是班主任取得联系，了解孩子在校的表现，同时把孩子在家里的表现汇报给班主任，力求家校合作做好孩子的教育工作。其次，要定期开展家长会。向家长汇报孩子近期在学校的表现，例如孩子的学习情况、与教师和学生的关系，以及孩子在哪些方面有突出表现等等。开家长会时，不能只报忧不报喜，特别是一些后进生家长，不愿意开家长会，有些学校的家长会俨然变成了批评家长的会议。学校要利用好家长会，就学生的心理变化、生理变化跟家长交流，使学校教育和家庭教育形成合力。总之，家校合作对减少学生流失有重要的意义。

（五）建立回流机制

对于重新回到学校的学生，学校要建立相应的回流机制，保证所有学生都能顺利入学。学生回流可能会由很多因素引起，例如，国家在西部地区推行了免除公办学校农村义务教育阶段学生学杂费的政策，使大量进城务工农民工子女返乡，出现了学生"回流潮"。如广西在2006年春季学期，共有210,224名农村义务教育阶段的学生回流到公办学校就读。还有一些学生是在教育行政部门与学校合作，并在家长的积极配合下，重新走进了校园。如2007年春，甘肃省合水县教育局针对学生流失现状，及时采取有效措施，动员学生返校。县教育局实行学生流失率与校长考核、教师聘任直接挂钩政策，广泛开展相关教育法的宣传活动，注重学校环境建设，实行贫困生救助措施，并与家长积极协调，使200多名流失学生返校，占全县流失学生的60%以上。

对于这些回流生的教育和管理，学校可以从两个方面做工作，一方面安排专职教师对辍学生、后进生、学习困难生进行补差教学，努力减少和避免他们厌学、辍学和逃学。特别是那些回流的农民工子女，他们在城市学习的课程与农村的课程有很大差异，一时难以适应学校的学习生活，需要教师花费更多的精力帮助他们尽快熟悉新的学习内容；另一方面，对那些通过补差教学仍无法跟进的学生，应允许他们留级，实行弹性学制，防止学生因学困再次辍学。

由于受教育经费和办学效益的影响，班级规模膨胀现象在优质学校尤其表现得比较明显。对于教师来说，大班教学意味着教师要关注的范围增大。而教师的注意范围是有限的，这样就可能造成对一部分学生关注程度的减弱或缺失。因此，作为学校管理者，可以把学生流失看成一个有利条件，理性看待学生流失，化学生流失危机为发展契机。

（1）在学校人数减少的情况下，调整班级规模，进行小班教学。小班教学意味着教师有更多的时间和精力关注到每一个学生，为因材施教创造条件。"小班教学为补救教学创造了条件。在适当的班级人数下，教师才可能为学习落后的学生进行深入的辅导，使低成就学生真正受惠。"（梁伟思，2003）

（2）学生人数减少，可能意味着教师数量的过剩。学校可以从提高教学质量出发，选派教师进修，提升教师的专业发展能力。进修过的教师要经常和其他教师开展经验交流会，提高整个学校的教师教学水平。以优秀的教师、优异的教育教学质量吸引学生和家长。

（3）学生人数的减少，也可能意味着教育资源的闲置，它主要表现为教室、教学设备的闲置。学校可根据自身情况，提高教育资源的利用率。

"祸兮福之所倚，福兮祸之所伏"。从长远的发展眼光来看，学生流失未必只给学校的发展带来危机，学校要积极面对困境，在危机中求发展。只要应对方法得当，危机会成为学校发展的契机，也会成为学校发展的重要资源。

四、相关的法律法规

《中华人民共和国未成年人保护法》（节选）

第十三条　父母或者其他监护人应当尊重未成年人受教育的权利，必须使适龄未成年人依法入学接受并完成义务教育，不得使接受义务教育的未成年人辍学。

第十八条　学校应当尊重未成年学生受教育的权利，关心、爱护学生，对品行有缺点、学习有困难的学生，应当耐心教育、帮助，不得歧视，不得违反法律和国家规定开除未成年学生。

第二十八条　各级人民政府应当保障未成年人受教育的权利，并采取措施保障家庭经济困难的、残疾的和流动人口中的未成年人等接受义务教育。

《中华人民共和国义务教育法》（节选）

第十三条　县级人民政府教育行政部门和乡镇人民政府组织和督促适龄儿童、少年入学，帮助解决适龄儿童、少年接受义务教育的困难，采取措施防止适龄儿童、少年辍学。

居民委员会和村民委员会协助政府做好工作，督促适龄儿童、少年入学。

《中华人民共和国教育法》（节选）

第十八条　国家实行九年制义务教育制度。各级人民政府采取各种措施保障适龄儿童、少年就学。适龄儿童、少年的父母或者其他监护人以及有关社会组织和个人有义务使适龄儿童、少年接受并完成规定年限的义务教育。

第三节　学校财产危机

学校财产是保证学校进行教学、科研等活动的物质基础。如何加强学校财产监督，合理规划和配置学校财产，预防流失，是目前学校管理工作中一项非常重要的内容，也是教育体制改革的一个重要方面。本节主要从学校的财务危机管理和校产危机管理两方面来分析学校财产危机管理。

一、财务危机

（一）财务危机的含义

财务危机主要是指由于学校经费紧缺或者使用不当而危害了学校教学以及其他活动的正常运行，严重的可能会使学校面临倒闭或者危害到学校教职员工和学生的根本利益。学校经费的主要来源有：一是预算内事业费，由财政拨款；二是预算外教育经费，包括教育费附加征收、集（捐）资助学收入、校办产业收入、收取非义务教育阶段学杂费收入及设立教育基金等。这些经费的收入主要担负着学校建设、科研、教学等各项事业发展经费的支出，对于很多义务教育阶段的学校来说，经费状况常常是捉襟见肘，如果学校对这些经费的使用疏于管理又缺乏监控，往往就会导致财务危机。

（二）财务危机的成因

1. 教育经费投入不够

社会的快速发展对教育提出了更多的要求，学校再也不是只要有教室、教师和学生就足够了。信息技术时代的来临，也使得办学的经费需求大大增加。面对这种严峻的形势，政府也采取了相应的措施，但不同地域、不同学校之间仍然存在巨大差异。1993年中共中央国务院发布的《中国教育改革和发展纲要》中规定：国家财政性教育经费的支出在上世纪末占GDP的比例应达到4%。而近几年的实际情况是：2004年2.79%；2005年2.82%；均达不到4%的比例，与世界上平均5.1%的比例相比差距更大。对于地方政府而言，教育是一项长期投入才能见效的事业，所以有些地方政府便为了追求政绩而将更多的资源挪作他用，教育事业受到忽视。

2. 筹集资金方式不当

近年来，随着教育事业的迅速发展，办学规模扩大，基本建设项目不断增加，财政拨款已经远远不能满足学校修建新校舍和其他的设施达标升级。于是，很多学校都通过各种各样的渠道来筹集资金，包括个人、施工队垫款、社会借款及向金融机构贷款等等。但学校资金往往运转速度比较慢，学校的高负债还会造成生源流失，使得学校的学费收入也大大减少，农村贫困中学还债的形势也更加严峻，没有相关法律来保障农村贫困中学可以分年度偿还债务，农村教育集资在2000年也被取消了。这些都有可能造成学校不能按贷款合同的约定如期偿还贷款本金，甚至不能按期支付贷款利息的现象，只能借助于"倒贷"（借新债还旧债）的方式，形成对债权人较强的依赖性。

学校负债已不再是稀奇的事情，根据国家审计署2004年公布的50县基础教育经费调查结果发现：目前因新建校舍和达标升级形成的负债占了总数的72.5%。如山西平遥中学计划投资8516万元，新建校舍8.4万平方米，实际建筑面积12万平方米，总投资1.3亿元，学校总负债已达1.16亿元。据对28个县的不完全统计，截止2003年6月底，拖欠施工队垫款达12.1亿元，约占负债额的50%。学校高额负债容易造成教师人心不稳、教育质量不高、生源流失，严重影响了正常的教学秩序。

案例9　为"达标"安徽农村学校校长被负债压弯了腰

安徽省临泉县三位中小学校长满福俊、刘芝田和高俊，说起发生在自己身上的这些事，无不满腹辛酸——"两基教育达标"实现以后，沉重的债务，已经开始压弯这些普通农村学校校长的腰。满福俊说："由于无力偿债，从去年暑假到现在我已经被起诉了4次。"

在临泉县迎仙镇中学校长满福俊略显凌乱的家里，他苦笑着对记者说，这所全镇唯一的中学，没有专门的教师办公室，教师都在家里办公。在满福俊眼里，"这个小困难完全可以克服"，最让他焦心的事情是：债务。自1995年至1999年，全校累计负债近200万元，扣除主要由镇政府承担的三幢教学楼款项，剩下的都是学校内欠债，大都是从社会上借来的高利贷。正是这部分债务，使他成了法庭的常客。最近的一次是今年2月份，当时春节刚过，他就被带到迎仙镇地方法庭，多亏学校教师东挪西借凑了1万多元钱，才把他赎了回来。"可这1万多元又是新债务，早晚都得还给教师。"

就在谈话间，一个债主踹门而入，同行的镇干部好说歹说才把他劝走。"那人是给学校建教师宿舍的包工头，学校至今欠他5万多元。"满福俊摇摇头，一脸无奈。"像这样来讨债的，每个星期都有。有时候正在上课，就被债主连拉带拽拽出来。还有的债主白天找不到人，晚上逼上家门，拍桌子打板凳，你只能递烟泡茶陪笑脸。"

（徐金平、周剑虹，2002）

3. 学校财务管理混乱

学校公用经费由财政预算内安排的公用经费和免收学杂费补助资金两部分组成。按照规定，公用经费只能用于学校教学业务与管理、教师培训、实验实习、文体活动、水电、取暖、交通差旅、邮电费开支，仪器设备及图书资料等购置，房屋建筑物及仪器设备的日常维修维护等；不能用于教职工工资、津贴、福利、社保和代课教师工资，不能用于基建开支，不能用于偿还历史欠债以及上缴各级政府行政部门。

但是近年来，一些地方纷纷刮起"择校风"，家长选择学校不仅看办学业绩，也看教学条件。学校的办学条件如果太差，一些学生就会纷纷外走。在这种情况下，一批学校不顾自身实际情况，创办重点学校、一流窗口、示范名校等形象工程，期望以学生的学费来缓解学校的财务危机，但这些超前的经费透支与学生的学费收入有着一定的时间差，如果这个链条脱落就会使得学校陷入极为被动的境地。如果学校财务缺乏科学的管理，学生的学费也挽回不了学校产生的财务危机。

案例10 学校建设比阔 骑虎难下筑债台

浙江省台州中学新校区几乎全靠银行贷款，2.6亿元的总投资一年光利息就要1300万元，而建设老校区的负债还没有还清。原来学校乐观地认为有政府的支持和名校的品牌优势，可以通过广纳生源快速收回成本。但是国家近年出台择校"三限"政策，严格规范各项收费行为，按规定台州中学今年只能招收400名每人收费3万元的择校生，择校费收入总额1200万元，学校就连付贷款的银行利息都不够。

（人民网，2005.07.05）

案例发生地的浙江台州临海市教育局局长鹿先法对记者说，这些学校的建设资金主要靠学校自己贷款解决。他解释说，学校搬迁扩建实属无奈，因为别的地区的学校都在上档次、上规模，如果配跟不上档次和规模，就会失去在全省的地位。现在浙江台州中学已出现靠银行贷款和向企业借款来发放教师工资和福利的财务危机。

案例 11　学校天文台成摆设

近年来，天津部分中学出现了兴办天文台热。天津市有天文台的学校达 20 多所，少则几十万元，多则上百万元。可目前只有大港七中、四十三中、天津中学等少数学校能坚持开展活动，多数学校的天文台基本处于闲置状态，据一些学生反映，有些学校从来没有组织他们到天文台开展观测活动，天文台长年累月都是"铁将军"把门。有的学校一年也进行不了一次观测活动。

（新华网，2007.06.12）

这些学校修建天文台完全是出于盲目跟风和攀比心理。一所中学有没有天文台似乎成了衡量"规范化"学校硬件条件优劣及开展素质教育好坏的标准之一。修建天文台不仅造价昂贵，而且配备各种天文设备的价格也十分昂贵，仅一台天文望远镜就要花费数万元。中国天文学会会员、天津四十三中物理教师郭玉强告诉记者，天津市新建的示范中学，规划时几乎都有天文台部分，其中天文台的球状外壳投资纳入财政预算，而天文台的内部设备由学校自掏腰包。学校财力本身就紧张，如果再要学校投入经费进行天文台的日常维护、设备维修以及陆续开展天文活动，很多学校既无财力也不愿长期负担，昂贵的天文台就凭空成了摆设。

（三）财务危机管理

预防或者化解财务危机，既需要争取更多的经费来源，同时也应着眼于学校内部的资金使用，尤其需要重视合理控制负债的比例。

1. 争取多渠道筹集学校经费

在办学经费紧张的情况下，学校一方面要坚持艰苦奋斗办学的优良传统，另一方面要挖掘潜力自筹资金，改善学校办学条件。

（1）争取足额的上级拨款。政府相关部门应加大对学校教育事业的投资力度。对于学校而言，应在尽力争取政府投资的基础上改善自身教育质量，树立学校品牌和特色。

案例12　牛集中学三次策划打开办学新局面

牛集中学坐落在皖西北最偏僻的亳州牛集镇。两年前，拥挤的校园里十余间教室破旧不堪，坑坑洼洼的路面遇到阴雨天，稀泥四溅。没有幻灯机、实验室，更没有语音室、多媒体。而今的牛集中学，不仅校园扩大两倍，而且硬件建设、绿化工程也跟上时代，尤其是教育教学质量迅速提高。一所偏僻的农村初中是如何跻身于名校之列？这缘于学校校委会团结一致迎难而上，用三次重要策划打开了办学新局面。第一次策划以观念更新行动。第二次策划以名师工程为突破，学校争创名校，教师争当名师；在硬件建设上，校长亲自挂帅成立融资小组，奔走于牛集镇政府、区委区政府、市区财政局、教育局。校长使出浑身解数，筹资80万。有了这笔资金，学校在不到两年的时间内新建一座教学楼，原来的危房彻底维修，同时，还重建学校干道，大小花园几十个，初步实现了校园的绿化和美化。第三次策划——办寄宿。寄宿制是发展优质教育的重要保障。目标既定，资金从哪里来？这时，又是校长亲自挂帅，再次成立融资小组，跑镇上，上区里，一个多月的奔波却毫无进展。但校委会没有灰心。似乎天道酬勤，一个振奋人心的消息传来——省政府将在每一个地市改造一所寄宿制农村中学。凭着办学业绩、发展蓝图，牛集中学终于赢得了政策的倾斜，争取到160万元的财政拨款，新校名"亳州市农村寄宿制中心"诞生了。

（梁万明，2007）

（2）接受社会捐赠。学校应争取社会捐赠这一传统筹资渠道，充分利用资本市场吸引社会闲置资金。近年来，社会及个人捐赠在我国教育投资中有明显增加，一些学校也相继成立了教育基金会、董事会等。在政策的支持下，还涌现出了一批捐资助学的人物和企业。

案例13　企业家捐资助学

晋江市企业家捐赠捐建农村寄宿制学校项目32个，捐资660万元，用于新建农村中小学寄宿制学校宿舍、食堂等项目。这32个项目总投资2368万元，其中自筹资金1708万元。

（南平教育信息，2007）

案例14　民营企业家为学校捐赠"金钥匙"

霍州市民营企业家"三晋浴园"公司总经理魏华近日出资2万元，购买了1000余册图书和书架等用具，为霍州市四中的师生们送去了打开知识殿堂的"金钥匙"。对于霍州市四中的800余名师生来讲，由于经费紧张而造成的图书稀缺一直是令他们惆怅的事情。

（吴合香，2006）

2. 内部经费合理分配

学校在加强"开源"的同时还要"节流"。由于受计划经济管理模式的影响，学校常常出现经费紧张和铺张浪费并存的现象。

案例15 贫困中学万元重赏尖子生

"回来吧！考上北大、清华奖10万元，其他重点本科奖3000元，一般本科奖1000元。"剑阁中学副校长邹化智变成了说客，试图拉回那些"转会"到四川绵阳读书的尖子生。剑阁中学其实很穷，为了从省级示范高中升级成"国家级示范高中"以留住生源，已负债3000万元。除了基本工资，学校连给教师承诺的300元/月的津贴都发不出来。"但我们不得不这样做……""几年来，剑阁的优生差不多被别人挖干净了，普通生源也以每年400多人的速度流失。没有优生，就没有好成绩，就没有生源号召力，这是一个恶性循环。"他最终失败了，只有一名县教育局官员的孩子愿意回来。而这个优生的回流，也是为了照顾面子。

（南方周末，2006.05.25）

尽管学校负债累累，学校还是要不惜重金争抢生源，如果一个学校升学率低，校长和教师便"愧见江东父老"；升学率高，则"家长满意，领导受表扬"。有些学校每年高考成绩及录取分数线公布之后，学校会不遗余力地给考上大学的学生及授课教师以物质奖励，这些现象无疑又给学校增添了一笔巨大负担。

这就需要学校要对内部经费进行合理分配，为了保证学校能够统筹发展，学校需要提前对资金进行合理预算。学校经费要实行"核定收支，定额或者定项补助，超支不补，结余留用"的预算管理办法。每学年在编制经费预算时，要统筹兼顾，保证重点。所谓重点，就是教育、教学工作的需要，还要兼顾其他工作的需要。要精打细算，防止积压和浪费；要留有余地，以便解决意想不到的新问题。

为了使贷款资金纳入预算管理，编制预算时应坚持"量入为出，统筹兼顾，保证重点，收支平衡"的原则。但是，"量入为出"的"入"应理解为现金流入，即可动用的现金量。"收支平衡"中的"收支"应理解为现金的流入量和流出量。根据预计的现金流入量安排支出预算，将年度贷款额度和还贷计划编入预算，并实现新的收支平衡——现金流量平衡。学校财务预算的平衡关系为：年度预计收入数＋预计贷款数＝年度预计支出数＋预计还贷数。学校年终总结时还要做好决算，决算的目的在于总结学校会计年度预算总收支的平衡情况，在于了解各项经费的收支比例关系以及它们在总支出中的比重，要通过数字核算找出开支规律，以便更好地制定下一年度的预算。

3. 合理控制负债比例

在通过"开源"和"节流"已经不能满足学校的正常运行的情况下，学校的经费紧张使得学校不得不通过借外债来维持生存，那么只有通过控制负债的额度，才能挽救学校的财务危机。

根据经济学理论，企业允许有部分负债，用来扩大规模，但是负债所占的资金数量不能超过一定的限度，而且企业还需要稳定的资金来源来保障平衡。同样，学校作为一个资金回转较慢的"企业"，就需要合理控制负债，学校在财政拨款有限和提高学生收费标准困难的情况下，过高的举债会使学校筹集资金成本提高，导致学校资金周转陷入困境，甚至可能导致财务状况的恶化。

> **案例 16　广东光华学校倒闭事件**
>
> 　　广州市天河区吉山村的广东光华职业技术学校，校门前停着几辆中巴，很多人在忙着搬行李，校园里教学楼的门紧锁，办公室已人去楼空，杂物随意摆放，学生宿舍楼里随处可见准备搬离的学生。在学校的门前看到了学校被取缔的通告——《关于处理广东光华职业技术学校在册学生安置有关问题给学生及家长的信》，通告指出："由于广东光华职业技术学校长期拖欠办学场地租金和水电费，广州市天河区东圃镇吉山村村民委员会决定通过法律途径收回该学校校舍，并已经停止供水……该学校已经不具备基本的办学条件……"落款是广州市教育局。
>
> （南方日报，2005.09.11）

民办学校的特殊性在于办学规模、办学条件、生源数量和质量方面都与公办学校存在巨大差距，民办学校生存与发展的唯一经费来源是依靠学生的学费和杂费收入。这所学校倒闭的原因：一是负债太重。负债估计有近千万元，校舍建设、校舍维修经费、教学所需的业务经费、水电费等都存在较大的缺口。这块资金缺口原来计划由学生交纳的各种费用来弥补的，但学生拖欠的近 300 万元的学费使学校无以为继。二是学校资源浪费导致经营成本过高。该学校校舍和设备投入没有预期的生源，造成资金浪费，使学校陷入资金链断裂的困境之中，加重了学校还本付息的负担。据了解，该学校为了能招到学生，规定有7个人以上就可以开班，而这样小规模的班级导致了教学资源的极大浪费。

学校进行负债建设时，必须考虑学校的负债规模和偿还能力。学校财务部门在把握负债度上，首先，要注意负债的临界点（负债临界点＝收入×息税前利润率/借款年利率）。债务总量没有达到临界点时，加大负债可以获得更多的教育收益。如果债务总量已达到或越过临界点，加大负债就将加快财务危机的来临。其次，要注意教育资金的筹集结构，按筹资方式不同，减低负债融资比例，不能超越自身偿债能力。再次，要合理安排债务的偿还时间与额度，力求债务偿还平稳，防止还款过于集中，造成无法支付到期债务。

二、校产危机

校产是衡量学校办学实力和水平的重要指标。它包括固定资产和低值易耗品。具体而言，有房屋及有关设施，现代化技术装备，教学实验设备，生活服务设备，图书、音像、各种材料物资等。

（一）校舍危机

1. 校舍危机的含义

校舍危机是指由于校舍安排不合理、校舍的质量不过关或者未能按时对校舍进行修缮而导致的有可能危害师生安全的事件或状态。

校舍是师生员工学习、工作和生活必要物质条件。近年来，由于各地普遍进入了学龄人员高峰期，教育面临巨大的压力，到2005年全国普及九年义务教育的地区人口覆盖率超过95%，比2000年提高了近10个百分点；全国共有初中在校生6214.94万人；全国高中阶段教育（包括普通高中、成人高中、普通中专、职业高中、技工学校和成人中专）在校生达到3990.09万人，比2000年增加1471.97万人，年平均增长9.64%。受教育人才的急剧增加造成了校舍的严重紧缺。另外一个方面，危房的普遍存在也不容忽视，危房一是主要分布在中西部地区，西部地区危房约占总数的46%，中部地区危房约占总数的41%；二是主要分布在农村，农村的危房面积约1200万平方米，约占总面积的92%。其中农村中小学危房率高达6.6%，占全国中小学危房面积的81%。这些严峻的形势时刻提醒着我们，校舍危机已经成为一个很大的问题。

2. 校舍危机的成因

（1）班级超编。受教育者人数在急剧增加，学生在楼内的活动也日见增多，楼上楼下、楼里楼外的人群对流也日见频繁。很多学校由于经费困难，办学条件一时难以解决，出现了班级大量超额现象。原来一个班为45人，现在一个班被扩大到70人甚至100余人。班级的超编现象使得学校的日常管理成为一根紧绷的弦，这样往往使校舍不堪重负，危机重重。而在下面的这个案例中，土塘中学初一年级共有6个班级，学生659名，每个班级人数都在109人以上。有记者发现，在一间初一教室里，54平方米的课堂里挤放着10列、11行课桌。而整幢教学楼只有一个楼梯，宽度还不足2米，由此导致的危机让我们都觉得触目惊心。

案例17　中学踩踏事故

2006年11月18日晚20时30分，江西省都昌县土塘中学晚自习结束。由于老师都集中在一楼办公室批阅期中考试试卷，自习教室内无老师值班。下课铃一响，许多学生从教室里一拥而出顺楼梯下楼。冲在前面的一名学生快到二楼与一楼中间的转弯平台时，不慎摔倒，在其爬起坐在地上时，随后的学生停下来等候，但后面的学生还在往前走，使前面等候的学生摔倒。当时有学生喊发生地震了，但楼上的学生依然在拥下楼，使倒在转弯平台上的学生越来越多。

（新华网，2006.11.21）

（2）校舍质量不过关。很多中小学校都存在大量的危房。由于校舍紧缺，很多危房现仍在使用。而且有些改造过的危房质量仍然不过关。仅1999年，湖南常宁市、四川渠县、西藏聂拉木县、湖北五峰土家族自治县、江西泰和县等地，就先后多次发生危房倒塌造成学生死亡的事故。

案例18　学校房顶倒塌　16名学生受伤

2001年6月16日下午，内蒙古赤峰松山区三眼井乡中学初三（1）班正在按学校安排补习英语，教室顶棚突然开始掉土，紧接着房顶塌下来。该班31名学生中的16名以及1名英语老师被倒塌的房顶砸伤。

（中国青年报，2001.07.19）

这是由于学校教室的檩木屋架突然断裂而引起的突发性房屋倒塌事件，这房子已有20年的历史了。被砸伤的三眼井乡英语老师尹静慧清楚地记得，教室的墙角和墙根原来就有裂缝，平时房顶也往下掉土，学生还自己动手修补墙壁。学校发生倒塌事故后，学校校舍全部被定为危房，决定重新盖教学楼。

（3）校舍修缮不到位。修缮校舍可以根据房屋的使用年限及损坏情况，学校或请学校主管部门列维修计划进行修缮。校舍修缮有小修、中修、大修之分。一般一年一小修，四至五年进行一次中修，包括油漆粉刷、门窗修理、房顶防漏处理、校舍局部翻新等。如果是大修，要根据损坏的程度，做好大修计划，有计划地进行安排维修保养工作，以防患于未然和消除不应有的危机，以保证学校各项工作的正常进行。

案例19　中学楼梯护栏坍塌事故

2002年9月23日晚，内蒙古自治区丰镇市第二中学晚自习结束后，1500多名学生从东西两个楼道口，在没有任何照明的条件下，蜂拥下教学楼。在西楼道接近一楼的最后四五个台阶处，楼梯护栏突然坍塌，前面的学生纷纷扑倒在地，后面的学生看不清，仍然往前拥挤，造成21名学生死亡、47名学生受伤。

（中国新闻网，2002.09.26）

3. 校舍危机管理

校产的稳定关系到学校的教学、科研等项工作能否顺利进行，关系到学校改革和发展目标能否实现，关系到学校的全局稳定。

（1）校产检查严格化。根据一次次重大学生伤害事故的原因来看，大部分都是因为学校疏于管理，不检查、不督促或发现问题不及时处理。如果平时能经常检查督促，及时处理各种隐患，对校园事故易发、多发环节如楼道、楼梯等进行定点定时值班巡查，则可以避免很多问题的出现。

校产检查要做到定期检查和突击检查相结合，全面检查和重点检查相结合。在正常情况下，学校应在每个月的第一周对校产进行一次全面性的安全检查；对一些年久失修的旧房要进行重点细致的检查；遇风、汛、雨季时要进行突击性的检查。校产安全检查应邀请当地城建部门有经验的工程技术人员参与；每次安全检查均应做好书面文字记录，作为校舍档案保存备查。对发现结构损坏、蛀虫、腐烂或其他重大险情的应及时书面报告当地政府和教育局研究落实维修措施；对经技术鉴定为危房的一律封房停用，及早采取措施消除隐患。

（2）校舍建设规范化。凡新建、改建、扩建和维修改造的校舍建筑，必须严格按照规划、建设部门的审批意见和设计单位的设计要求进行科学建设。严格履行基本建设程序，进行规划建设报批和工程招投标工作；必须委托具有相应资质的单位进行勘察设计、建筑设计和工程施工；严格执行工程竣工验收制度，凡竣工验收不合格的工程不得交付使用。在工程施工中，主管、使用部门还应亲临现场坚持检查，发现问题及时纠正，以防造成大错。

（3）校舍设计合理化。校舍建设和改造是否合理，事关教师学生的安危。在校舍改造和建设过程中，一定要把好设计关，确定学校的建设规模和合理结构，因地制宜地设计出施工图纸，避免造成事故的发生和不良后果。例如：学校建筑按规定建筑楼内外通道设计应按实际需要适当加宽，过道楼梯设计应尽量降低坡度，易于行走。

（二）设备设施危机

1. 设备设施危机的含义

随着时代发展，学校的设备设施也日趋复杂，学校设备尤其是现代化的教学和科研设备、仪器的投入在逐年增加。从资金占用上看，设备通常占学校固定资产总额的三分之一左右，部分学校由于资金短缺，教学、科研急需的实验仪器、设备不能及时维修更新，造成设备、仪器等教学事故频频发生。从学校设备管理角度来看，有的学校设备管理混乱，管理和监督机制未落实，没有动态管理手段，没有一套行之有效的管理制度或是有章不循而增加了设备损坏的可能性，有些甚至危害到了师生的安全，这些都构成了校园的设备设施危机。

2. 设备设施危机的类型

（1）设施不健全。设施完善化是为校园安全危机提供的物质保证。学校必须设置消防给水管、消防箱等设备，相应配足消防指示灯、消防标志等配套设施，如果楼梯进出口设有安全封闭铁门，必须实行24小时值班制度。

案例20　学校灭火器成"古董"

在海珠区赤岗某中学，有两幢教学楼居然没有安装专门的消火栓。只在每一层楼的两边走廊上象征性地各装了一个灭火器。在该校的综合楼，墙上挂的灭火器面目模糊不清，灭火器的按钮和导管已经不知所踪，仔细辨认这个看上去显得很"沧桑"的灭火器上的日期，发现竟然是上个世纪80年代的"古董"。

（羊城晚报，2002.10.10）

学校消防设施不健全或没有消防通道和消防设施，一旦发生火情，后果将不堪设想。校园建筑物消防设施还要注意维护，数量及功能应符合需求。教职员工要随时注意防火，定期演练逃生及灭火要领。

（2）设备不更新。由于招生人数在逐渐增加，实验室的开发率也在逐年提高，实验对仪器设备提出了更高的要求。有些学校由于维修经费不足，仪器设备无法改造、维修和更新换代，使得部分实验室只能沿用内部部件老化、性能衰退的仪器设备为学生做实验，实验事故就会时刻威胁着学校的发展。

案例21 物理课实验电池爆炸

一天，初中二年级（1）班的同学们纷纷跑进实验楼，这节物理实验课，实验内容是电能、磁能的转变，需要1号干电池。物理教师讲了实验内容以及具体的实验操作规程后，学生们便动起手来。曹某和其他同学一样，认真地将1号电池装在实验器材的电池仓里，并按照老师讲述的操作规程认真地检查了每一个元件及线路，当他认为整个实验装置已安装无误时，便轻轻地按下电源开关。就在曹某按下电源开关的一瞬间，电池仓里的两个1号电池发生爆炸，一块电池碎片击中曹某的左眼。

（河北法律网，2008.06.27）

（3）设施不安全。学校设施如果长年累月不加以维修，就会存在一定的质量问题，会对教职员工和学生的安全存在威胁。如果学校提供的教学设施条件不能保证学生安全，一旦发生学生人身伤害事故，学校必须承担相应的赔偿责任。

案例22 玻璃脱落致残

2007年3月13日下午课间休息时，在兰州市某中学上初二的魏某在操场玩耍，经过该校教学楼下，恰巧教学楼三楼某教室一靠窗坐的学生开窗户，因窗玻璃固定不牢，造成玻璃脱落，孩子面部被严重划伤，血流不止，经医院诊治，伤口愈合后留下永久疤痕，经鉴定构成9级伤残。

（甘肃日报，2007.10.15）

这是学校由于管理疏漏，对玻璃安装不牢而导致的危机事件。法律上通常把这类在学校负有管理责任的校舍、场地、其他教育教学设施、生活设施内发生的，造成在校学生人身损害后果的事故，称之为学生伤害事故。学校负有保证教育设施安全、保证学生安全的义务。

3. 设备设施危机管理

（1）制定切实可行的管理制度。设备设施管理应由总务处制定"统一管理，分户立账，专人负责，损毁赔偿"的制度。所谓统一管理，就是统一购进和调整，统一登记立账，统一分配发放，统一发放标准，统一规定借用或核销、报废制度。所谓分户立账是指设备发放给使用部门后，由使用部门建立分户卡（一式两份，总务处和使用单位各一份），每学期总务处根据物品变动情况，进行一次核对调整。所谓专人负责，指各部、处、室、班、舍等，都要实行定人、定物、定保管"三定"责任制，谁损坏谁赔偿，集体损坏集体赔偿。

（2）成立负责全校设备的维修和保养的机构。随着科学技术的进步，老设备需要维修，而高质量、高性能的新设备需要高素质、高技术水平的专业人员去保养和维修，这样才能延长仪器设备的使用寿命。学校还应鼓励实验技术人员自己动手修理，这样既提高了实验技术人员的技术水平，也提高了仪器设备的使用率，又为实验室节约了大量的实验费用，一举几得。

三、相关的法律法规

《中小学幼儿园安全管理办法》（节选）

第十八条　学校应当建立校内安全定期检查制度和危房报告制度，按照国家有关规定安排对学校建筑物、构筑物、设备、设施进行安全检查、检验；发现存在安全隐患的，应当停止使用，及时维修或者更换；维修、更换前应当采取必要的防护措施或者设置警示标志。学校无力解决或者无法排除的重大安全隐患，应当及时书面报告主管部门和其他相关部门。

学校应当在校内高地、水池、楼梯等易发生危险的地方设置警示标志或者采取防护设施。

第三十二条　学生在教学楼进行教学活动和晚自习时，学校应当合理安排学生疏散时间和楼道上下顺序，同时安排人员巡查，防止发生拥挤踩踏伤害事故。

晚自习学生没有离校之前，学校应当有负责人和教师值班、巡查。

第六章

学校公共关系危机及其管理

对于学校来说，公共关系危机管理的对象不仅包括了内部的师生员工，也包括外部的家长、政府、社区、媒体等。当危机来临时，要处理好复杂的内外个体与组织之间的关系。其中，作为学校发布讯息、影响社会舆论的工具，媒体在危机管理的过程中发挥着重要作用。在信息时代的今天，如何充分利用网络媒体，也成为学校危机管理的一项重要课题。

第一节 学校公共关系危机

在危机事件的整个发生与发展的过程中，公共关系管理是其中的关键环节，这包括了学校与各个危机管理部门、当事人及公共关系危机管理小组之间的内外关系协调，例如教职员工、学生、家长、政府、社区、媒体等等。学校在危机事件发生过程中及前后的表现，以及对各种利益关系的权衡会直接或间接影响到学校的声誉，同时，公共关系管理水平的高低也决定着学校危机事件管理和组织工作质量的高低。

一、学校公共关系危机的含义

公共关系是社会组织与其相关公众之间的关系，是组织运用信息传播手段，树立良好形象，以得到公众理解、信任、支持与合作而进行的一种活动。具体到学校公共关系，即指学校运用信息传播手段，为学校树立良好形象，以服务于教育教学和管理的一种活动。作为学校管理的一种职能活动，它有四个基本要素：行为主体是学校；行为客体是相关公众，即与学校有关系的个人、团体，具体可包括学校的教职员工、学生及其家长、政府、社区、媒体、特殊公众等；行为内容与手段是信息传播，具体是关于学校的自身状况和形象；行为目的是塑造学校的形象，从而协调好与公众的关系，为学校的运行和发展求得一个良好的内部环境与外部心理环境。（钟祖荣，1995）

（一）含义

学校公共关系危机是指危及学校组织利益、形象和声誉等的突发性事件或灾难性的事故，这些事故可能打破学校平时正常、有序的运转状态，使学校的利益和声誉受到损害，甚至遭遇生存危险，从而不得不面临和处理的一种紧急状态。

学校公共关系危机大致可分为两类：一是由学校危机事件引发的公关危机；一是由公关管理不当引发的危机。对于前者，学校能较为明显的感觉到公关危机的状态，因为媒体与公众会给予学校一定的舆论压力。而对于由公关管理不当引发的危机，一些学校并不那么敏感，直至学校面临责难，甚至倒闭时，才恍然大悟。

（二）判定标准

一般使用"公关三度"来判定学校公共关系的危机状态，即"知名度、信誉度和美誉度"是衡量学校办学质量与水平的尺寸，而这个指标本身就是公共关系状态好坏的体现。（刘海生，2003）以"公关三度"为尺寸对学校进行划分，就可以把学校定义为四种类型，由此也可以看出每种类型的学校所面临的发展问题及公关目标。

具体方法是根据一所学校的知名度、信誉度和美誉度在管理实践中的不同构成，将学校在公众心目中的形象分为四种状态（图6-1），即A型"双高"状态；B型"低高"状态；C型"双低"状态；D型"高低"状态。

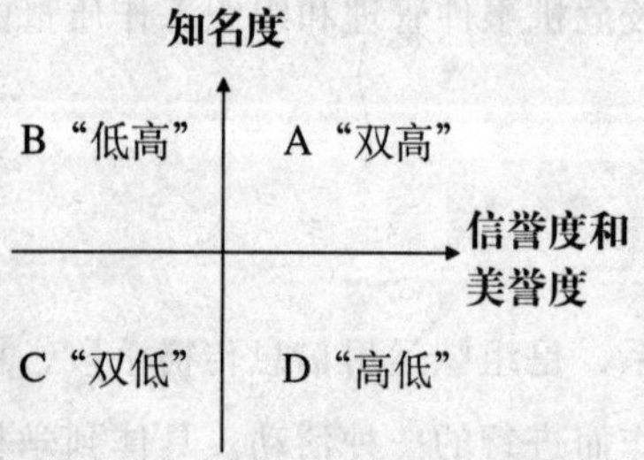

类型	基本特征
A双高	高知名度，高信誉度和美誉度；理想状态
B低高	低信誉度和美誉度，高知名度；不良状态
C双低	低知名度，低信誉度和美誉度；起始状态
D高低	高信誉度和美誉度，低知名度；潜力状态

图6-1 公关三度

当学校处于 A 型理想状态时是最佳的公共关系状态，在实践中往往表现为名校或优质学校，处于良性的发展轨道。但此类学校美誉度的压力很大，因为在公众注视下，学校组织及人员需要更加细心谨慎地维护自己的声誉。当学校处于 B 型最不理想状态时是最差的公共关系状态，在实践中往往表现为薄弱学校。处于这种状态，学校管理者应先降低负面知名度，彻底纠正学校的各种问题，努力提高办学质量和效益，逐步改善学校声誉，重塑自身形象。当学校处于 C 型状态时是公共关系的起始状态。在这种情况下，学校管理者要注意先完善学校自身的形象，提升教育质量，努力提高学校的美誉度，同时注重加强教育策划与公关宣传，扩大知名度。当学校处于 D 型状态时是一般较为安全和稳定的潜力状态。由于美誉度是良好形象的基础，因而处于这种公共关系状态的学校具有良好的形象推广基础，缺点是知名度低，需要学校管理者把公关重点放在提高知名度上，以扩大其美誉度和社会影响面。

（三）基本特点

学校公共关系危机的基本特点：第一，突发性。事前没有任何征兆，令学校猝不及防，一下子陷入非常被动的舆论压力和困境之中。第二，普遍性。危机的法则是任何能出错的都会出错。在学校公共关系中要注意可能导致危机恶化的所有问题和环节。第三，严重性。学校发生危机通常都是一种公众事件，学校在危机中所采取的各种措施都会即刻遭到公众和舆论的审视，并将被人们记住。因此，危机事件本身可能已经对组织造成一定的严重影响，若学校在公共关系上处理不当、应对不力，轻则酿成与媒体、公众的纠纷、冲突甚至对抗，重则对组织形象及品牌信誉造成毁灭性打击。

二、学校公共关系危机的类型

当学校遭遇危机，面对可能的公众压力时，通常采取的解决办法是：对内封锁危机消息；对外拒绝媒体采访；掩盖真相；说谎；推卸责任等等。在社会各界对信息知情权越来越关注的时代，学校危机管理在处理公共关系时，要避免采取回避的方式，应该采用积极、主动发布信息的方式，以正视听，防止不利于学校的流言的传播。学校一旦掌握了处置危机的主动权，及时发布正面信息，就能将公众的注意力引向有利于问题解决的方向。反之，媒体与舆论不仅可能使一般的教育事件上升为危机事件，也可能使危机事件的严重程度进一步加剧。

（一）一般教育事件上升为危机事件

发生危机并不是一件可怕的事，可怕的是封锁危机信息。公众获取信息的途径分为两类，一类是大众传媒，另一类是人际传播。前者是开放性的社会舆论，主要形式有电视、广播、报纸、网络等；后者是隐蔽性的人际舆论，主要形式就是传闻和谣言。（朱力，2003）在突发事件产生时，人们自发地倾向于相信人际传播获得的信息，而怀疑大众传媒的信息。原因在于传闻与谣言能够满足人们的好奇心和自我满足的目的。同时，当突发事件的事实消息模糊，媒体与公众都得不到完整信息的时候，就容易滋生传闻与谣言，一旦形成泛滥，那对学校造成的不良影响就是严重的。

案例1　中学生舔痰事件

2007年上半年在全国范围内传得沸沸扬扬的"高中生舔痰事件"是媒体传播影响学校危机处理十分典型的案例。直至笔者撰文，已经可以在类似百度和谷歌（Google）等网络搜索引擎上查询到数十万条相关信息，其中包括了大量网民评论，同时也有各类报纸、杂志、电台对此事件进行深度与追踪报道。（具体案例内容见第四章第一节。）

这起事件从学校角度来看，无论是政教主任对学生违规行为的处理，还是学校按相关规定对学生进行劝退，这本身属于学校管理学生的一般教育事件，但通过媒体报道对事件的事后干预，和家长向法院提起的上诉，将一个校内教育事件，演化为一个社会舆论关注的法律事件，甚至是关系到学校形象、名誉的危机事件。但从另一个方面来说，传闻和谣言是无法禁止的。因为，从主观上来说，公众对于涉及公众利益的信息拥有知情权；从客观上来说，只要有突发事件，人们就有获知信息的需求，那么传闻和谣言就有传播的空间。因此，一旦危机发生就不可避免会有传闻和谣言，但是，如果学校做到积极主动地发布正面的事实信息，就可以在一定程度上抵制传闻和谣言，从而将事件对学校的负面影响化解到最低。

（二）危机事件进一步加剧

学校如果对已经发生的危机事件轻描淡写，或者干脆说谎，甚至推卸责任，那将使得危机加剧恶化。在危机处理中，无论是与媒体打交道，或者是向公众解释，最忌讳的就是说谎和推卸责任。

案例2　中学女生自杀事件

2007年1月《中国质量万里行》杂志刊登了一篇名为《少女自杀老师鼓掌续：证据显示班主任说谎》的文章，记述了某中学女生遭班主任拒绝其考试后自杀，女生父母在事发后三次上诉将学校告上法庭：民事赔偿诉讼、行政不作为诉讼和鼓掌事件诉讼，前后历时一年，然而三次均告失败。其中的"鼓掌事件诉讼"的对象指的是女生所在中学的教师、学校领导和部分旁听的教育局官员，在女生家长第一次诉讼失败后当庭鼓掌、喝彩。虽然法院对女生家长的起诉中止审理或驳回，但媒体认为学校和教师对女生自杀的真正死因有所隐瞒。由于得不到学校方面的正面回答，于是《中国质量万里行》杂志通过对家长和在校学生的明察暗访，分别于2006年7月、8月和2007年1月先后刊登了3篇关于此事件的连续报道，同时指出了女生所在班级的班主任说谎的证据。

这个案例中，由于女生已经自杀，班主任和女生家长各执一词，所以法院以证据不足中止了审理"民事赔偿"的诉讼，并驳回了家长关于学校"行政不作为"和"鼓掌事件"的诉讼。但是，媒体的调查和报道则向公众展示了学校和班主任在"女生自杀事件"问题上的许多疑点。从事发到家长上诉，学校一直采取了回避媒体的冷处理方式，这种息事宁人的态度是可以理解的，但是家长上诉引起媒体广泛关注后，学校依旧不正面回应媒体的采访，反而被媒体发现班主任教师在法庭上说谎的漏洞。可以说，该校在处理此事件的媒体沟通问题上是失败的。学校被告上法庭已经构成危及学校名誉和形象的事件，但由于学校的说谎与推卸责任，反而引起媒体的极大关注并连续追踪，使得危机事件的严重性进一步加剧。

因此，对于学校的危机管理而言，最重要的课题就是如何在负面消息充斥与攻击的状态下做好恢复工作，妥善运用危机沟通策略，通过媒体与公众进行沟通，进而对学校已受损的形象进行修复，将损害降至最低。

三、学校公共关系危机的成因

尽管针对学校公共关系的研究在国内已有10多年的历史，但对不少学校来说，"公关"仍然是一件新鲜事，这使得学校在对学校公共关系的认识和管理上，存在着种种误区，这些误区的存在又往往导致学校在处理危机事件上的不当行为，甚至恶化了危机事态。

（一）公关只是企业的事

一些学校之所以将公共关系管理视为可有可无，主要是将"公关"与"推销"、"买卖"划上等号，认为学校是培养人才的地方，不能与商业活动相提并论。这种认识没有将学校作为一种社会组织来看，事实上学校的发展是离不开社会中其他组织、单位与个人的。同时，也有不少学校在管理中已经不自觉地运用了公共关系的管理，但却没能有意识、有计划地开展整体性的公关活动，从而错过树立学校形象、提高学校声誉的良机，也缺乏系统的公共关系危机管理计划。

（二）公关只是领导的事

这种认识往往来自于学校内部，教职员工和广大学生并没有认识到自身在公共关系管理中的作用和意义，一定程度上反映出学校对于内部公共关系管理的忽视。校长和学校领导固然担负着公关的主要任务与责任，但成功的公共关系管理是一种全员参与意识的体现，尤其是在公关危机事件发生的时候，除了学校外部组织的支持，也往往需要借助教师甚至学生的社会关系来帮助缓解危机事态。因此，重视调动普通教职员工和学生的公关积极性，发挥内部公共关系的作用，有助于提高学校处理公关危机事件的能力与功效。

（三）公关就是宣传

许多学校在处理公共关系的问题上，比较缺乏新意，仅仅停留在"宣传"的层面上，宣传是公关的一部分，但不是公关的全部。在公共关系危机处理中，这就表现为急于维护学校形象而发布不真实的信息，甚至向公众说谎，却往往起到反作用。因为，当今公众获得信息的渠道是多元的，媒体的审判力量亦不容忽视，学校如果隐瞒真相、言过其实，甚至说谎，一旦由学校以外的个人或团体公布了事实，就会导致更加严重的后果。

除此以外，不少学校也将公关视为一种事前或者事后的"打招呼""跑关系"。具体到危机管理中，往往表现为忽略危机事件过程中的公关管理，而花费更多的精力、物力、财力协调事前与事后的部门或人员之间的关系。学校在危机事件发生前与政府、家长、社区等建立起良好的合作、信任、互助关系是必要的，事后对这些关系的维护、改善、评估也是必需的，但在事件发生过程中，面对公众舆论的关注时，学校若能采取有效得当的公关策略与措施，不仅能适时控制事态恶化，也常会起到事半功倍的效果。

因此，公共关系危机管理对学校来说是不容忽视的；树立学校形象，维护学校声誉的公关意识也是每一位学校成员必须具备的；拥有对于公共关系管理的全面深入理解，不仅有助于学校的日常人际网络与内外环境的良性发展，也有利于学校形成应对突发危机事件的能力与策略。

案例 3 中学学校名誉危机事件

1. 案例简述

2001 年 8 月，中央某大报发表了一篇名为《破解"××神话"》的文章。这篇本意称赞××中学的文章披露的一些材料，在教育界人士看来却是"应试教育的典型做法"。文章发表之后，××中学境地尴尬，很多北京、上海大城市的优秀中学都没什么反应，而许多县级中学却要来学习。

2001 年 8 月末，网络上热传着一篇名为《××中学：我的地狱生活》的帖子，作者自称是从××中学毕业的校友"小罗"，称母校为地狱、集中营。

2001 年 9 月末，《南方周末》发表了一篇名为《××中学"神话背后"》的文章，就前两篇文章所引起的广大反响，及记者实地采访后的体会与感想，对××中学的教学方式做了解读。

2001 年 10 月初，"小罗"通过《南方周末》澄清了一些关于网络帖子的事实，并向母校道歉。

2. 各方态度

校方：首先，××中学的校长唐校长表示，校方大概知道"小罗"是谁，但他并不想谴责这个学生，认为学生就像是自己的孩子，父母是不会怪罪自己孩子的。其次，唐校长指出"小罗"的看法只能代表他自己，而并非主流，因为网上大部分的评论显示绝大部分的校友还是热爱母校的。再次，唐校长强调，××中学不仅不是应试教育的典型，而且是素质教育和创新教育的典型。同时，唐校长也承认，××中学的学生与大城市中学的学生相比，自由时间要少得多，压力也大得多，但是这不是学校的问题，是社会问题，因为同一所大学在大城市的录取分数线比起湖北省的要低多了。

校友：自称××中学毕业校友的"小罗"表示，网络上盛传的《××中学：我的地狱生活》的作者并不是他，是有人剽窃后篡改的。他的确在一个很小的网站上发表了一篇《我在××中学的日子》，主要是出于对那篇赞扬××中学的文章表示不满，因为××中学的许多做法的确是应试教育典型。但是"小罗"也同时承认自己个别地方用语欠妥，言辞激烈，其实在中国许多学校都存在着应试教育，并且向母校表示道歉。

媒体:《南方周末》的记者特地走访了××中学,要求在校随班上一天的课。记者发现唐校长虽然吃惊,但是很爽快地同意了。记者在高二某班的寝室和课堂中度过一天后发现,××中学并没有人们想象的那么苦,学习上也并没有任何特殊安排。于是,记者指出,××中学实施的是大多数中学都在实施的一种教育,而且是这种教育模式中的佼佼者。假如一定要说××中学是地狱,那么整个中国80%以上的中学也都是如此。同时,记者还发现××中学除了课堂教学以外,还有许多学生活动,例如××中学的足球活动很有特色,学生们自由组合成立了很多球队,每年学生会体育部组织承办"俱乐部杯足球赛",一赛就是两个月,是校园的盛事。而且,××中学还拥有2份水准相当高的刊物,刊登了不少质量颇高的学生时事和文学评论文章。

公众:

"的确,××中学的教育方式在我们看来有些近似荒唐,但在整个应试教育的大环境下,××中学……怎么可能跳出这个框框?"

——芳芳

"我在北京上学的时候,看到他们的中学生晚上根本不用上自习,很是羡慕。可是有什么法子呢?人家分数线比你低多了。"

—— wsynx

"平头老百姓只能靠读书才能跳出农门……××中学很多老师也一样是从农村背景出来的。高考是决定很多人一生命运的,很多老师亲身经历过,所以才希望学生努力。"

—— noonoo

"我从××中学保送到北大读书,在这方面应该感谢这个中学,可是从感情上我真的一点也不留恋她,……我很痛惜我的青春年华就这样压抑而苦闷地一挥而过。"

—— jackchang

"××中学不是地狱,生活本来就是一个吃苦奋斗的过程,吃得苦中苦,方为人上人。"

——ct7030

"我不是××中学的,我只想说,类似的情形多的是。我们中学的校长在大会上的名言是：要把学校建成模范监狱。"

——yuyuishiye

　　这个案例是典型的学校形象和名誉的危机事件，中央某报对××中学的赞扬，显示出了政府、部分媒体及兄弟学校对该学校教学质量一定程度的肯定，但并没有得到公众舆论的广泛认可。昔日校友通过在网上发帖的形式，表达了自己对于母校实行应试教育的不满，而此文又经过网民的剽窃和篡改后，引起了极大的社会反响。《南方周末》作为一份具有一定影响力的报刊，对××中学进行了实地走访与调查，并广泛听取网上网下的公众反馈，先后撰文2篇，对××中学的教学方式进行了重新解读。

　　××中学因其本身的首屈一指的高考重点大学录取率而远近闻名，中央某报对此"称赞式"的报道引起了公众对"应试教育模式"的讨论，可以说此处媒体为公众设置了一个讨论议题。由于该议题受到广泛关注，并且褒贬不一，因此在这样的情况下，"小罗"校友的一篇网文的扩音作用，进一步对学校的媒体与公众形象产生了不良的影响，使原本已经处境尴尬的母校，更加雪上加霜，面临更多公众与媒体的负面评论。《南方周末》报记者在实地走访××中学后，给出了一个有利于学校的报道，这很大程度上取决于××中学良好的媒体沟通态度和效能。首先，××中学的唐校长对于《南方周末》的采访采取了积极、坦诚与合作的态度，不仅表明了学校对此事件的立场，对"应试教育模式"的看法，强调这不是一两所学校的问题，而是一个社会问题，或者说是中国教育的问题。同时，唐校长也实事求是地向记者展示了学校在素质教育方面的成果，并允许记者亲身体验一天学校生活。这些做法基本上获得《南方周末》对于学校的正面评价，并且也通过《南方周末》获得了"小罗"校友的公开道歉。

　　因此，总的来说，学校的媒体沟通是成功的，校长接受采访的态度是坦诚的，对记者的要求也给予充分配合，在展示学校形象的同时，也对昔日校友表现出了宽容的姿态，这都一定程度地挽回了学校的声誉，并将媒体与公众的注意力从"××中学"转移到了"应试教育"本身。

　　所以说，对于身处信息时代的中学校园而言，应该在危机处理过程之中，或者危机事件处理之后，运用恰当的公关策略做好媒体与公众的沟通工作，以此来控制危机事态的扩大与危机事后的影响。从而使公关渠道成为解决或者预防危机的手段，而不是成为危机进一步恶化的催化剂。

第二节　网络环境下的学校公共关系危机管理

如今的网络媒体已经成为媒体中的强势，尤其是在中国，网络媒体极大地改变了中国公众的阅读模式，网络媒体是继电视媒体之后又一具有极大发展前景的强势媒体。因此，在危机的公共关系管理过程中，不应忽视网络媒体的重要作用。这一节将重点讨论出现危机时，特别是网络媒体引发的危机时，学校该如何积极应对。

一、活跃的第四媒体

20 世纪最伟大的发明之一无疑是互联网络，同时，依托互联网技术应运而生的网络新闻，成为继报刊、广播、电视之后的"第四媒体"。自从 1994 年 4 月 20 日，中国正式接入互联网，网络媒体在短短的 15 年间极大程度地改变了人们的阅读模式，成为了继电视媒体后又一极具发展前景的强势媒体。它不仅在中国新闻传播领域引起了一场变革，同时也对社会各个层面产生了不可估量的影响。

（一）网络媒体的含义

网络媒体，即网络新闻媒体，是以通过互联网构建的传播平台来报道新闻的传播机构。网络媒体相对传统媒体的优势在于，它作为一种多媒体，集合了现有所有传播媒体的优点。同时，基于互联网自身多元化、数字化、全球化的特点，网络媒体也有自己的独特之处。（谭德礼，2006）

第一个特征是巨大的信息存储。由于借助于互联网的数字化平台，网络媒体拥有无限的信息存储空间，一个数据库就可以把累积的相关新闻，包括以往与新近的文字新闻、图片、音频、视频等资料长久地保存起来。虽然网络信息来源众多、储存量巨大，但是由于相关的网络技术的支持，可以自动将相关信息归类、整理、链接，方便人们随时查询自己需要的信息。因此，对于新闻报道而言，不仅巨大的信息库可以帮助记者获取更多新闻源，同时，网络搜索引擎所链接的丰富相关信息，也方便记者进行更为深度的报道。

第二个特征是即时的高效互动。网络媒体与传统的报纸媒体相比，不存在出版、印刷和版面的限制，同时比广播和电视媒体更具时效性，可以说是占据了时间和空间上的优势。一则通过互联网发布的新闻，只要几秒钟就可以遍及全球，这样的传播范围超越国界，甚至是在缺乏有线技术支持的沙漠或者高原地区，也可以通过卫星移动电话联网传播。

网络媒体的概念，正如英特尔公司副总裁肖恩·马洛尼所说："互联网是虚幻的第七洲，在这里，每个人只需敲几下键盘就可以了解到世界上所有知识。"

（二）网络媒体的传播特点

基于网络媒体拥有传统媒体所无法比拟的巨大信息量和瞬时传播速度，因此网络媒体在传播势头上比传统媒体更具冲击力。同时，在舆论导向性上，由于网络媒体的限制性小，因此在新闻报道的对象范围与报道频率上，完全依据大众的需要而定。总的来说，网络媒体具有以下的传播特点：

首先，负面报道多于正面报道。传统媒体由于篇幅和舆论导向的限制，即使知道社会上的负面新闻，出于对新闻严谨性的要求，对于负面新闻的报道范围和程度都有限，而网络媒体则没有这两个方面的限制。同时，网络媒体是基本或完全市场化，它的新闻顺序完全按照观众的关注度和点击率来排列，所以在网络媒体的首页、头条等显要位置往往是一些"坏消息"，而且近年来大部分负面新闻，尤其是小道消息，都是通过网络媒体而不是传统媒体发布的。

其次，新闻的复制与放大。传统报刊转载其他报刊文章所要经过的手续，网络媒体只要拷贝即可，甚至系统可以自动拷贝、下载、转发。也正是由于网络媒体复制手续的便捷，新闻传播速度也快。原本只是一个小地方的报道，经过新浪网、人民网等具有全国影响力的网站转载后，便会立即成为全国性新闻。同时，高频率的发布和转载易引发新闻的"二次传播效应"，关注频率高的新闻往往会引发其他媒体和网站的跟进。于是，新闻经过一系列的复制、放大与多次传播后，其影响力会增强许多倍。

再次，新闻影响的可补救性。网络媒体的复制和转载容易，更改和删除也容易。网络媒体的新闻是可以删除的，即使不能删除，也可以改变新闻的位置。从网站首页撤到一个频道的首页，再撤到栏目的首页，最后撤到最低层，每撤一次，它的浏览量就会削减 $1/20 \sim 1/10$。因此，网站只要删除新闻或者改变位置，就能够减少新闻报道的影响力和关注度。

二、网络媒体对学校危机管理的影响

在对突发事件的报道上，网络媒体以其综合性的报道方式，以及不同于传统媒体的覆盖性传播范围，发挥着巨大的媒体影响力。学校在进行危机管理的媒体沟通过程中，网络媒体是一个绝对不容忽视的对象。

（一）传播方式

与传统媒体平铺直叙的报道方式相比，网络媒体在对突发事件的报道操作上有着独特之处，正如网络媒体特有的超文本构建的链接一般，网络媒体报道具有层层"褶皱"。我们所熟悉的传统媒体在报道突发事件时，往往给公众一种报道的"平滑"感。首先，传统媒体对需要阐述的突发事件给予相当规模和理性化的报道和解释，同时，传统媒体也可以通过邀请专家撰写社论或者发表评论来牵制大众的观点，再次，传统媒体也能够自由延续或中止媒体本身对突发事件的后续报道和深度思考。因此，公众或多或少能感觉到思维被媒体所牵引。

而网络媒体由于受到网络文化环境的影响，在报道突发事件的操作上给公众一种"褶皱"感。首先，网络媒体非常关注突发事件所产生的巨大社会影响力，于是，总是在第一时间就容纳许多关于突发事件的信息，但是在对于信息的选择上没有传统媒体那么理性和谨慎。同时，网络媒体并不制造舆论导向来牵制公众，相反它对于网民意见极具包容性。因此，网络媒体给予公众十分广阔的信息源，让公众根据自己不同的需要来选择阅读和评论。但是，由于网络媒体缺乏引导性，而且公众文化层次不齐，因此会使许多公众迷失在巨大的信息网络中，分不清哪些是关于突发事件的真实信息。因此，在纷繁复杂的信息网络中占据信息源的主导地位，对学校危机管理者来说是一大挑战。尤其是当负面或虚假信息已经充斥网络时，如何对它们进行稀释与过滤，并引导媒体与公众关注学校的言论、信息与作为是极为关键的。（徐岚，2004）

（二）报道方式

网络媒体相对于传统媒体的优势在于集合了现有所有传播媒体的优点，形成独具特色的高度民主整合的报道方式。人们可以通过报纸杂志阅读文本，通过电台收听新闻，通过电视观看有声报道，而网络媒体则可以整合所有这些报道方式，网民可以阅读网页文本，同时收看网络视频。在运用多种报道方式全方位报道新闻的同时，网络媒体也利用其互动性特点，使网民能够对新闻发表评论，甚至参与网上的即时讨论与问答。例如网络演播室，就某一个主题邀请嘉宾探讨，同时开通网上视频现场报道，而网民则可以参与网上的即时聊天与嘉宾互动。

网络媒体的这种高度整合视频与文本的报道方式，在报道突发事件的时候可以说是极具冲击力与覆盖率。因此，学校需要应对的不仅是文字报道，也要运用各种方式应对通过视频和网络即时互动等渠道的报道。危机事件发生以后，学校除了可以通过报纸、电视等途径发布官方信息和声明，也可以在学校官方网站或者权威门户网站发布信息，必要时也可以接受网络媒体的采访、聊天，回答网民的各种问题，以正视听。

（三）舆论环境

如果高度整合的报道方式是网络媒体相对于传统媒体的优势，那么强大的"观点市场"就是其特色所在。这里的"观点"指的是"网民的观点"，"市场"则是各大小网站设置的电子论坛和众多的留言框。网民在网络上拥有发表个人意见的庞大空间，这造就了自由活跃的观点市场。但是，由于网络的低门槛，便于发表和转载文章或网民评论，这使读者在对事件有全面了解的同时，也造成了垃圾信息的传播。因为，突发或危机事件的敏感度远远超过日常事件，一旦网络上传播了过多相关的垃圾信息，则非常容易对人心和社会安定带来威胁或危害。同时，阅读不实报道后发表的言论容易对新闻中的当事人或当事方造成巨大的舆论压力。学校在危机管理的过程中，危机事件一旦在网络上发表，并引起网民的极大关注，巨大的市场观点和舆论压力会给学校处理危机带来极大的不良影响。

案例4　中学辱师事件

1. 案例简述

2007年5月25日网络上广泛流传了某职业中学某班的视频，视频的内容是学生小李在课堂上公然摘去正在授课的张老师的帽子，并向老师喷水。这段视频在网络上迅速流传开来，并同时引来无数网民的关注和愤怒的留言。第二天，学校门口有十几家媒体和网站记者围堵，众多网友通过电话、QQ批评或质问该学校的校长和视频的当事同学。网络上的一则视频使得当事同学乃至整个学校，陷入了前所未有的困境之中。

2. 各方态度

校方：该学校的校长和老师对这起网络和视频引发的危机事件都毫无心理准备，因此，在一开始认为"视频不是真实的"。该校的一名女教师在接受新闻媒体采访时表示，职业学校的学生上课时睡觉、小动作、走动、说笑是常有的事，老师的苦口婆心往往只能换来学生的嘲笑，时间长了，老师自己也都麻木了。

学校校长表示，不能因为一段视频否定整个学校和所有同学，希望学校恢复正常的教学工作。在事件发生一周后，学校停课一节，举办了一个名为"尊师爱生"的全校会议。与会的除了该校所在的地区教委领导，还有老师和学生代表，在学校领导的主持下，所有涉及视频事件的学生向张老师鞠躬致歉，同时，全校学生通过广播收听了现场直播。

同一天，在该学校的官方博客上出现了一则声明，表示学校已经彻底调查了该事件，并对相关当事学生做了一定的处分，学生们也对老师表示了诚恳的道歉。同时也指出这样的现象不只是在该学校存在，希望各学校都能引以为戒，加强对学校的管理。并以学生的名义，通过电子邮件的形式，向新闻媒体发出了致歉函、一篇学校提供的新闻素材稿，以及学生向老师道歉的图片。

学生：事发5天后，小李的同学小胡在自己的博客上对留言责骂的网友解释说：现在艺校都是这样，那天同学们是玩过了头，只是想开个玩笑，并不是恶意的。

小李在事发10天后参加了一档电视节目，在节目中解释说："那天友人拿着手机拍照玩，几个人就有了作秀的心理，没想到后果会有这么严重。"并表示向张老师和全社会公开道歉："我错了，对不起，请老师原谅，给学校带来不好的影响，对不起大家。我希望能恢复到正常的生活中，希望大家能给我和我的同学一次机会，我保证这辈子再不会发生这样的事了。"

教师：张老师平时不用电脑和手机，他是在事发6天后在学校教务处的电脑上看到了流传在网上的视频："……我教了一辈子书，从来没上过什么电视台，今天算是让人家都知道了。我是老师，这节课出现了这样的事情，我也有压力，但我不想把这个责任推给别人。"

公众：视频在网上流传的当天，就有几百人在发布视频同学的博客上发布了愤怒的留言，第二天就有许多群众围堵在学校门口。学校办公室内的电话在事发后的许多天内都响个不停，打电话的什么地方的人都有，有的甚至是国际长途，电话内容只有一个，就是声讨视频当事学生和学校。

这个危机事件，无论从事件本身的发生，还是从学校对危机事件的处理上，都可以说是一个典型的学校应对网络媒体的案例。

就危机事件的发生来说，学生小胡在发布了网络视频之后的3小时内，就引发了网络上的迅速传播和巨大的网民回应率，而在事发的第二天，各大网络、报刊杂志媒体和许多网民就围堵在学校门口，造成危机事件，影响了学校声誉及日常教学工作。其发生速度之快、反响之强烈是学校始料未及的，充分反映出了网络媒体对于促成突发事件的影响力，以及强大的"网络观点市场"进一步加剧危机事态的冲击力。

在学校应对危机事件的处理上，有值得借鉴的地方，也有需要引以为戒的教训。首先，学校平时没有做好应对网络媒体的预防工作。虽然，同学小胡在发现自己的视频引起巨大网络反响之后，立即删除了视频和日记，但是网民通过其博客链接到了其他同学的博客，并发现了这个班级之前也有类似的情况。这说明学生利用手机拍摄视频并上传网络不是第一次，但学校对此并没有引起重视。如果学校在平时的管理工作中，做好网络预警工作，定期上网搜索与学校有关的内容，特别关心学生的博客，也许可以在早些时候就能发现相关网络视频，及时制止和预控就不会导致后来事件的突发与恶化。

其次，在应对这次危机事件的过程中，校方在一开始并没有引起重视，认为网上视频是耸人听闻，对于学生发生类似"辱师事件"也表现出麻木的态度。这致使学校在危机处理的初期，在媒体沟通问题上处于被动，大量不利于学校形象和进一步恶化事态发展的新闻在网上流传开来，并且学校的不承认与不回应的态度也加剧了公众的愤怒情绪。如果学校有相当的危机意识，认识到此事件对学校形象的危害，并以积极正确的态度进行正面回应，迅速采取媒体沟通行动，那至少可以使事态得到一定的缓和。

学校较为积极的处理出现在事发后的一周，学校召开了一次学校内部的"尊师爱生"的会议，并及时在学校的官方博客上发表了声明，并通过电子邮件的形式向新闻媒体发出了致歉函，并提供相应的新闻素材稿和学生向老师道歉的图片。同时，与事件相关的学生也在自己的网络博客或者相关的媒体采访节目中，表示了自己对此次事件的悔意和改过之心。从处理效果上来看，充分、诚恳、低调的回应基本实现了有效的媒体沟通，也平息了公众的愤怒情绪，转移了大众对于此事件的过分关注，从而使学校回归到正常的教学工作中。

三、学校应对网络媒体的注意事项

在了解了网络媒体的一些传播特点及其对学校危机管理的影响性之后，有必要讨论一下学校在媒体沟通，特别是在应对网络媒体上应该注意的要点、必要的技巧及基本的危机管理运作方式。

（一）网络媒体的沟通要点

针对网络媒体传播的特点，学校在与媒体的处理关系时，要注意以下几点：

第一，预防为主。平时多做工作永远比临时抱佛脚管用。学校危机管理小组在平时应该多上网关注教育类和社会类新闻或者教师和学生的博客，如果能在第一时间阻止事态的发展，就能够化解危机突发的可能性。如果发生了危机事件，也可以争取以最快的速度掌握主动权，否则等到网络巨大的"观点市场"形成后，事态就会变得被动和难以控制。

第二，要以正确和冷静的态度进行沟通。学校管理人员在看待危机处理和沟通的问题上要做到心态平和，面对已经发生的突发事件，甚至危机事件，要做到冷静沉着。实际上，发生危机和由此引发负面报道是正常的事情，不必为此针对媒体采取非常强势的压制做法。对于已经出现的大量负面报道，不要刻意追求将新闻彻底删除，因为网络拥有的巨大存储量和链接数量是没有办法做到彻底删除的，最重要的是争取更多正面的新闻报道。

第三，注意媒体沟通的策略。首先要注意的是与有诚意的媒体进行沟通。学校危机管理小组应该充分分析媒体发表负面文章的动机，特别是当危机已经发生以后。一般有以下几种情况：出于新闻报道的理念而揭露社会黑幕、为了出名、为了炒作引起关注度。学校方面要搞清已经发布的负面信息是个人行为还是机构行为，然后选择有沟通诚意的媒体发布正面信息。其次，面对网络上已经出现的大量负面报道和网民愤怒评论，学校在堵不住的情况下，应该选择冷处理，切忌再引发新话题而推波助澜。同时，学校也尽量不要找政府主管部门做任何强行施压，因为这种做法虽然短期内见效最快，但长期来说负面影响更大。同样的，除非万不得已并且有十足把握，绝不要诉诸于法律，因为和媒体打官司只会吸引更多人的关注，不仅很难保住自己的名誉，而且更难赢得媒体的认同。

（二）网络媒体的应对技巧

首先，学校可以设立官方门户网站，作为提供正面信息和与媒体、网民沟通的平台。由于门户网站对整个网络舆论具有相当的影响力和引导作用，因此在官方门户网站的设计上要讲究冲击力和立体感。在版面和标题设计上做到体现学校特色，在内容上可以随时报道学校中的好人好事或者获得的荣誉。面对已经发生的危机，学校的官方网站应该做到最快的反应速度，最先给出信息报道，能够把握正面信息的网络占有速度和占有率，可以说是网络媒体沟通应对措施中最重要的一点。

其次，正视网友的评论。与媒体的相对理性和客观不同，众多网民的评论是情感主导型的，在危机事件中，他们关注的焦点往往不是组织处理方式的合理性，而是在面对学生和教师时所表现出来的态度。因此，学校与网络媒体沟通的时候，不能忽视网民的态度，除了要让网络媒体报道更多有利于学校危机处理的新闻，也要赢得网民的情绪支持。学校要维护好自身的名誉，就要站在大众的角度考虑问题，才有可能摆脱危机，重塑形象。

再次，学校在网络语言的风格上，除了要突出学校和教育的特色，也要注意轻松自然，亲和力强。不同于传统媒体文章的严肃和规范，网络新闻和评论文章的风格都较为大众化。学校危机管理者若想要借助网络处理危机事件，需要学会适应这一个特点。例如，在学校官方网站上发表的日常网络新闻稿，在语言上就要简洁流畅，避免用过多的长句，增加文章的可读性和亲和力。

（三）网络环境下的危机管理运作方式

与应对传统媒体一样，网络环境下的危机管理流程也包括了事前预防、事中应对和事后管理。在事前阶段，学校可以利用网络本身作为预警机制，通过网络检索工具能够很快搜索到各网站、论坛和BBS中与学校相关的信息，同时也可以通过电子邮件的形式进行学生民意调查，从而了解学生或者家长正在关心以及感到疑惑的问题，以便及时发现学生中可能存在的问题，及时解决并处理。至于在网络环境里对危机进行事中和事后的处理，可以依照传统媒体应对的一般流程：拦截、清理、稀释和转化（李莲华，2006），但要注意在运作方法上有所不同。

第一步是拦截。在危机事件发生的第一时间，学校应该态度鲜明地正面发布关于事件的信息，迅速占领网络舆论的制高点。这里要注意三个步骤，首先是要建立一个完备的危机管理网上新闻中心。学校可以设立官方门户网站，在网站上发布危机事件的概述、学校的声明及一系列危机新闻稿。在页面的设计上也注意人性化和亲和力，特别注意保证相关新闻信息和资料的下载便捷无误，同时可开通电子邮箱和危机热线，专门负责与网上和网下的媒体和群众的沟通工作。其次，在学校官网发布信息的同时，做好有效的网络媒体沟通，尽量让正面信息，而不是其他负面信息出现在重要网络媒体的显著位置，例如，网页的头条和要闻位置。再次，就是要重视传统媒体与网络媒体的配合。通常的做法是学校在必要的情况下先通过新闻发布会影响传统媒体，同时也就对网络媒体产生一定的冲击。

第二步是清理。这主要针对的是网上的负面信息。虽然拦截策略会一定程度上抵挡负面信息的传播，但无法从根本上清除它，而清理则可以通过灵活运用网络特有的沟通方式，从源头上遏制负面信息的传播，改变网民既有的一些看法。

第三步是稀释。对于学校来说，这一点比清理更为重要。为了保证学校日常教学工作的正常开展和学生的身心健康，在发生了重大危机事件之后，应将危机事件的网络影响稀释到最低。学校除了发表声明、道歉、澄清事实以外，也可以将媒体和舆论的视线引向其他方面，通常的做法是将舆论引导到更高和更客观的角度来进一步讨论危机事件所暴露的问题，以达到稀释危机不良影响的作用。

第四步是转化。将"危"转化为"机"是危机管理的精髓所在。"转化"可以体现在两个方面：一是强化危机中的正面信息，突出学校形象中积极的一面，从而提高学校的美誉度。二是将危机带来的外在压力转化为内在动力，对危机中所暴露的问题进行深刻的反省和总结，并以此为突破口对学校内部的管理工作进行整顿和改革。

第三节　学校危机管理的公共关系框架

在了解了公共关系对学校危机管理的重要性，以及如何应对网络媒体之后，本节试图为中学危机全程管理中的公共关系环节，建立一个基本的实践框架。为了实施有效的公关沟通，学校首先必须建立起一个完善的公共关系危机管理小组，在学校日常工作与危机事件突发过程的各个环节中完成应该做好的工作和担负的责任。同时，学校在危机管理的公共关系管理中需要明确一些目标、原则，并注意掌握一些技巧和策略。

一、学校公共关系危机管理的含义

学校公共关系危机管理又称学校危机公关，是指学校在公共关系理论和管理学理论的指导下，充分调动各种可利用的资源，适时运用公共关系策略、措施和技巧，预防、限制和消除危机以及因危机而产生的消极影响，来改变因突发性事件或事故而造成的学校危机局面的过程，从而使潜在的或现存的危机得以化解，使危机造成的损失最小化的一整套机制。

二、学校公共关系危机管理的对象及相应对策

学校公共关系危机管理的对象即学校与目标公众之间结成的社会关系，其中包括了学校的师生员工、家长、政府、社区、媒体、特殊公众等。在信息时代的背景下，一旦引发公关危机，学校多方公关协调、组织和处理能力会倍受考验。其中的

原因是多方面的：首先，就学校危机事件所涉及对象、范围及严重程度而言，其波及的对象种类数量是不一定的，有可能只涉及教师和学生两种，也可能涉及包括家长、社区、媒体在内的多种。其次，在信息时代的背景下，即使是学校内部人员的公共纠纷也可能上升为舆论关注的对象，同时，本身影响力和危害性较大的危机事件则肯定会成为媒体和舆论关注的焦点。因此，学校所面对的公关压力可想而知。以下将具体分析学校公共关系危机管理的对象及相应的应对策略：

（一）师生员工

学校内部的师生员工是学校赖以生存与发展的细胞，他们是与学校目标利益最为密切、最主要的公众，同时，也是学校与外部公众最广泛的媒介。所有的教育教学和管理活动的顺利进行，都必须得到师生员工的理解和支持。

因此，在师生员工的公关危机管理上，首先要增强凝聚力，培养师生员工对学校的归属感和全员参与的精神。学校内部在办学理念和价值取向上的团结一致，在生活、工作、学习上的积极融洽，会缓和许多的摩擦和矛盾，避免不良风气在校园滋生。同时，学校可根据自身条件，配合危机预防的需要，开展各种自然灾害或人为伤害的危机预防讲座、培训、演练，加强全体师生员工预防和应对危机的能力。其次，关注师生员工身心健康。在尊重和承认师生员工个人价值的基础上，学校要关心教师的切身利益，保障教职员工的工作待遇，完善并提高学校硬件设施与物质条件。同时，应加强师生员工之间的沟通与交流，实施学校内部纵向和横向沟通，保证学校管理层、教职员工层、学生层的交流顺畅，而交流形式则可以多种多样。这样的交流在危机管理中，不仅有利于集中集体智慧出谋划策，也有利于全员对危机管理体系与流程的充分了解。

（二）政府部门

政府通过宏观调控手段，对学校的管理行为实行间接调节和控制，学校是依照政府发布的信息文件作为教学管理决策的主要依据，同时，政府也是学校重要的资金来源。因此，在公关危机管理中，学校处理与政府间的关系是必需且重要的环节。

首先，对学校而言，要及时了解并熟悉政府颁布的各种政策、法令、文件、条例，随时了解与教育教学有关的各种规定的变动情况，以便正确积极配合。例如，若学校春秋游恰逢地区交通事故高发期，当地政府规定限制、暂缓或暂停学校的春秋游，学校应根据政府安排，同时结合校情，做出妥善安排，以免形成事故或造成不必要的麻烦。其次，一旦发生自然灾害事件或重大伤亡事故，学校要主动向政府有关部门通报学校的处理情况，提供有关信息资料，争取政府部门的了解与理解，有利于政府调动一些有利于解决危机的地方资源。再次，一些因事故或管理不当被政府要求整顿或整改的学校，应积极主动寻找原因，纠正错误，及时汇报整顿或整改的情况，并适时邀请政府有关部门或人员到学校进行调查评估。

（三）学生家长

家长是支持学校工作的重要力量，是学校形象的重要评价者和宣传者，也是改进教学质量的参与者。学校与家长在帮助学生学习、健康成长等方面有许多共同语言。因此，危机管理中适度的家长参与，能够使学校的危机管理计划更贴近社会发展需求，同时也能为协调学校和家长的关系提供良机。

首先，提高教学质量依然是搞好学校与家长关系的基础，办学质量低劣、秩序混乱的学校难以得到家长的满意和尊重。其次，组织"家长委员会"定期参与学校的危机管理工作，通过让家长了解学校危机管理计划，可听取他们的意见和建议，从而找出计划中可能存在的漏洞。类似的，学校也可根据自身条件通过召开特殊家长会、开通家长热线等多种途径，促进家长参与危机管理的共建。再次，针对已经与学生家长产生矛盾与冲突的学校，提倡的公关策略是认真听取家长意见，以维护学校和学生的根本利益为出发点，坦诚地与家长共同寻找妥善的解决办法，而不是一味的沉默，甚至恶言相向。

（四）社区

社区是一定区域范围中的有关联的人群和组织的集合体。社区类型多种多样，主要分为城市社区、城镇社区和农村社区三种。对于学校而言，在危机的预防、处理与善后过程中都要充分利用社区中的各种资源，并与相应公共安全部门保持良好的合作关系，例如公安、医疗、卫生、心理援助、消防、红十字等部门。

首先，学校安排特定的联络小组和人员，保持与社区中各公共安全部门的联络，熟悉他们的地址、联络方式、联络人，以便在危机或事故发生的第一时间找到协助伙伴。其次，危机事件处理过程中，学校应安排参与事件处理的社区公共安全伙伴共同召开危机管理小组会议，以便听取各方汇报及建议，形成危机应对共同体。再次，危机解除后，根据合作部门的意见重估学校软硬件安全设施和规定，同时修改危机应急预案。最后，日常的危机预防中，学校可根据自身条件，与社区公共安全部门一起开展形式多样的活动。例如，危机防范演习（防火、防震等）；安排心理咨询或援助专家来学校开展心理讲座或座谈等。

（五）媒体

媒体是典型的"双刃剑"，当危机事件发生时，媒体对危机事件的报道会对学校整个危机管理的组织工作造成重大的影响。一方面，媒体会报道不利于学校的信息，另一方面，也会报道学校有效危机处理的信息。

　　首先，学校可组织一个媒体沟通小组。作为学校危机沟通的重要渠道，媒体沟通小组通过发布有关学校的正面信息，帮助学校树立良好公众形象，协调学校、媒体及公众之间的关系，协助学校与媒体之间建立起有效、顺畅、权威、快捷的新闻传播和沟通渠道，避免不实信息的流传，破坏学校形象，影响危机事件的处理。其次，学校可创建自己的官方门户网站、官方博客、校报或者校刊，充分展现学校的良好形象，同时开辟专栏或专门网页链接来发布真实、权威、及时的学校信息和声明，供其他新闻媒体转载报道，从而在危机媒体沟通过程中占据主动和有利的位置。再次，明确学校新闻发言人的身份，建议由学校的校长或副校长担任，接受媒体采访时避免"无可奉告"，少说"正确的废话"，对外统一口径，坚持从学校立场出发，尊重事实，言行一致。

（六）特殊公众

　　特殊公众包括了与学校有着一定特殊联系的人或团体，如兄弟学校、毕业的名流校友、实业界人士或团体等。学校在发生危机时，若能适宜地发挥这些特殊公众的作用，也能为危机的缓和或解除创造机会。

三、建立公共关系危机管理小组

　　学校要建立起完善有效的公共关系管理体系，第一步就是建立一个公共关系危机管理小组（简称"公关危机管理小组"）。公关危机管理小组是学校实施有效的媒体与公众沟通的重要途径，通过发布有关学校的正面信息，在日常工作中可以帮助学校树立良好的公众形象，在危机发生时则可以协调学校、媒体及公众之间的关系，协助学校与公众之间建立起有效、顺畅、权威、快捷的新闻传播和沟通渠道，避免不实信息的流传，破坏学校形象，影响危机事件的处理。

（一）公共关系危机管理小组的构成

　　公关危机管理小组的构成问题上，学校可根据自身的条件和实际情况来创建，但是基本上可划分为三块：一是主要负责人；二是秘书处；三是网络部（见图6-2）：

公共关系危机管理小组
主要负责人
秘书处
网络部

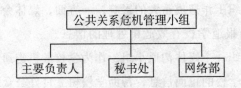

图6-2 公关危机管理小组的构成

其中，需要注意的是公关危机管理小组的主要负责人，亦可称为“新闻发言人”或“信息发布人”。在危机管理的公关过程中，学校所选择的面对媒体与公众的新闻发言人是影响沟通效果的关键点。这里的新闻发言人与政府部门的新闻发言人有所不同，政府部门的新闻发言人是由国家、政党、社会团体任命或指定的专职（兼职）人员，其职位一般是该部门中层以上的负责人，大部分的政府新闻发言人参与政府决策，但本身并不拥有任何决策权。学校与政府部门的性质显然不同，在学校发生危机事件，特别是舆论影响重大的事件，在选择“新闻发言人”或“信息发布人”时，应考虑副校长级别以上的人员，因为他们代表相当的权威性、说服性和校方的诚意度。

（二）公共关系危机管理小组的职责

公关危机管理小组的基本宗旨就是负责学校日常工作与危机发生时的媒体与公众。根据具体工作内容，可以按照以下三部分来明确学校公关危机管理小组的职责（图6-3）：

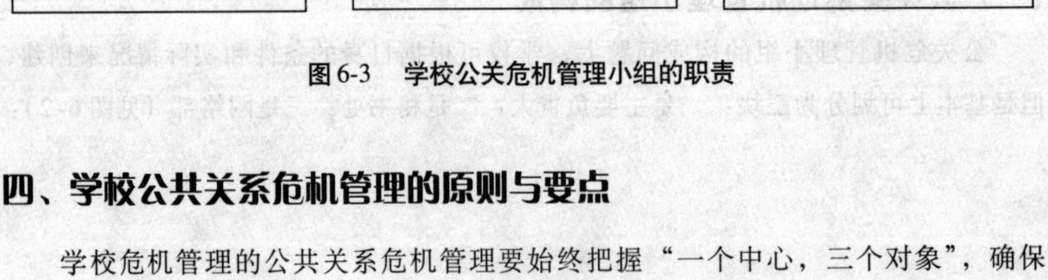

主要负责人：
1. 担负对外信息公布的责任
2. 学校新闻发布会或媒体见面会的发言人
秘书处：
1. 撰写新闻稿件
2. 协助小组负责人的工作
3. 关注并应对报纸、杂志对于学校的相关报道和新闻
网络部：
1. 官方网站或博客的建立与维护
2. 回复邮件
3. 检测与学校、学生、教师相关的网上新闻

图6-3 学校公关危机管理小组的职责

四、学校公共关系危机管理的原则与要点

学校危机管理的公共关系危机管理要始终把握“一个中心，三个对象”，确保内外信息通畅，其中“一个中心”即掌握信息传播的主动权；“三个对象”即内部

师生员工、危机对象、新闻媒体。媒体是典型的"双刃剑"，它可以控制学校外部的社会舆论对于危机事件处理的冲击力。学校掌握了媒体沟通的主动权，也就掌握了危机处理外部冲击力的"控制阀"，控制得好可以减弱危机的影响力度，甚至可以化危机为机遇，否则会加剧危机的程度。

（一）学校公共关系危机管理的"四个一"

（1）一个系统：公关危机管理小组。由专门负责公关危机管理的小组进行全程对外公关沟通，可以便于统一决策和统一管理。

（2）一个声音：新闻发言人。建议由学校的校长或者副校长担任新闻发言人，接受媒体采访，明确新闻发言人的身份可以保持对外统一口径。

（3）一个态度：坦诚相待。不要回避采访，避免说"无可奉告"，少说"正确的废话"。

（4）一个形象：全员公关管理意识。全校师生员工在面对公众与媒体时都要考虑以学校的形象与利益为重。

（二）学校公共关系危机管理的四大原则

（1）快速反应原则。为了控制危机事态，稳定学校的日常工作秩序，避免学校内部师生的恐慌，媒体沟通小组必须快速应对，有目的地选择信息源和信息传播渠道，争取在第一时间占据媒体的信息源，防止媒体传播不正确或不全面的信息，从而误导公众，进一步加剧危机事态的恶化。

（2）公开坦诚原则。学校在提供正面信息的同时，要保证信息的真实性，要言行一致，才能真正安抚人心。不能口头上做了保证，但事实上并没有积极开展危机处理工作，一旦被媒体或公众揭穿，学校就会失去公众的信赖，而权威信息一旦缺失，谣言就会传播。

（3）信息主导原则。学校应该根据危机事件发展的动态不断向媒体提供最新的信息，从而占据信息主导的位置。在及时公布事态进展的同时，让媒体和公众关注到学校实施的措施所产生的积极效果。

（4）善待媒体原则。学校和媒体沟通小组应该将媒体视为解决危机事件的伙伴或者途径，而不是将其拒之门外。因为事实上，学校无法将媒体拒之门外，无论学校是否表态，媒体都会将之作为一种态度进行报道。积极的媒体应对会让学校借助媒体的力量来共同处理危机事件。

（三）学校公共关系危机管理的六大要点

（1）树立学校公众形象，维护学校公众声誉，需要增强全员公共关系危机防范与管理意识。

（2）公关危机主要分为两类：一是由学校危机事件引发的公关危机；二是由公关管理不当引发的危机。因此，危机管理小组在制定公关危机应急预案时，应考虑到可能的危机类型，并明确学校管理层各部门的具体职能、措施、策略、评估及善后工作。

（3）关注"公关三度"，努力维护与协调学校的知名度、信誉度和美誉度，促使学校的良性发展。

（4）学校公共关系危机管理要充分认识信息时代的媒体特点，并关注公众信息收集与发布的渠道、时机与对象。

（5）平衡校内外公共关系资源，处理好与正式群体和非正式群体、一般公众和特殊公众的关系。

（6）对于学校危机应对过程中的新闻发言人而言，身份主要是学校的校长或副校长，在接受媒体采访时要注意，记者既不是你的学生，也不是你的下属，不是你的敌人，也不是你的朋友，他们是你的挑战者。一个合格的学校新闻发言人的形象是：坚决维护学校的立场、对学校的历史与日常事务足够了解、有严密的逻辑思维能力和快速应变的能力、公布真实权威的危机处理信息。

五、学校公共关系危机管理流程

全程公共关系危机管理的基本框架主要包括了三个方面：首先是学校日常工作中的公共关系管理；其次是危机应对过程中的公共关系管理，这是危机沟通中最重要的一部分，也是全程公共关系管理的重点；再次是危机善后处理中的公共关系管理，涉及如何做好公共关系管理的评价和后续关注工作（见图6-4）。

（一）学校日常工作中的公共关系管理

做好日常的公共关系管理，主要是为了建立起良好的"学校－公众"沟通平台，为学校树立良好的社会形象，营造积极的舆论基础，同时也是为了预防可能由公关不当导致的学校危机。

1. 提供校方的正面信息

学校可以通过自己的官方门户网站、官方博客、校报或者校刊向媒体与公众发布关于校方各方面工作的正面信息。这不仅是为了在危机的沟通过程中占据主动和有利的位置，日常工作中做好公关管理，建立好学校、媒体、公众沟通的平台，对于危机处理、对于学校的整体形象也都是极其有益的。因此，学校可以在官方网站、博客、校报、校刊上登出日常学生工作、活动、荣誉和好人好事，充分展现学校的正面形象。在应对危机事件的时候，则可以开辟专栏或专门的网页链接来发布真实、权威、及时的信息和学校自己的声明，供其他新闻媒体转载报道。同时，可以设立公关管理小组的专用邮箱或者BBS，面向广大学生、老师、家长和其他网民，构筑交流平台，解答疑惑问题。

2. 公关危机管理的培训与演练

在危机应对过程中，公关危机管理小组的成员是代表学校向媒体与公众发布信息，因此，在此之前所有的成员都要进行专门的培训和一定的演练，这样才能更有效地完成公关沟通的工作。首先，所有公关危机管理小组的成员必须严格注意自己的言谈举止，对于什么话能说，什么话不能说，能说的话该怎么说，说到什么程度，不能说的又该怎么处理，都应该事先有所研究和准备。其次，公关危机管理小组成员，特别是新闻发言人平时可以采取互动式的现场模拟演练方式，进行一对一的互相专访或者一对多的模拟新闻发布会的练习，来锻炼自己应对突发事件中记者提问的能力。再次，公关危机管理小组的成员也要增强自身对媒体与公众的了解。就媒体来说，小组成员不仅要了解其静态分布，例如网络访问量最大的几个网站，或者较为关注教育和学校发展的报纸、期刊，更要动态地熟悉如何与媒体打交道的技巧，培养自身与媒体打交道的能力。就公众而言，小组成员要掌握政府动态，熟悉"家长委员会"成员和社区公共安全部门的伙伴，对可能会提供帮助的兄弟学校、毕业校友和实业界人士或团体有所了解。

（二）危机应对过程中的公共关系管理

在应对危机事件的过程中，公关危机管理小组要利用各种沟通手段做好负面信息的清理、稀释工作，选择正确的方式应对媒体的采访，并随时发布学校处理危机事件的正面信息。

1. 稀释危机的负面影响

稀释危机负面影响的第一步在于清理。清理一些不利于学校声誉和危机处理的负面信息，可以通过与媒体沟通与协商的方式，让网站、报纸或杂志撤下或者不要继续报道负面新闻。不过，最好的方法是通过发布更多权威、真实、正面的信息和新闻来稀释负面新闻的影响。第二步在于转移媒体和公众的注意力，为了不让媒体和公众长时间关注学校而影响学校日常工作的秩序，学校在处理危机的过程中要始终保持冷静、低调的姿态，将公众舆论引导到更高和更客观的角度来进一步讨论危机事件所暴露的问题，以达到稀释危机不良影响的作用。

2. 应对媒体的采访

学校在应对媒体采访的问题上常常会采取回避的消极应对，而这往往导致媒体更多的报道与公众更多的关注，并不会减轻学校日常工作上的压力，也不会给学校的声誉带来好的影响。正如"公关之父"伯奈斯说："最好的公关就是说实话。"谎言即使技巧再高，可以蒙人于一时，但迟早还是会受到媒体和公众舆论的揭穿。因此，学校的公关危机管理小组的工作重点之一是应对媒体采访，并且把媒体采访做好。学校的校长或者副校长作为小组负责人和新闻发言人，首先要避免说"无可奉告"，其次，要减少说"正确的废话"。意思也就是说，不要对已经发生的危机事件进行"捂"和"躲"，也不要说没有任何实际内容和意义的话，例如"张三姓张"、"合适的方法就是最好的方法"之类的话。

在危机已经发生的时候，面对记者的采访，新闻发言人应该抛开场面话、客套话和含糊之词，要开门见山、言之有物地向媒体和公众摆事实、讲道理。公众此时最想了解的是有关危机事件的起因、发展变化和学校已经采取措施的真实情况，因此，新闻发言人此时公布的信息就要直入主题，有针对性地陈述事实，答疑释惑，以便消除公众心头的疑虑和恐慌。同时，为了协助新闻发言人确保信息来源的可靠性，学校公关危机管理小组的其他成员应该协同小组负责人向媒体发布真实、权威、及时的信息，例如，撰写一系列危机处理情况的新闻稿件，提供相关的照片或材料。如果危机事件非常重大，例如自然灾害、车祸等，可以在必要的时候召开新闻发布会或媒体见面会，集中澄清事实，并回答记者提问。

要注意的是，不同的发布会或见面会应该有不同的形式。例如，记者招待会和新闻发布会可以安排在室内，也可以在室外。如果安排在室内，会场的布置应该庄重、大方，程序要规范。在室外则简单安排，桌上不能摆放水果之类的东西，最多放置一瓶矿泉水即可，尤其是夏天和室外的情况下。但如果是特别重要的场合则不能放矿泉水，以免影响整个会场效果。如果长时间在室外则应该提供椅子。此外，还要注意安全和秩序。新闻通气会一般都在室内，因为只是通报情况而不是发布新闻，所以现场气氛可以活跃轻松一些，桌子上也可以摆放水果之类的东西。媒体见面会最好是在室外，选择一个干净整洁的地方，最好是在办公楼前，边上有草地、花坛。媒体见面会最主要的是在短时间内把问题说明清楚即可，千万要避免与记者纠缠而陷入被动。

3. 随时发布正面信息

在整个危机处理的过程中，学校需要随时发布关于危机处理状况的正面信息，可以通过学校的官方网站、博客、校报、校刊发布信息，也可以通过撰写新闻稿，交给有一定诚信与权威的媒体发布，从而让媒体和公众了解到学校对于危机处理的积极态度和诚意，同时，这一举措可以在第一时间占据媒体的信息源，以避免小道消息和流言的传播。

（三）危机善后处理中的公共关系管理

在危机事件处理结束之后，公关危机管理小组还应该继续开展一些善后工作。首先是要进行小组内部的交流会，总结此次危机事件的媒体沟通工作的经验与教训，对整体工作的各个环节进行评价，并依据讨论与评价的结果来修改并更新已有的媒体沟通计划或者方案。其次，要继续关注媒体的后续报道，因为媒体对于危机事件的关注并不仅限于事件发生的当时，有时会做长期的跟踪报道，关注学校的事后处理与安置，以及学校是否在以后的一段时间内不再会发生类似问题等等。所以，学校在关注媒体后续报道的同时，可以主动提供相应的正面信息，例如，学校在危机事件发生后是如何安抚学生情绪、如何恢复学校日常工作、如何吸取此次事件的经验教训，从而完善学校的管理工作等等。

以下是一个在危机中公共关系管理较为成功的案例。

案例 5 中学车祸事件

1. 案例简述

2004 年 3 月 28 日晚，江苏某高中的校车在春游回程途中发生了重大交通事故，造成了 2 名老师和 6 名学生死亡，22 名学生严重受伤。事故发生后，当地政府领导高度重视，主要领导在第一时间赶赴事故现场，全力以赴组织指挥抢救。同时，迅速成立了由公安、教育、卫生、安监、民政及学校主要负责人组成的工作小组，全力以赴展开事故善后事宜处理。

该高中在事故发生后，请来多位心理学专家对在事故中受伤和目睹血腥和凄惨镜头的同学进行心理辅导和疏通。同时，也为在事故中遇难的教师和学生举行了简短的校内哀悼会。

事故原因经查明是春游大巴司机因超速行驶和采取措施不当造成的，负有主要事故责任，依法追究其刑事责任。该高中的校长引咎辞职，负责此次春游的副校长也被停职。

2．各方态度

学校："面对突如其来的灾难，我们团结一心，共渡难关"，这是在正对学校校门的大楼入口处的电子显示牌上的两行字，该高中在处理此事件的态度上始终保持冷静、低调，以维护学校正常的教学秩序为重。由于学校所有校领导、办公室行政人员全部外出处理善后工作，因此学校临时调派了一位老师负责学校的一些日常事务，同时接待记者的采访。

该负责老师表示，学生多少受到了此次事故的影响，但并没有出现普遍的情绪波动。因为学校迅速采取了稳定学生情绪的措施，学校安排有关领导与老师和事故中目睹血腥和凄惨镜头的学生谈心，并邀请了多位心理辅导专家，为在校学生开设专题辅导讲座，使学生们迅速走出事故带来的心理阴影，同时将发生车祸班级的学生分插入其他各个班级，以保证他们的情绪不会相互影响，同时也让他们感受到来自更多同学的温暖，恢复到安心正常的学习和生活状态中去。

此外，负责老师还表示，学校在组织此次春游活动前，所有的环节都有详细的计划，而且是根据前不久当地教育局专门出台的关于组织春游的细则严密制定的，该学校所有的措施都符合该细则。因此，此次交通事故属于意外，但是他们还是会认真严肃反省，从这次惨痛的事故中吸取教训。只要组织严密规范，并不惧怕再次组织学生春游。

学生与家长：对于该事故的发生，许多家长表示这纯属意外，并对发生不幸的家庭表示同情，也有一些家长暗自庆幸自己的孩子没有参加此次春游。

学生们对于事故的反响更为直接和强烈一些。在事故发生后的3小时内，大部分的受伤学生都在当地的两所市级医院内接受抢救和治疗。在事故发生后的恢复过渡期，该中学的一名男生小杨写了一封公开信，贴在教室后墙的黑板上："昨天，我回高一×班，这个我心中的家，看到大家苍白的脸上带着泪痕，很心酸。我呼吁×班同学振作起来，对未来充满信心，为自己骄傲，也为×班骄傲。我永远爱你们！"在该高中的学校门前则贴着另一封公开信："面对前所未有的灾难，我们要坚强地昂起头，从现在起珍惜生命，活出我们的精彩。更加努力，更加勤奋，用我们的力量，带来××的重生……"

政府部门：事故发生后，当地省、市政府的领导高度重视，做出明确指示，要求全力做好抢救和事故处理工作。同时，江苏省教育厅也颁布了紧急通知，要求各地各学校要强化学校安全责任制，各地各学校原则上不组织开展师生集体异地春游、秋游活动，对于自行参加旅游的师生，普遍开展安全教育，强化安全防卫意识，尽量不参加有可能危及人身安全的活动，要加强接送中小学生机动车辆的检查和管理。各市县教育行政部门、各类学校要立即开展安全大检查，清除教学生活设施存在的安全隐患，严防群死、群伤事故的发生。

媒体：媒体在对于此次重大学校春游交通事故的报道上，更多地转引了学校的官方正面信息。该中学在事件处理的中后期冷静、低调地接受了媒体的采访，并随着危机事态的处理进程撰写新闻稿，发布在自己学校的官方网站，或直接提供给权威媒体予以发表。因此，从事故发生到善后处理的整个过程，媒体报道对于学校的危机处理持肯定的态度。

公众：该中学在当地是享有一定声誉的重点高级中学，因此，原先在公众心目中具有一定的良好影响和信誉基础。在处理此次车祸事故的过程中，学校的反应速度很快，并且和政府及社会相关部门配合协作，基本做好了学校师生安抚的善后工作，因此，并没有引起不满情绪和争议。

就全程公共关系危机管理的基本框架来评价该案例，学校的公关管理是较为成功的。第一，学校在日常媒体沟通方面做得比较到位，建有自己的官方门户网站，并且已经在公众心目中享有一定声誉，拥有不错的公众舆论基础。第二，在危机处理的过程中，学校也冷静积极地应对各方媒体。由于反应及时，因此并没有造成太多的负面新闻，同时学校随时发布关于危机处理的信息，基本占据了媒体沟通的主动权，成为媒体信息的主要来源。第三，虽然学校校长并没有出面，但负责接待记者的老师在接受采访时，坦然告知记者目前学校的状况，记者的观察也证明一切属实，学校正在做积极的善后工作。第四，在危机恢复阶段，学校与媒体有良好的后续沟通，学校除了将所做的恢复工作撰写成新闻稿转发给权威媒体，还提供相应的图片配合媒体报道，同时也友善地接受了记者的后续采访工作。第五，学校在车祸事故发生之后，提出了"面对突如其来的灾难，我们团结一心，共渡难关"的口号，师生在面对媒体时都表现出了积极应对危机的态度，这非常有利于媒体对学校的正面宣传。第六，学校除了充分调动师生员工的校内公共关系资源之外，也得到了政府领导的充分重视，此次重大交通事故在指挥抢救过程中也得到了公安、卫生、医疗、安监、民政等多方社会组织及力量的参与和协助。

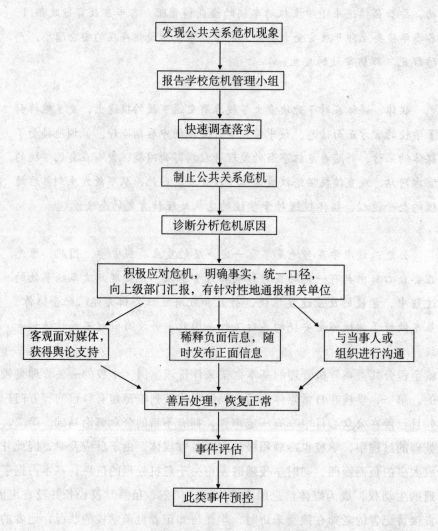

图6-4 学校公共关系危机管理流程图

第七章

中学危机的全程管理

经过前几章理论和案例的论述与分析，我们已经对中学具体危机的管理有了一些认识。本章在整合前几章关于危机管理措施的基础上，为中学危机管理制订一个基本的全程模式。首先从预防、应对和恢复这三个阶段，讨论危机处理过程的基本步骤和一些特殊危机事件的处理方法。其次列举中学危机全程管理的五个关键点。最后重点讨论危机全程管理的评价体系，并详细论述学校危机应急预案的设计与修订过程。

第一节　危机全程管理的基本程序

正如前几章所述，在学校生活中存在的危机是多种多样的。因此，管理危机事件的方法和处理过程也各不相同。但是无论对于什么形式的危机，我们在管理时都应当有一个基本程序，本节将具体介绍危机全程管理的基本程序，主要包括三个阶段：危机预防、危机应对和危机恢复（图7-1）。（宋娴，2007）

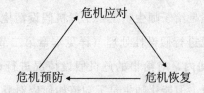

图7-1　危机全程管理基本程序流程图

危机预防指学校要减轻或消除可能对校内的生命财产造成威胁的因素并制订危机管理计划；危机应对指在发生危机的过程中有条不紊地执行应急计划的具体步骤及相应措施；危机恢复指在危机事件发生后如何恢复及重建学校的基础设施，缓解危机事件给学生和教师带来的精神压力。如图 7-1 所示，危机管理的过程是一个循环往复的过程，从危机预防到危机恢复作为一次危机管理的过程，但实际上学校危机管理是一个循环的过程，每一次的危机管理计划将根据上一次循环中出现的问题和积累的经验不断地被完善。

一、危机预防阶段

预防是危机全程管理的第一阶段，也是非常重要的阶段，有效的预防措施可以将很多危机事件消灭在萌芽状态。学校制订全面的预防方案并做好到位的防范措施，能够为可能发生的危机事件做好充分准备，以便将危机事件的发生几率及随之而来的伤害控制在最小范围内。

只有当学校全体成员以及校外相关人员共同参与到危机应急预案的制订与落实中，才能达到最佳的危机预防效果。建立学校危机管理小组是一个极为有效的举措，小组成员包括主要负责人、助理负责人、后勤人员、新闻发言人、医护员、联络员、心理辅导人员以及其他一些成员（详见本章第二节）。学校危机管理小组在危机预防阶段所要进行的具体工作主要包括以下几个方面：

（一）培训全校师生员工

学校危机管理小组要定期对学校的教职员工和学生进行培训，师生危机意识与应对技能的最佳培训方式是开展实战演习。首先，实战演习需要一个基本完整且成熟的演习预案或者应急预案；其次，考虑到学校的经济实力和场地范围有所不同，不具备开展实战演习条件的学校，可以使用"模拟演习"的手段来代替。对于已经拥有成熟预案，并且具有一定实力的学校，在具有针对性地开展实战演习的同时，也要充分发挥"模拟演习"的积极作用。

所谓"模拟演习"就是给予师生员工一个危机假设情境，让他们根据自己原有的知识和经验对危机情况进行假设性处理（详见本章第二节）。具体操作为：师生员工通常在比较短的时间内，对给出的危机假设情况进行讨论，然后给出应对策略。虽然演习的时间很短，但能让师生员工知道如何应对危机，并且让他们在讨论中分享各自的危机处理方法。

"模拟演习"可以为学校提供宝贵经验，帮助学校钻研各种危机事件的应对方式，例如火灾、龙卷风、地震等自然灾害以及其他事件。学校危机管理小组应当经常开展师生共同参与的危机"模拟演习"，并在条件允许的情况下针对学校自身特点开展实战演习，这样才能让师生员工临危不乱。需要注意的是，自救和人工急救是在师生员工危机应对培训中需要特别加强训练的一部分。

（二）进行心理健康教育

在危机预防阶段有必要对师生进行心理健康辅导，学生心理辅导是重中之重。学校是为所有学生服务的，学生是学校的根本所在。因此，学校在预防阶段联合教职员工、家长和其他社会力量的同时，应把重心放在学生身上。心理健康辅导主要由专职或兼职的心理辅导教师或心理咨询专家来主持，形式多种多样，包括一对一的心理咨询、小组讨论、团体辅导等，也包括教师在日常教学或生活中对学生进行潜移默化的教育。在学生心理辅导的过程中，学校要注意结合自身情况以及学生的不同特点来进行，只有在日常教育中适当穿插合理、有效的心理健康辅导，才能提高学生在面对危机事件时的心理承受力。

（三）保障生理健康

教师与学生的生理健康问题不容小觑，为了防止学校里发生传染病、食物中毒等事件，保障师生的身体健康主要从以下三个方面进行：

（1）身体健康检查。学生在入学后仍需要定期体检，教职员工也必须在职前和职后定期进行体检。凡是在传染病隔离期的患者、病原携带者（包括健康带菌者），必须在隔离期满或服药治疗后，经连续两次细菌培养呈阴性，并附有医生证明，才能进校学习和工作。

（2）卫生知识教育。学校里的医疗机构应定期对学生进行卫生知识教育，督促学生养成良好的卫生习惯，提高他们的卫生意识。同时，需要提醒学校员工注意公共场所的整洁，保持空气流通，食堂里的餐具碗筷等要经常消毒等。

（3）提高学生的抵抗力。首先，学校应该保证膳食的营养质量；其次，丰富校内人员的体育活动，形成强身健体的氛围；再次，为学生制定合理的作息时间表；最后，安排学生定期接种疫苗，增强身体免疫能力。

（四）沟通社会力量

在危机管理中，沟通是极为重要的工具和策略。学校危机管理中的沟通主要包括校内沟通、家校沟通、学校与媒体的沟通三个方面。危机管理小组需要争取各种社会力量支持学校危机事件的应对与处理，并在日常工作中积极争取与社会公共安全伙伴的合作，包括公安、消防、卫生、儿童红十字会等等。学校危机管理小组可以通过"电话树"的形式（详见附录2）建立一个完整的通讯体系，联合各种相关的社会力量，等于用一条线把学校、社区、学生、家长、警察、法律顾问等牵起来。在各个方面有组织有条理的通力合作下，积极整合社会资源，共同商讨可能出现的各种学校危机情况。对于危机管理小组而言，有效的合作伙伴关系不仅可以帮助制订一系列管理计划和应急预案，也可作为危机防备力量的一部分。

（五）购买保险

除了以上的一些预防措施，学校在为自己购买保险的同时，有必要鼓励有条件的学生购买保险。学校有条件的，应当依据保险法的有关规定，参加学校责任保险。教育行政部门可以根据实际情况，鼓励中小学参加学校责任保险。提倡学生自愿参加意外伤害保险。在尊重学生意愿的前提下，学校可以为学生参加意外伤害保险创造便利条件。在学校发生重大危机事故之后，保险公司的经济赔付可以在一定程度上减轻学校和学生的负担与压力。

（六）形成预警系统

学校危机预警系统是指根据系统外部环境及内部条件的变化，实现对系统未来可能出现的危机事件进行预测和报警功能的系统。（许芳，2004）预警信息包括：突发事件的类别、预警级别、起始时间、可能影响范围、警示事项、应采取的措施和发布机构等。其中，学校可根据校情，参考国家预警级别，制定相应的预警级别。

通常，学校危机预警系统可以分为电子预警系统和指标预警系统。电子预警系统主要通过电子装置进行信息采集、分析、决策和报警活动，该系统依靠现代化的电子装备和技术，是一种自动化的报警系统，例如学校的火警警报系统。指标预警系统是先设定一系列警戒标准，根据警戒标准去衡量所获得的信息，达标者就是危机到来的前兆，并预示着危机可能出现的地方。

建立学校危机预警系统需要遵循一定的要求，包括：①能够采集到危机预警所需要的信息；②能尽可能准确预见危机；③警报能够被相关人员接收到，并不至于引起误解；④各种危机信息不会彼此干扰而影响警报的接收；⑤组建危机预警系统的经济性和合理性。

危机预警系统建立的基本步骤包括：①确定建立危机预警的对象；②评估危机风险源、危机征兆与危机爆发之间的关系；③根据评估结果确定危机监测的内容和指标临界点；④确定危机预警系统种类及相应资源；⑤评估危机预警系统的性能、了解系统特征（准确度、可信度、稳定性和防护措施等）；⑥为危机预警系统配备专门人员，确定相关人员的职责、权利和义务；⑦培训危机预警系统人员，使他们理解危机警报，并能根据警报做出快速恰当的反应。

二、危机应对阶段

面对已经发生的危机事件，学校要以积极的心态应对，并采取适当的措施。校园危机多种多样，危机应对中最基本的是：①危机发生时，及时联系警方及所需的其他社会力量，例如消防人员等；②学校危机管理小组要各司其职，面对混乱状态保持头脑冷静，迅速展开救援工作；③迅速疏散各方人员，安排疏散的路线、顺序以及方向，如果是地震之类的自然灾害还需要提供集合的地点；④处理好各种关系，包括师生关系、家校关系、学校与媒体的关系、学校与公众的关系等等，尽量避免矛盾激化；⑤确保消息传递迅速、正确，严防消息的误传；⑥任何时候都要把人的生命放在第一位。

基于上述观点，可以形成一个校园危机应对流程图（详见附录3），以下主要讨论危机应对流程图中相对重要的一些基本程序：

（一）报警

发生一些重大危机事件（例如自然灾害、学校基础设施坍塌、火灾、车祸等）时要立刻通知相关安全部门。同时拉响学校的安全警报，疏散学生和教职员工。

（二）危机管理人员到位

通过"电话树"联系各方面人员到位，学校危机管理小组成员各司其职，以便迅速开展救援工作，不能漏掉任何一方面，否则可能造成严重后果。学校的校长担任总指挥的角色，副校长等可辅助校长进行各个方面的人员调配。同时，学校新闻发言人要在危机发生后，及时向家长、媒体及公众通报相关情况，稳定各方情绪，防止不实消息的传播。

（三）安置或疏散

学校师生的生命至关重要，在危机发生时要迅速安置好教师和学生，并根据不同情况采取不同策略，及时制订并清楚标出逃生路线、集合地、方向指示标志，以便让师生辨识逃生方向。危机事件若发生在夜间，应保证照明充足，便于师生安全逃生。面临需要向校外疏散师生并寻求安全避难时，学校危机管理小组的首要任务是迅速联系主管部门和相关单位，通报相关情况，争取配合，并及时做好后勤保障和情绪稳定工作。

（四）排险

排险是危机应对过程中最重要也是最困难的阶段，也是学校危机管理小组发挥作用的环节。总指挥控制全局，其他人员根据指示责任到位。排险讲求迅速、高效、彻底。例如学校经常发生的火灾，就要求学校迅速疏散人员，切断电源，寻求消防人员的帮助，使用灭火器，及时转移易燃易爆、有毒有害物品和贵重设备等。

（五）医疗救护

危机发生时难免会有伤亡，及时的医疗救护就尤为重要。在危机发生时应迅速通知急救中心。医疗救护包括现场抢救及医院救治：现场抢救要及时将伤员转送出危险区，并按照先救命后治伤、先治重伤后治轻伤的原则对伤员进行紧急抢救，需要医院治疗的应该立即安排就近转送。除医疗救护之外，在医护人员尚未到达之前应进行必要的自救和人工急救。

（六）及时监测与评估

在应对危机过程中要时刻对事态进行监测和评估，为控制事故现场，制定抢险措施，保障人员安全，必须对事故的发展势态及影响进行动态监测。事故监测和评估的主要内容有：事故发生的范围和事态加剧的可能性；建筑物坍塌的隐患；现场危险物质的类型、特性；密闭系统，如压力容器的受损情况。这将为之后的事件处理及策略制定提供依据和基础，危机小组需要综合各方意见，对危机处理过程进行科学分析，以确保监测和评估的客观性和准确性。

（七）发布危机处理信息

在危机处理过程中，学校要及时将事态的发展与学校已经采取的措施通知各方人士，包括全校师生、家长、相关政府部门、社区人员、权威媒体等。这是稳定情绪、沟通外界和抵制不实信息的有效途径，以便开展危机处理后续阶段的工作。学校可以通过广播、官方网站或者书面公告等形式发布与危机相关的信息，如果有警方等介入，需要与之协商后再发布。若有不适合即时发布的情况，应与相关上级部门商量后以最妥当的方式陈述，然后再进一步发布。

三、危机恢复阶段

学校在危机恢复阶段的工作重点在于：危机管理小组联合公共安全合作伙伴将危机造成的影响减少到最低，使学校能尽快恢复正常的教学秩序和日常管理，安抚学生、教职员工以及学生家长的情绪，防止二次伤害的发生。

（一）正面回应媒体

危机发生之后，危机管理小组要对媒体进行正面回应，对校园危机事件的细节进行解释，联合媒体力量，对受害者家属进行安抚，同时借助社会上的各种资源，使学校尽快从危机阴影中解脱出来。应对媒体需要注意以下事项：①先查明真相并建立共识；②主动接触媒体，不可逃避；③事先备妥相关书面资料；④说出事实真相，不要刻意隐瞒负面消息。

（二）危机处理评估

危机管理小组在恢复阶段要重点对危机应对过程中的各项措施与行动进行评估，以总结经验教训。估算因事故造成的人员伤亡及善后处理支出的费用、受损的财产价值，以及其他间接损失，以便为事故调查、处理和恢复工作提供依据。

评估工作要对学校的硬件设施以及学校安全制度进行重新修订。对危机后学校受损的硬件设施进行修缮和维护，并对由危机事件暴露出来的安全制度方面的不完善进行改进。古人云：亡羊补牢，犹未晚矣。把这次的危机当成一次警戒，谨防下次类似情况发生，这才能化危机为转机。例如，本书第三章中的厕所墙壁坍塌事件，正是由于学校对硬件设施不重视导致的危机事件。

（三）与教师沟通互动

值得注意的是，危机事件也会对学校教师产生影响，例如师生冲突事件的发生，学校基础设施大面积损毁，都可能造成一些教师的心理负担。危机管理小组需要对教师做思想工作。教师虽然具备一定的心理承受力，但是如果学校处理不当，就很容易影响教师的心理状态，进而影响教师工作，甚至导致师资流失。因此，学校也需要站在教师角度，建立全面的评价体系，多渠道提高教师的福利待遇，还需要对教师进行一定的心理健康教育，对一些教师遇到的压力和困扰要及时发现并进行开解和疏导。

（四）学生心理辅导

危机事件会对学生的心理层面产生一定的不良影响，甚至是创伤，这需要教师、家长以及心理辅导人员或心理咨询专家来一起治愈。首先，教师作为学生在校接触最为频繁，且值得信赖的人，在危机发生后要及时抚平自己的情绪，为学生树立坚强形象，及时开展各类活动，与学生进行多层次沟通。其次，学校可邀请心理专家开展讲座。再次，必要时召开家长会，让家长配合学校一起减少学生们的心理阴影。

以下列举一份学校在危机发生后的"学校告家长书"。

案例1　学校告家长书

亲爱的家长：

我要告诉您一件很伤心的事情。今天上午我们的一名学生（姓名）被一辆汽车撞了。他身受重伤，不幸身亡。这个消息让我们都非常难过。我在今天的晨会上做了特别宣布，并且与所有的老师和学生讨论了这件事情。学校里的老师以及教育局等一些相关人员共同研究后，对学生做了一些必要的心理咨询服务，以帮助他们度过这个困难的时期。这个伤心的消息可能造成孩子一定的情绪困扰，请您留心您的孩子对这一事件的情绪反应。我们建议您倾听孩子的想法和感受。如需进一步帮助，请打电话给您的孩子的班主任（姓名和电话号码）。我们会尽量随时提供所需的支持和资源。

×××

×年×月×日

这是学校在学生发生车祸事件后发出的一份"学校告家长书"，总的来说是较为合理的。学校的目的是为了让家长配合留心学生们在同学死亡后的情绪及心理状况，但并没有仅限于将目的告诉家长，在委婉地将所发生的事件说明后，学校还将自身在此事件上的处理方式和过程简明扼要地向家长做了通报。同时，学校也说明了留意学生心理健康状况的重要性和方法，并表达了愿意提供帮助的合作意愿。

（五）保险理赔

学校应配合保险理赔人员收集所需要的材料，及时要求理赔。保险理赔金或许不能弥补危机带来的所有损失，但是可以在一定程度上减轻危机所带来的伤害，因此学校需要积极行动，为学校以及受伤害的学生或教职员工争取一定的保险理赔金。

（六）其他恢复措施

如果学校有经济能力，可以考虑举办集体哀悼会，对于重大危机事件可以建立纪念馆。学校危机管理小组记录下危机事故发生的时间和内容，在妥善处理后，适时举办哀悼会慰问受害者家属，平复师生情绪。纪念活动一般不应在危机发生后的短时间之内进行，因为家属需要一定的时间来处理相关事宜与缓和情绪，而且过早纪念危机事件可能被误解成危机已经解除或事故已处理完毕。因此，在处理好事件的各个方面工作之后，才是举办哀悼会的最好时机，而且，此时学校危机管理小组的组织精力也可以更为集中。学校可以将对危机进行的总结记录在纪念馆内，将教训陈列在大家眼前，为师生员工提供借鉴，同时也为以后的危机事件提供相关的处理经验。

第二节　危机全程管理的关键点

在了解学校危机管理的基本程序之后，本节将具体介绍危机全程管理的五个关键点，包括：培养危机意识；建立危机管理小组；制订危机管理计划；演练应急预案；快速应对危机；实施心理干预。

一、培养危机意识

学校管理者在管理中始终要有危机意识，能够敏锐地察觉潜在的危机隐患并采取措施，便可以有效地将危机扼杀在摇篮之中，从而避免引起大量的人员伤亡和财物损失。事实上，很多危机的发生都是由于学校缺乏危机防范意识和解决问题的能力。提高学校相关人员的危机应对素质必须依靠普及危机教育。学校危机教育可以分为危机意识教育和危机知识、技能教育。危机意识教育旨在引导学校相关人员正确评估周围环境的危险性，提高危机警觉性；危机知识和技能教育则是为了传播各种与危机相关的知识，并提供各种应对学校危机的基本知识和技能。这两方面的教育应该相辅相成，缺一不可。通过危机教育，学校相关人员可以自觉分析危机发生的可能性并寻求解决问题的方法与策略。

二、建立危机管理小组

在危机管理过程中，学校是教师和学生应对危机的后盾。如果学校拥有一个系统化的组织，能够通过合理的方法最大程度地解决与危机相关的问题，那么学校将会避免陷入混乱失序的状态。同时也可以控制危机事态的发展，避免陷入更大的危机之中。因而，建立一个系统化、制度化的危机管理小组是必须也是必要的。

危机管理小组是在正常条件下建立的组织紧密、高度团结并且有着极高处事效率的系统化学校机构。作为学校整个应急工作的指挥中心，在维持正常运作的同时，首先要能够预防危机的发生，并预控可能发生的危机；其次要能够应对各种难以预测的突发事件，并满足各方人员多种多样的需求；最后应当具备对突发危机事件处理的综合指挥能力，具有较快的反应速度和高度协调水平，能够及时、准确、全面地掌握重大突发性事件的事态发展并进行处理。

（一）危机管理小组的目标

（1）最大限度地保障人民群众的生命财产安全，以确保校园内部稳定。

（2）检测学校中所存在的危险隐患并加以排除或者控管。

（3）维护师生安全，预防和尽力减少危机带来的各种伤害，例如，自然灾害、人身侵害、心理伤害等。

（4）培养全体师生的危机意识和忧患意识，学习应对危机的方法和技巧。

（5）构建预防为主的长效管理和应急处理机制，将突发事件对人员、财产和环境造成的损失降至最小程度。

（二）危机管理小组的管理内容

（1）可预见的危机事件。学生不良行为引发的危机事件（如学生自杀自伤、校园欺负、逃学、网络成瘾）；突发性学生身体伤害事件（如校园意外伤害事故、交通事故、食物中毒事故、传染病事故、自然灾害）；教师危机（如师生冲突、教学危机、班主任危机）；可持续发展危机（如教师流失、学生流失、财务流失）；公共关系危机（学校知名度、信誉度、美誉度的下降）。

（2）其他的偶发情况：除了以上可能发生的危机事件以外，其他的偶发情况与特定的环境、突发事件有关。

（三）危机管理小组的基本结构

在参考并综合各种危机管理小组相关资料的基础上，总结出以下关于中学危机管理小组的基本结构*（见图7-2）：

（1）总负责人：由校长担任，他是校园危机管理的第一责任人，负责保障学校安全。作为危机处理小组的指挥者，他负责现场监督，召开危机预防、应对和恢复会议，监察危机管理的流程，总体协调危机管理的各个方面，了解各成员的工作情况。

（2）助理负责人：由副校长担任，协助总负责人的工作，在总负责人无法执行其职责的情况下，在第一时间替补上去，保证危机处理应对工作的顺利进行。

（3）后勤人员：包括执行长，由教务主任担任，负责日常及节假日行政执勤，行使学校行政和安全指挥权，在突发事故时担任现场指挥，统筹并分配所有成员的任务；财务长，由总务主任担任，负责危机管理所需要的资源配置；资料组，由除校长以外的校长办公室工作人员担任，负责危机管理资料的收集和整理，及时向总

---

* 此处学校危机管理小组的基本结构，本书主要参考了香港教育与人力局编著的《学校危机管理》一书中的学校危机应对小组人员安排；彼德·D.布劳维特在《学校安全工作指南》中的学校危机管理小组成员分工；陈启荣在《校园危机管理机制之建构》一文中的学校危机管理小组构成等。

负责人报告，同时向各级危机小组成员通报。

（4）新闻发言人：由校长、副校长或德育（政教）主任担任，作为学校专门的新闻发言人，他应当熟悉和具备与媒体记者交流的技能，能够站在学校的立场与媒体对话。

（5）医护员：由校医担任，负责紧急医疗处理，做好应急救援工作。

（6）联络员：负责学校内外的联络与"电话树"的记录整理，方便危机管理时的使用。

（7）心理辅导员：由心理咨询师或教育心理专家担任。在日常教学生活中，培养学生的安全意识和危机意识，关注学校管理过程中心理方面的问题，帮助发现潜在危机的隐患；在危机发生时，负责对相关人员进行及时心理辅导，共同帮助处理危机中学生或教师的心理健康问题；在恢复过程中，帮助师生进行心理恢复和疏导。

（8）顾问：分为家长顾问和法律顾问。家长顾问由家长委员会主任担任，负责搜集各位家长的意见，提供建议与帮助学校处理相关事宜；法律顾问由学校聘请的法律专家担任，负责学校法律知识的普及，在危机应对和恢复阶段，能够提供及时的法律支援，避免危机管理时违反相关法律法规。

（9）小组长：由年级组长或各班班主任担任，负责监测和观察预知危机的影响；在危机发生时，带领学生应对危机，保护好师生利益，将损害减至最小；在危机发生后，协助做好恢复工作。

注：学校可将参与危机管理小组的工作列入考核范围之内。

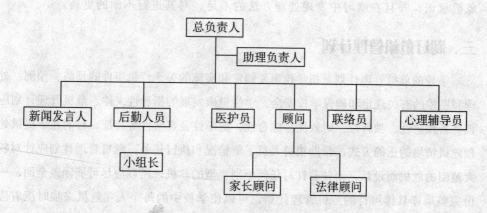

图 7-2　危机管理小组的基本结构

（四）处理方法和遵循原则

（1）统一领导事故救援工作，确定现场指挥人员，做好各种应急队伍安排和资源调动。

（2）面对突发事件要主动积极，把握实效，相互配合，及时向上级、教师、学生、家长、学校周边相关组织人员和公众反馈情况，一旦出现危机，确保发现、报告、指挥、处置等环节的紧密衔接，及时应对。

（3）及时向公安、消防、安监、技监等应急部门报告，并保持密切联系。消防等部门人员到达单位后，学校要配合这些部门指挥应急救援工作。

（4）事前预防、应急处理和事后恢复相结合，将危机处理工作落实到日常工作中去。

（5）重视危机处理工作的全员参与性，加强发挥学生和教师在危机处理中的作用。只有全员参与，危机管理才能真正做到抓住重点并兼顾全面。

（6）严格遵守和执行国家的法律法规，根据危机发生的具体情况实行分级预警，对突发危机事件的报告、控制实施依法管理和处置；避免在危机处理过程违反有关法令规定。

（7）充分发挥现有资源，保证一定的人力、物力和财力的储备，对各类应急指挥机构、人员、设备、物资、信息、工作方式进行资源整合，保证实现统一指挥和调度。

（8）对可预见的危机事件的处理进行演习，培养全体人员对危机的应对能力和危机意识，并且在演习中发现处理方法的不足，对其进行不断的更新。

三、制订危机管理计划

学校的危机管理计划是指学校需要制定和实施的关于危机事件的预防、预测、处理和监控的有关规定和确保学校安全、学生健康发展的指导性文件。危机管理计划应该具备预防性、独特性、时效性、综合性、简单性及灵活性等特征，目的在于提供处理危机情境的正确方式，帮助相关人员了解情况和执行任务。危机管理计划应针对较大范围的危机而设计，而并非针对任何个别类型的危机，所以应尽可能涵盖全面。一份完整周详具体可行的危机管理计划，可以使学校中的每个人在危机来临时沉着应对，不仅能预防危机发生，减少学校损失，也能提高学校的危机决策质量。

（一）危机管理计划的指导原则

危机管理计划的制订所应该遵循的原则具体包括：

（1）集体讨论制订：这样既可以发挥群体的智慧，群策群力制订出最合理完善的计划，同时也有利于相关人员对计划的了解，便于调动他们遵守并执行计划的积极性。这个集体既包括校内教师员工、学生代表等群体，也应涵盖学校危机专家学者、行政部门、家长等社会力量。

（2）文本化：每一所学校的危机管理计划都应当是一份书面文件，并且目的明确，即保护和维持人身安全、减少情感创伤、帮助受害者从情感创伤中恢复、把危机事件给个人和学校带来的损害降到最低。

（3）可操作：计划应当对危机管理的每个环节提供策略上的指引和操作上的指导，学校中的所有人都应当对计划有比较详细的了解。

（4）可修改：随着时间的变化，危机形势会不断发生改变，计划也应该得到定期的修改和调整。

（二）危机管理计划的主要内容

一项学校危机管理计划通常必须包括以下重点：

1. 应急预案纲要

作为学校危机管理计划的重要组成部分，"学校危机管理应急预案"指的是学校在面对校园突发事件时的应急管理、指挥、协调、救援的计划等。它是学校危机管理计划的组成部分之一，突出体现学校在面对突如其来的事件时的应急能力。

由于每一所学校的规模大小、地理位置、学生家庭状况都不尽相同，所以每所学校所要面临的问题也大不相同。一份内容详尽、具体可行的应急预案可以使危机管理有所依据，因此，必须拟定可能面对的危机，然后对危机的类别进行区分，再就每一类危机详细研究，提出应急预案的大纲与摘要，也就是危机发生时的模拟处理。危机管理成功与否的关键，在于事前准备工作是否完善，只有在危机发生前做好相关的准备工作，才能从容不迫地应对。在纲要中应该包括一张评估表，详细列出可能发生的危机并评估其可能性大小并依次排列。

2. 相关资料的建档与资源管理

我国的学校通常与社区联系较为薄弱，但是这却是学校危机管理必不可缺的资源。学校危机管理计划应该包括建立社区的相关资料并加强与社区的互动。只有获得社区的相关资料并不断更新，才能够在需要的时候尽快联系并利用这些资源，减少危机所带来的损失。这些资源包括：社区的消防单位、卫生单位的联系电话，警力配置、消防器材、卫生医疗能力、车辆调度，这些单位具体的负责人、危机发生时可能动用的人员、物力限度等。这些基本资料越详细，可能提供的帮助就越多。

213

3. 危机发生后的处理措施

危机管理计划中还应包含的一项内容就是危机发生后可能的处理措施与途径。学校可能面临的危机情况非常多，但是有一些常规的步骤和措施则是必需的，例如尽快联系学校危机管理小组成员、指派专人收集事故真相、指定发言人、在适当时间主动发布新闻、适时对外进行危机沟通与内部协调。同时，坦诚承认自身的错误、迅速处理恢复、缩短受害者等待的时间等。

四、演练应急预案

应急预案的演练，即危机演习，属于危机预防环节的内容。学校只有通过危机管理的演习，才能明确危机发生时各部门的职责，发现危机处理预案中的漏洞。危机管理演习除了促使学校成员了解危机处理程序，最主要的目的还是希望通过此类训练培养师生们分析危机情况的能力和独立判断的能力，从而增强学校的危机管理能力。当危机发生时能够临危不惧，灵活应对。

首先，危机演习应该有广泛的参与性，通过校园内师生员工的积极参加，才能考验危机处理体系的实效性及危机演习的真实性。其次，危机演习应该是一个互动过程，学校管理部门要听取师生的建议，以此改进危机管理措施。（甘国华、秦川，2005）

危机模拟演习是一种重要的危机训练方式，通常可分为三种层次，分别包括：

第一层次，沙盘推演，是指将危机管理计划中的内容放置在简单的圆上或模型上，让上级（校长和副校长）危机管理领导了解实施后可能的情况，然后共同探讨、改进，找到合理可行的方案。

第二层次，干部指挥演习，是指中层干部（新闻发言人、后勤人员、医护员、顾问、联络员、心理辅导员和小组长）在真正的时间和地点，按照下达的虚拟情况具体进行操练、指挥、管制、沟通与协调工作。

第三层次，全员参与演练，是指让校园中的全体成员都参加，依照自己所扮演的角色在设定的情况中实际处理危机情况，这种演练是提升校园整体危机意识的最好方法。（陈启荣，2005）

应当注意的是，由于我国国情和学校自身情况的限制，对于没有条件的学校来说，不需要经常进行实战演习。模拟危机演习一般进行第一、第二层次。待危机演习预案较为成熟时，可进行第三层次。学校提供一系列的情景和活动，可以激发讨论，学校危机处理小组将对演习的情况进行审查，并结合现实生活中的实际情况进行调整，这样将有助于危机应对计划的制订和修正。

通过演习，学校可以对各种危机的处理做好充足的准备，以避免遇到危机时措手不及，同时，也使学校根据实际的危机管理情况，对已制订的危机应急预案进行修改或重新修订。同时，通过模拟演习可以对师生进行培训，培养对危机事件的预防和应对能力，形成训练有素、高度警觉和责任感强的学校教职员工及学生团体。需要强调的是，在对应急预案演习的时候，应当注意：

（1）在模拟演习中，要以事实为依据，预见符合实际的结果。

（2）学校危机演习必须要有强有力的领导、后援和支持力量。

（3）有些学校在进行了数次的演习后可能会认为，本校的危机应对计划已经做到天衣无缝，不需要再进行任何危机演习。这种观念显然是错误的，因为如果危机应对计划或预案不及时根据实际情况进行修改与更新，就无法有效地应对突发事件。

（4）危机演习的过程中，常常会忽略危机处理之后与家长和媒体的交流沟通。其实，这恰恰是危机应对计划中最薄弱的部分，所以在演习的时候必须特别注意。

（5）对于危机演习的各个方面必须要有专人进行详细的记录，并进行整理分析，这样有利于为总结与改进提供事实上的支持。

以下列举一个较为完整的消防应急疏散演习预案：

"预防火灾，珍爱生命"—××市第五中学消防应急疏散演习预案

我校为贯彻落实创建"平安校园"的精神，让广大师生更深入地了解消防逃生常识，切实树立起消防意识，真正掌握好消防安全知识，增强安全意识，并具备自救互救的能力，在遇到爆炸、火灾、地震等突发事件时能从容应对，我校特定在2006年4月20日上午第二节课下课后（课间操时间）举行消防疏散演习。消防疏散演习方案内容如下：

一、演习目的

为了保证在发生严重的突发危害事件时，如：爆炸、火灾、地震等，学校能有组织、有秩序地进行疏散，最大限度地保护广大教职工和学生的人身安全。

二、演习时间

2006年4月20日上午课间操时间

三、演习内容

针对火灾、地震等突发事件，进行疏散演习

四、参加人员

1.学校领导及全体教师

2.消防大队领导

3.胜利派出所民警

4.初一、初二、初三、高一、高二、高三全体学生

五、组织机构

①领导小组；②总指挥；③宣传组；④后勤供应组；⑤安全保卫组；⑥疏散引导组；⑦电路控制组；⑧伤员救护组；⑨通讯联络组；⑩集合地点安排人员。

六、演习过程

1.初一、初二、初三、高一、高二、高三全体学生在教室集中，班主任在教室内组织学生准备演习。

2.4月20日上午第二节课下课，等候疏散铃声响起，班主任到班级组织学生有序下楼，开始疏散。

3.初三（1）班几名学生发现烟雾后，向班主任报告："王老师，我们在教室里闻到一股难闻的味道！"老师立即到教室周围查看情况，打电话向刘校长报告，"刘校长，我班门口靠操场一侧有不明气体扩散，味道十分刺鼻，情况较严重，请问该怎么办？"刘校长说："马上按照学校'紧急疏散预案'组织学生撤离教学楼！"刘校长通知广播室王德慧老师通过广播要求全校师生立即进入紧急状态："请老师们同学们注意了，我校教学楼二楼实验室发现不明烟雾，情况较严重。请大家保持冷静，按照学校紧急情况疏散预案马上疏散学生到操场。各通道口疏散人员马上到位，一定要保证学生安全撤离，决不能发生踩踏事件。争取把危险降低到最小程度。"疏散警报响起。

4.教学楼各楼层楼梯口疏散负责人到位，负责楼层师生撤离完毕，随后到大操场听候统一调度。

5.随着警报声响起，听到演习信号后，各班同学迅速做好准备，听从班主任的指挥，迅速有序地按规定路线撤离教室。撤离顺序：体育委员在前，班主任最后撤离；各楼层各班学生在班主任及楼层疏导员的指挥下，

有秩序地疏散到安全区（操场集合按升旗队形）。学生跑到指定集合地点后，由体育委员整好本班队伍，迅速清点人数，向班主任报告应到人数和实到人数。

6.在安全集中完毕，各班清点人数，并向年级主任汇报，之后年级主任向总指挥汇报本年级学生到位人数。（依次是初一、初二、初三、高一、高二、高三）

7.总指挥根据各年级汇报的人数进行小结，演习结束。

七、疏散顺序安排

第一层班级由疏导员指导，班主任自行带到指定安全区，二、三、四、五层的学生应按五层、四层、三层最后二层的顺序进行疏散。具体安排（略）

各楼层疏散指导员名单（略）

八、注意事项

1.疏散人员安全迅速到达安全区域集合，按升旗队列排列。

2.疏散时，听从疏导员的指挥，保持肃静，不准打闹，不得故意推挤，发现故意推挤者要严厉批评教育。

3.要求学生统一穿校服。

4.楼梯负责卫生的班级一定要在平时特别是演习前检查和清理楼梯上的垃圾等堆积物，以防学生滑倒发生踩踏事故；演习前20分钟由政教处老师再检查一次楼道情况。

××市第五中学

2006年4月20日

（韩生，2006）

本预案中，××市第五中学根据本校实际情况制订了一个较为完整的消防应急疏散演习预案。就演习预案的内容来看，首先预案的制订充分体现了学校建立"平安校园"的意图。其次，演习目的明确，方向性强，有一定的现实意义。演习参加人员名单体现了全员参与性，有利于调动全体师生的积极性，对于普及消防安全知识，培养安全意识有辅助作用。再次，演习过程稳步有序，注重细节，人员安排到位，同时也充分注重了师生的安全。

不过，预案中仍有一些地方需要改进：演习预案的过程不具有充分的灵活性，例如演习过程的第三部分，从学生发现烟雾到校长紧急通知进行疏散的过程中，预案具体到学生、教师和校长的详细语言表述和行动细节。这一部分不必太过具体，不利于应付突发情况。预案中没有充分地强调全体成员的互动性，也没有涉及与家长、媒体之间的沟通，更没有提出对演习预案要做更新补充，这样非常不利于预案的实施。最后，演习预案中没有指定相关的人员对演习过程进行记录，这样不利于对演习结束后进行总结，从而难以充分地吸取经验和教训。1

五、快速应对危机

这可以说是反映学校危机处理的首要标准，因为危机管理就是要在有限的时间内，有效地利用时间去分析和解决问题。学校管理者需要在接到危机信号后，直至危机产生明显的冲击之前的这段时间内明确任务，果断决策，迅速行动，才能赢得更多宝贵时间，减少更多危机带来的损失。

快速应对一般包括：①启动危机管理计划，形成危机管理小组指挥部；②确立危机管理体制，采取有效策略实施有关救命、救灾、医疗、避难等活动；③确保危机应对环环相扣，协调高效。

在"5·12"四川汶川大地震中，紧邻重灾区北川县的绵阳安县桑枣中学创造了全校师生无一受伤或遇难的奇迹（详见第三章第五节）。学校师生在校长不在学校的情况下，仅用1分36秒的时间，就将2300多名师生员工全部疏散到了安全地带。这样的应对速度与效果可以说是快速应对危机的典范，而在这一奇迹背后是学校自2005年起每周开展安全教育，每学期组织一次紧急疏散演习，且每次演习的具体时间并不事先告知学生。此外，校长和教师也制定了具体的疏散路线和顺序，并在每次疏散演习后开展讲评总结工作。三年坚持下来，学校师生都已经习惯了这样突击式的演习，每次疏散都井然有序。这一成功应对危机的案例显示出了校长高度的危机意识与全校师生坚持不懈的努力，也反映出要让学校危机管理小组及全体师生在危机面前反应迅速，冷静沉着，需要在日常教学工作中有组织、有计划地开展危机安全意识教育和技能培训，特别是模拟或实战的应急演习。

六、实施心理干预

危机过程中及过后的精神创伤较身体创伤来得隐蔽，且波及人群通常较广，因此，危机应对阶段与恢复阶段的心理干预，对于发生危机事件的学校教师和学生而言是极为重要的。对于不同的危机事件或危机受害者，心理辅导人员应采取不同的干预形式及策略，有针对性地对危机事件涉及的教师或学生个体或群体进行心理诊断与干预。若危机事件持续时间较长或对师生身心健康破坏性极大，则有必要在危机应对过程中就及时采取干预措施，以防止因心理危机导致的其他危机事件。

以下是一个针对危机发生后的学生群体心理干预案例：

案例2　地震后的学生群体心理干预

危机事件："5·12"四川汶川大地震

干预对象：7位初中和高中同学（5男2女），他们都有家人在震中死亡，普遍情绪低落、意志消沉、无所事事。

干预目的：心理疏导。

干预活动：三次团体咨询，分三天进行，每次一个半小时。

第一次：破冰活动。材料：十张卡片、彩笔一盒。内容：要求每人取一张卡片。在卡片上写上以下内容：姓名、曾用名、年龄和生日、属相、身高体重；自己的名言；自己的偶像；自己的理想和目标。

体会：每个人认真填写完自己的卡片后开始分享，这样大家就互相认识了。有的人羡慕别的同学，有的人分享了震中死去的父母以前对自己的要求。有两位同学痛哭流涕，我特别给予关照。

第二次：感恩父母。材料：十张卡片、彩笔一盒。内容：要求每人取一张卡片。在卡片上写上以下内容：父母的名字、生日；父母的身高、体重和鞋号；父母年轻时的理想；父母期望自己成为什么样的人；父母不喜欢自己的方面；父母最喜欢吃的东西。

体会：通过本活动，每位同学都重新认识了自己的父母，以前不理解的现在接纳了父母；有3位同学特别提到要多谢自己的父母。每人都表示要努力向上，报答父母养育之恩。

第三次：伸手活动。大家围成一圈，把两只胳膊抬起和肩持平。引导语：通过几次活动，大家互相认识成为了好朋友。在震后的今天每个人都有了新目标。目标的达成最需要的是：坚持。今天我们就做伸手活动。保持这个姿势10分钟。

体会：3分钟，5分钟，9分钟，坚持到最后，大家都有何体会。大家纷纷发言。有的同学羡慕其他坚持到底的同学，后悔自己没坚持到底。有的同学谈了自己如何疼痛难忍，坚持下来了，很高兴。

（共青团山东省委心理组，2008.06.29）

这是一个较为完整且合理的学生群体心理干预案例，有明确的干预目的、合理的干预计划及良好的干预反馈。基于干预对象都受到失去父母的心理打击，且是13～18岁的青少年，心理辅导人员在干预活动的时间及内容安排上都做了针对性的设计。首先，在干预时间上，整个干预活动分了三天完成，每天一个半小时，这样循序渐进的时间分配在干预强度和持续性上是较为合理的。其次，在干预活动上，心理辅导人员采取了渗入式的团体游戏，干预对象在破冰活动中互相熟悉倾诉，得到了情绪上的共鸣、释放与抚慰；感恩父母活动让干预对象通过记录一些与父母有关的信息，从而化悲愤为力量；最后的伸手活动的目的则是为了让干预对象体会坚持，明白要走出逆境，实现报答父母之恩的目的，需要的是勇气与坚持。值得一提的是，前两次活动都是以填写卡片的形式展开，最后一次则以肢体活动为开场。

心理干预不同于一般的教学活动，面对有心理障碍或阴影的对象，特别是尚未成人的孩子，教师或心理辅导人员不要急于立刻达成言语上的沟通，而可以通过陪伴、肢体安抚、游戏等柔性活动，缓和学生的陌生或对立情绪，待达到一定的融洽程度后，才进行互动式的言语沟通。在言语沟通中，教师或心理辅导人员也应注意避免让学生回忆让他们感到害怕或恐怖的事。

第三节　危机全程管理的评估体系

本节讨论的重点是危机全程管理的评估体系，危机评估对于整个学校危机管理机制的重要意义在于：保证学校已有危机应对系统的安全性，并从已经发生的危机事件中汲取教训与经验。危机全程管理的评估体系并不只是危机管理的一个环节，它的作用是对危机管理的所有环节进行监测、评估与修改。此外，危机管理评估体系本身是一个循环的过程，危机管理小组以危机管理计划与危机应急预案（计划）为蓝本，在危机日常预防阶段对应急预案进行评估、演习和修订；其次在应对危机的阶段，对学校的危机预警机制、危机干预过程、恢复处理工作、团队沟通和媒体沟通等各个环节进行监测和评价；最后根据评价结果进一步对应急预案（计划）进行更新（见图7-3）。整个评估体系和危机应急预案就是在这样一个不断循环和更新的过程中得到丰富与完善。

图7-3　危机全程管理评估循环

本节论述的内容包括危机评估的原则和基本方法、危机全程管理评估体系的具体内容和开展方式，以及危机应急预案的设计与修订。

一、危机评估的原则和基本方法

（一）危机评估的原则

1. 细化评估目标

评估目标是检验危机管理成效的重要参照物。从可观察和可测量的角度将评估目标细化、具体化，实际上就是将评估目标分解，以掌握有用的信息和材料，避免无效或重复劳动，以提高评估的效率和效果。如：危机事件发生后涉及哪些目标公众，组织采取的相应对策都达到了哪些预期效果等。

2. 统一评估标准

统一具体的评估标准本身就是统一学校管理者们对于评估的认识，只有管理者们都对具体的评估标准、要求、方法等一系列问题表示认可，才能更好地开展评估工作。

3. 科学地搜集评估材料

评估资料是全面反映危机管理工作成效的原始资料。为此，学校应通过科学方法全面搜集各种有关危机的资料，并进行审核、分类、汇总，使之系统化、条理化。

（二）危机评估的基本方法

1. 专家意见法

专家意见法又称为"特尔菲法"。该方法是就危机管理中诸多问题进行咨询、评价，综合不同的专家意见，从而形成对评估内容较为一致的判断与结论。此方法一般是用于无法或者不宜量化的危机管理评估内容。运用中，要注意以下步骤：

（1）评估主持人应事先拟定出评估的具体项目和评估标准，并发给每一位评估专家。

（2）邀请不同领域的专家若干名，其中既要有危机管理的理论专家，又要吸收经验丰富的危机处理专家。这样有利于优势互补，便于全面评估。

（3）请专家匿名独立地就评估项目发表意见。若意见分散，可将意见汇集整理后，再反馈给每一位专家，请他们对新汇集的情况重新发表意见，直至意见趋于一致。

（4）将专家意见进行统计分析后，稍作处理就可作为专家对本次评估内容的基本意见。（何海燕、张晓甦，2006）

2. 公众意见征询法

这个方法应当在学校危机评价中普遍使用。学校通过与公众代表对话，征求他们对学校实施危机管理工作的意见、态度、倾向和反映，由此做出统计分析，获得评估的结论。学校在运用公众意见征询这一方法时候，应该注意以下几个方面：

（1）公众代表的选择。与学校有关的公众涉及教师、学生、学生家长、相关各种社会群体等各方面，选择公众代表时候尽量要涵盖每个团体的成员；同时，选择公众人员要按照一定的抽样标准进行抽样，使选出来的公众具有代表性和全面性。

（2）进行公众代表选择时，可以采用问卷调查、电话访谈、座谈会等多种形式相结合的方式。

3. 学校自身评估法

学校自身评估是指学校在从事危机管理活动和危机处理之后，自行对危机的预警计划、危机管理的实施过程及危机管理的实施效果随时进行判断、总结、分析。学校在进行自身评估的过程中，虽然比较熟悉内情，了解信息比较全面，可以随时评估，并及时总结，但同时要避免受主观情绪影响，出现主观化的趋势。

一般而言，学校自身评估可以采用电话访问、座谈会等方式。学校管理者应该清楚意识到危机评估在学校危机管理中的重要性以及进行危机管理所需的独特的体系和规律。在开展危机管理工作时，必须遵守科学的评估原则，这样才能充分发挥危机管理评估的作用，为危机管理的改进提供科学的依据。

二、危机预防阶段的学校安全评估

危机全程管理的评估体系的第一个环节即学校安全评估，全面、细致的安全评估可以消除许多危机事件的隐患，减少学校危机发生的可能性。安全评估主要涉及三个方面的内容：学校安全网络、伙伴合作关系和媒体沟通渠道。

（一）学校安全网络评估

对于学校安全网络的评估主要看学校内部硬件设施及软件安全保障这两个指标是否达标，其中的软件安全保障包括学校危机管理人员的培训，以及学校全员危机意识这两方面的内容（这里的标准以能够避免危机的发生为合格）。

1. 硬件安全

具体评估内容包括：

（1）通道、楼梯、宿舍等建筑物。学校应当有专人负责这方面的管理，经常进行检测和维修。一旦发现危险情况，要采取及时的措施，防止事故的发生，将事故的危害降到最小。尤其是地处容易发生洪水、滑坡地带或有其他安全隐患的学校，若确实没有搬迁条件，就必须针对本校情况制订基本的应急预案。

（2）实验器械、消防设施器材。

（3）学用车辆，特别是学生上学、外出实习、参观、旅游等乘坐的校车。应确保性能良好。驾驶人员必须证照齐全，经验丰富，严格服从教育和管理，遵守交通规则。

（4）校内食堂、库房、操作间。学校食堂应有健全的安全规章制度和必要的安全防范设施，加强对库房、操作间的管理，严防投毒事件及食物中毒事故的发生。必须加强对炊管人员的教育和管理，定期组织体检。学生食堂必须建立食品采购和食品保管存放、加工制作等制度，严把食品采购关，严防食物霉变或污染。

（5）医务室。学校的医务室必须有完备的医疗卫生资格，能够对学校可能发生的疾病和伤害事件进行基本治疗，并与附近大型医院结成应急机制，保证伤员、病人得到及时的治疗。

（6）学校电路。学校应有专门机构或专业人员负责用电管理，经常进行检查维修，及时更换老化或不符合要求的线路，禁止超负荷或违章用电。

除了以上区域，对于学校中及学校附近的一些事故高发地带也要进行定期维护并加强监管。学校的危险地带包括：电梯及顶楼阳台、楼梯转角处、教学楼长廊、无人管理的洗手间、无照明设施的狭窄路段、停车场、灌木丛、垃圾仓库，及学校附近的河堤、立交桥、地下道、工地、空屋（无人居住的房舍）、废弃的游乐场所等。学校常见的死角地带包括：楼梯间、厕所、茶水间、餐厅、储藏室、停车场、地下室、偏远教室、运动队边缘地带、树林、花丛、学校围墙以及学校建筑之间的空隙地带。

需要强调的是，学校在评估硬件设施的过程中，应该根据学校的实际情况与条件开展安全评估工作。例如，对于初建的学校而言，要注意不要将学校建设在自然灾害多发地带，学校的基础设施设计应考虑到学生的年龄特点。对于已经建立多年的学校而言，应该注意配备安全设备并定期维护保养，例如金属探测头、监视摄像机。对于资金短缺且规模不大的学校，可以考虑使用成本较低的保护措施，或者在软件方面加强管理。

2. 软件保障

（1）安全工作责任制。学校需建立安全工作责任制，严格执行安全工作规章制度，并及时反馈落实情况，从中吸取经验，进行更新改善。具体可以参照《中华人民共和国教育法》《中华人民共和国义务教育法》《中小学幼儿园安全管理办法》《中华人民共和国未成年人保护法》《学生伤害事故处理办法》《中华人民共和国刑法》《中华人民共和国民法通则》《学校食堂与学生集体用餐卫生管理规定》《国务院关于特大安全事故行政责任追究的规定》等等。

（2）师生员工的安全意识。这包括了学校危机管理人员的危机应对水平、全校师生的危机意识。

（3）危机预警机制、危急预案。

软件保障方面的主要评估方式，除了保证这些软件措施的到位，还可以通过危机演习来检测安全制度的完善程度及师生危机意识和应对技能的情况。总的来说，危机实战演习是较为有效且全面的评估方式，学校可以通过一次实战演习检测所有软件和硬件的安全水准，同时加强全员的危机安全意识。当然，对于没有能力开展实战演习的学校，或者应急预案尚不成熟的学校，可以考虑开展模拟危机演习。此外，演习的目的是在评估学校整体安全情况的基础上，发现可能存在的隐患，随即可以采取杜绝和修正的措施，这也是预防阶段所希望达到的危机管理效果。

（二）伙伴合作关系评估

在一些学校危机案例的处理过程中，特别是重大自然灾害或者交通事故的案例处理中，学校往往需要社会力量的协助，才能更好地完成危机应对工作。同样，在一些涉及学生欺负或者离家出走等案例中，学校也需要联合周围社区和家长的力量来共同解决。评估学校安全的另一大指标是学校的合作伙伴关系，包括学生的家长、周围社区（村、镇、县、区、市等）及其他社会机构（公安、法律、交通、卫生、消防、医疗、社会保障、儿童红十字会等）的合作伙伴关系。评估的内容包括：学校是否在日常工作中与这些合作伙伴保持一定的良性接触与联系（例如是否有这些合作伙伴的联络方式）；学校例行的危机管理小组会议是否邀请部分合作伙伴共同参与；合作伙伴是否协助学校共同制订与修改危机的应急预案；学校危机应对与干预的实施流程中是否包括了社会力量参与的部分，例如学校是否有医疗事故的定点医院、是否有指定的法律顾问等。

（三）媒体沟通渠道评估

评估学校安全的第三个指标是学校媒体沟通渠道。畅通的媒体沟通渠道首先可以帮助学校了解社区、社会及其他学校在处理危机事件上的动态，其次可以保障学校在媒体与公众眼中树立良好形象，以预防由于媒体沟通不良而导致危机，甚至加剧危机。评估的内容包括：学校的危机管理小组是否包括了媒体沟通人员；媒体沟通人员是否经过一定的专业培训；学校是否建有自己的官方门户网站、博客、校报、校刊等对外公布学校信息的渠道。同时，也可以通过调查地方或权威媒体及公众对学校的评估（评分）来评估学校的媒体沟通渠道的畅通程度及沟通效果。

三、危机应对与恢复阶段的危机管理评估

危机的应对与恢复阶段是学校危机管理的重点阶段，这两个阶段的危机管理评估不仅要对整个危机应对与恢复过程中的所有环节进行监测，也要对各环节的应对方式和效果进行评估，给予及时或者事后的反馈。

（一）召开形式多样的评估会

危机应对与恢复阶段的评估方式主要是召开例会，相对于日常的小组例会而言，此阶段评估会的形式和内容更为多样，可以是大型的，也可以是小型的，可以是内容丰富的，也可以是简短的，主要针对危机应对和恢复的具体状况开展。从类型上可以分为以下三种：

1. 危机管理小组内部评估会

危机应对阶段主要以召开危机管理小组会议为主。根据危机处理的紧急情况与处理周期，学校可以自行安排会议召开的时间和参与的人员。总的来说，危机管理小组的所有分组和成员在危机应对期间，每天至少应该递交一份报告、手记或者工作完成情况表，以向小组领导和其他成员汇报当天的危机处理情况，达到良好的组内沟通与互动，并有利于小组高层掌握危机发展的事态。在危机恢复期所召开的危机管理小组会议则更多地以总结、评估危机全程管理的内容为主。

2. 公共安全伙伴会议

在发生重大自然灾害或者交通事故的危机时，小组需要社会力量、社区伙伴的共同协作，例如公安、医疗、消防、抢险等紧急救助机构。因此，危机应对期可以

召开公共安全伙伴商谈会，会议应该尽量简短迅速，以解决实际问题为主。在危机恢复期可以邀请参与危机处理的公共安全伙伴参与讨论会，在加强学校与社会力量合作的同时，听取各方对于学校危机处理的意见与评价。

3. 家长委员会会议

如果学校设有家长委员会，可以在危机恢复期召开有家长参与的意见听取会或者讨论会。由于学校的许多危机事件都涉及学生的在校安全，因此，为了使学校的危机管理更为全面，并且得到更多家长的认可与帮助，可以在学校恢复日常工作，学生身心状况稳定后召开类似的会议，听取家长对于学校危机处理的意见、建议和评价。

（二）评估危机管理各个环节

无论是何种形式的小组评估会或者讨论会，其最终目的是对学校全程危机管理进行评估。全程危机管理的评估内容主要包括以下几个环节：

1. 预警机制

预警机制是学校在危机发生后做出第一反应的依据。学校依照预警机制对危机事件的级别和类型进行定位，并依据相应的应对措施开展后续的处理工作。因此，对于预警机制的评估标准主要看危机是否在第一时间被识别出来了，学校是否按照预警方案做出了快速、准确的反应，如果没有，原因是什么；危机预警是否引起了学校相关部门的重视；危机预防和控制措施中，哪些是不必要的，哪些占用了过多的资源，哪些占用的资源是不够的；危机预防和控制措施是否得当、有效；是否要对不同的潜在危机采用新的预防和控制措施，对于无效的措施怎样进行改进；危机发生可能性的估计是否正确，是否需要重新评估潜在的危机的大小。

2. 危机干预

危机干预是危机应对的重要环节，危机管理小组虽然有级别上的不同，但是他们都是深入第一线直接为教职员工和广大学生提供服务，直接与公共安全伙伴、媒体、家长取得联络，直接为危机恢复开展活动并寻找资源。因此，危机干预的环节包括了许多直接关系到危机处理成败的步骤和因素，但也正是因为危机干预环节的影响因素复杂，所以评估危机干预是整个危机管理评估中最难、也是最重要的部分。

此环节的评估主要包括：

（1）危机处理过程中各阶段工作的到位情况。危机发生前学校同各类公众的协调与准备工作如何，危机发生后是否在迅速查清事实的基础上，确定并展开了一系列行动，较好地控制了事态的发展，危机告一段落之后，是否迅速采取了一系列重振学校声誉的补救措施等。

（2）危机处理中对各类公众的选择和协调的情况。危机发生后，学校对校内相关人员以及对学生家长和其他社会群体是否准确而全面地进行了沟通；是否充分发挥了新闻发言人以及电话接听答复人员的信息传播作用等。

（3）各项危机对策实施的有效性。危机对策中针对内部人员和利益相关者分别采取的措施如何，对学生受害者及其家长的处理对策是否体现出人道主义的关爱，应对新闻媒体的传播技巧效果如何，是否争取到政府及有关主管部门的同情和支持等。

此外，危机管理小组不仅要在危机恢复阶段做好总结和评估工作，更要在危机应对过程中随时做好评估和监督工作，做到及早发现隐患、扭转失误。

3. 恢复处理

危机恢复处理的工作主要是帮助学校恢复日常工作和教学的秩序，在这个过程中，做好教师和学生的心理健康工作往往是最重要的。其评估方式除了检测学校是否在危机恢复期开展了心理健康辅导工作及各种减轻学生心理负担的活动，更重要的是对学生的心理状况做较为长期的跟踪观测，以确定学校的恢复工作没有让危机事件对学生和教师的心理造成阴影。

4. 团队沟通

团队沟通包括危机管理小组内部的沟通、学校与社区公共安全合作伙伴的沟通，以及学校内部师生之间的沟通。沟通的内容主要包括两方面：一是所有参与危机处理的人员，包括全校师生在内是否对危机事件有一个基本一致的认识和态度；二是危机全程管理过程中，所有的小组成员是否对危机事态的发展有及时的了解，是否对其他成员的工作和分工情况清楚明确。如果团队沟通不良，那么直接的后果就是责任不到位，该做的工作没有人做，小组成员会因为权责不明确而发生推卸责任和相互争执的状况。

5. 媒体沟通

首先要看学校占据信息源的程度，是否成为媒体主要信息的来源；其次要看媒体给予学校危机管理小组的正面与负面的评估。通过这两点可以反映学校在媒体沟通环节上的工作成效。

（三）经验与教训

以下是学校在进行危机管理过程中所应该注意的一些经验与教训：

（1）学校使用安全设备是为了完善学校安全计划，但作为对于危机管理的一种补充手段，学校不能仅仅依赖安全设备来保障学校安全。

（2）学校要与公共安全合作伙伴形成良好合作关系，但不要在危机应对过程中对他们抱有不切实际的期望。

（3）媒体虽然不能改变事实，但可以放大你的优点，缩小你的缺点。

（4）在商讨危机应急预案或危机应对计划时，应该让学校的全体师生员工参与，必要时可以征集学校学生的意见。

（5）教师流失、生源流失及学校财产危机之间存在恶性循环。学校财政危机必然影响教师发展，教师大量流失必然影响学生发展，生源大量流失进而又导致教育资源浪费，以及学校管理者和教师心理波动，严重时甚至可致使学校破产。

（6）中学生意外伤害事故本身具有突发性、不可控性等特征，完全杜绝此类事件的发生是不可能的。但是，对于学校管理者而言，充分尽到自身职责，不使自身成为危机诱因的来源则是完全有可能的。

（7）学校管理者往往忽略与家长的沟通，反而失去了能够协助学校管理学生的重大力量。

（8）许多学生危机事件恰恰是学校自身管理与教学方式不当造成的，例如师源性心理伤害。

四、应急预案的设计与修订

目前，一些学校管理者对于学校哪些地方存在隐患、容易发生哪些问题、怎样预防事故、发生事故如何处理事故尚不清楚。同时，一些学校的安全和管理工作没有跟上学校发展的规模。为了预防与应对危机事件对学校造成措手不及的巨大危害，学校的危机管理小组应该设计应急预案，并定期更新和修订。

（一）学校应急预案的分类

参考《国家突发公共事件总体应急预案》，可以将学校应急预案分为特别重大和重大突发公共事件；而按照预案适用对象范围进行分类，可将学校的应急预案划分为综合预案、专项预案、现场预案和应急救援方案。综合预案是总体、全面的预案，以场外指挥与集中指挥为主，侧重在应急救援活动的组织协调；专项预案主要针对某种特有和具体的事故灾难风险（灾害种类），如地震、重大工业事故等，采取综合性与专业性的减灾、防灾、救灾和灾后恢复行动；现场预案则以现场设施或活动为具体目标所制订和实施的应急预案，例如针对学校组织的某项大规模的全校活动制订的应急预案。现场应急预案要具体、细致、严密；应急救援方案是针对一些单向、突发的紧急情况所设计的具体行动计划。

（二）学校应急预案的内容和基本应急任务

综合预案、专项预案和现场预案由于各自所处的层次和适用的范围不同，其内容在详略程度和侧重点上会有所不同，但都可以采用相似的基本结构。

1. 应急预案的内容

应急预案的总体描述，主要阐述应急预案所要解决的紧急情况；应急的组织体系、方针；应急资源；应急的总体思路，并明确各应急组织在应急准备和应急行动中的职责，以及应急预案的演习和管理等规定。基本预案一般包括以下12项内容：

（1）预案发布令。

（2）内部应急部门和外部机构及其负责人。

（3）术语和定义的解释和说明。

（4）相关法律和法规。

（5）应急管理和应急救援的方针和原则。

（6）危险分析和环境综述。

（7）应急资源准备的情况，包括应急力量的组成、应急能力、重要应急设备设施和物资的准备情况。

（8）应急部门机构组成和职责。

（9）教育、培训和演习。

（10）本预案与其他应急预案的关系。

（11）与相邻单位或专业救援机构签署的互助协议，明确可提供互助力量、物资、设备、技术等。

（12）预案管理。

2. 基本应急行动和任务

基本应急行动和任务通常被称作应急功能，它们构成了应急救援工作的有机整体（见图7-4）。

在设计综合预案的同时，学校也应该设计应对特殊风险（如火灾、群集情况、集体食物中毒、传染病等）的专项预案。特殊风险预案是在对潜在重大事故风险进行的辨识、评估和分析的基础上，针对每一种类型的可能的重大事故风险而编制的专门预案。明确其相应的主要负责部门、有关支持部门及其相应的职责，并为该类专项预案的制订提出特殊要求和指导。

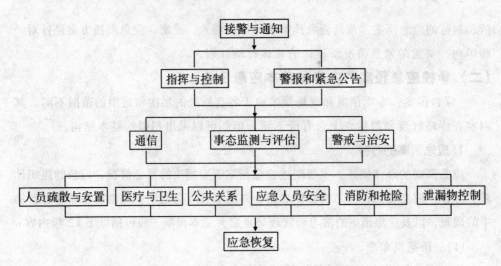

图7-4 学校应急预案基本应急任务流程图

（三）制订应急预案的原则和步骤

学校在制订应急预案的时候需要坚持一些原则，并按照一定的步骤对应急预案进行管理、修改和修订。

1. 制订原则

第一，以人为本，最大程度地保护师生的生命和财产安全。

第二，要尊重法律，依照法律，以法律为准绳。

第三，要尊重科学，依靠科学，以科学为指导，科学管理。

第四，要依靠群众，鼓励师生民主参与。

第五，要引进第三者协商制度和决策评估制度，例如学校公共安全的社会合作伙伴、家长委员会等。

2. 制订步骤

图7-5 学校应急预案制订步骤图

在成立应急预案编制小组时，学校要组织尽可能多的部门和人力参与，投入一定的经费，充分利用专家资源，编制过程中注意交流和沟通，注意鼓励师生参与。在进行危险分析和应急能力分析时，应急预案编制小组需要识别学校现有的风险，确定哪些是重大风险。应急预案的管理包括预案的发放、登记、修改和重新修订（至少每年修订一次）。本章提供一个较为全面到位的学校应急预案范例供参考（见附录4）。（董晨，2006）

附录1

"绿色网吧"实施方案

为了更好地贯彻学校"开放式、个性化"的办学理念，充分发挥学校的信息技术资源优势，全面提高广大师生的信息技术水平。经学校批准，信息组将从本周开始开放计算机专业教室，创办校园"绿色网吧"。

（一）工作宗旨

"绿色网吧"本着服务学生、服务教师的原则，利用午休时间免费开放计算机教室，为广大师生提供上网、学习、娱乐等服务，使广大师生乐于学习信息技术、善于运用信息技术。

（二）实施办法

"绿色网吧"主要以三种形式开展活动。

1. 自主网络冲浪

自主网络冲浪是指学生凭"上网卡"，按照"上网卡"上指定的时间和地点，到"绿色网吧"进行自主的信息技术学习、上网查找资料或进行游戏活动，由信息教师负责管理和指导。

"上网卡"由信息组制作，发给四至六年级的班主任老师，每班8个，请班主任老师妥善保管。班主任老师每周根据上网卡规定的时间发放给学生使用，每次使用后，由班主任收回，学年结束后交还信息组。

2. 集体网络学习

集体网络学习是指各学科教师可以根据教学需要，带领全班同学来到"绿色网吧"进行集中的网络学习活动，由学科教师和信息教师共同管理和指导。集体网络学习的时间为每周的周三和周四，学科教师需要带领学生进行集体网络学习活动

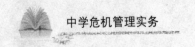

的，需提前向信息组提出申请。

3. 主题网络活动

主题网络活动是指信息学科根据教育教学需要所开展的专题网络学习活动或信息技术竞赛活动。

（三）活动时间

中午 12：20 – 13：00，具体日程安排如下。

	周一	周二	周三	周四	周五
三楼机房	自主网络冲浪	休息	集体网络学习	集体网络学习	自主网络冲浪
四楼机房	自主网络冲浪	休息	自主网络冲浪	自主网络冲浪	自主网络冲浪

敬请班主任老师配合我们的工作，同时也欢迎各学科教师充分利用网吧资源进行教育教学活动，我们将竭诚为大家服务。

（东北师范大学附属小学，2007.10.15）

附录2

电话树

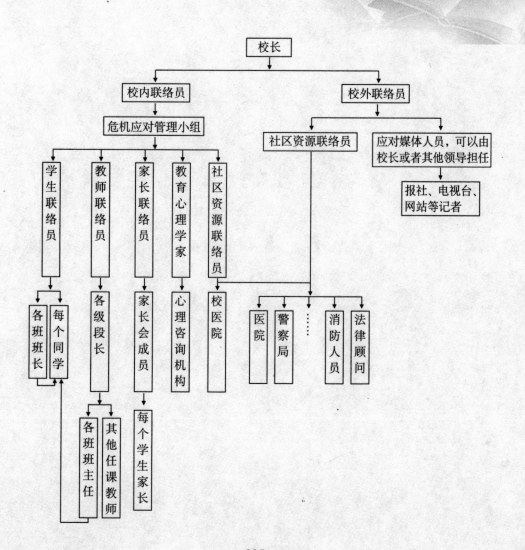

附录3

学校危机应对流程图

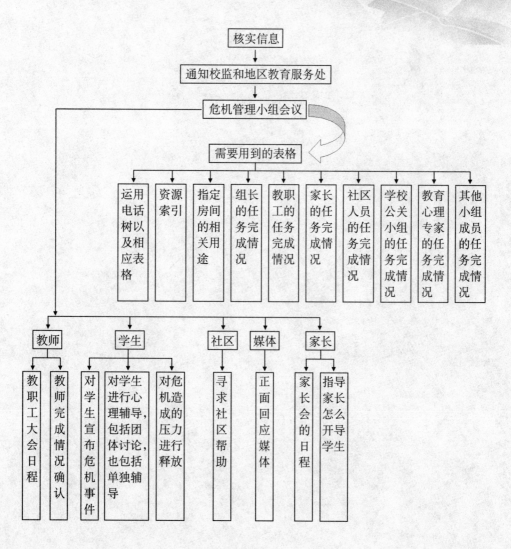

附录 4

中学事故应急预案范例

（一）学校基本情况

1.学校简况

……校长×××为学校法人代表，并且是学校安全工作的第一责任人。学校安全干部为政教校长×××。学校安全员为×××、×××。学校政教处是承担安全保卫职能的主要部门。

2.学校人数

目前学校在编在岗教职员工 138 人，其中教师 131 人，职员 7 人。现有 43 个教学班，学生数为 2586 人。

3.住宿人数

有 5 名教师住校，寄宿学生 1128 人。

4.消防通道

学校南大门能通行消防车。所有教学楼楼房都有两部楼梯，明亮、宽敞，扶手安全，底层都有两个以上安全出口，但学生寝室只有一个楼道。学校所有楼房通道与周边道路安全畅通，便于校内师生员工及时疏散。

5.消防设施

学校每幢建筑的各层楼面都配置有消防器材。这些设施设备器材由专人负责，定期检查和更换，处于有效使用期内。校内消防通道畅通，醒目处贴有安全通道指示牌。

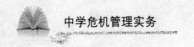
6. 危险物品

学校教学需要的极少量有毒有害化学物品，有专门场所放置，专人负责管理，并有详细台账。本学期无无毒有害化学物品。

7. 食堂

学校每天约1000余人在食堂用午餐，其中教工90余人；食堂卫生工作由学校总务处负责，按照国家有关规定，每天定时检查，确保食品卫生安全；食堂配备有消防设施。

我校食堂根据社会发展局后勤社会化要求，由个体承包负责，所有食堂工作人员定期身体检查，合格后才能上岗。

8. 车辆

学校没有车辆，学生自行车按班级规定停放。

9. 其他安全情况

学校无任何房子出租。校内无自办企业。学校目前没有基建施工。

（二）事故危险评估

学校可能面临的突发事件大致有以下几种：

（1）地震：危害是灾难性的，但可能性很小。

（2）非典、禽流感、艾滋病等：危害很严重，有可能发生。

（3）持刀行凶、劫持人质等暴力事件，火灾、爆炸、易燃气体泄漏、食物中毒、车辆伤害、触电：危害严重，有可能发生。

（4）台风、暴雨、收到恐吓电话或信件、校园群体性斗殴、校内学生因运动等原因受伤、楼梯挤踏坠落事故、夜间停电事故、校内大型活动事故：危害比较严重，极可能发生。

（5）建筑物坍塌：危害很严重，但近年内不可能发生。

（三）应急组织的职责

1. 学校应急指挥部

应急指挥部是学校整个应急救援工作的指挥中心，负责向上级部门报告和请示，负责与应急部门和社区联络，负责协调应急期间各救援队伍的运作，统筹安排各项应急行动，保证应急工作快速、有序、有效地进行。

（1）人员组成：

总指挥：×××、×××。

总指挥代理人：×××、×××、×××、×××。

成员：×××、×××、×××……以及年级组长和各班班主任。

（2）学校应急总指挥职责：

①决定事故应急预案的启动和终止。

②统一领导事故应急救援工作，确定现场指挥人员，负责应急队伍和资源的调动。

③向公安、消防、安监、技监等应急部门报告，并保持密切联系；消防等部门人员到达单位后，配合这些部门指挥应急救援工作。

④向社区有关部门和单位通报事故情况和要求提供救援事项。×

⑤向社会发展局报告事故情况和求援事项。

⑥向单位员工通报事故情况。

⑦作为新闻发言人，根据社会发展局授权，向新闻媒体公布事故情况。

⑧负责事故原因调查和危机后的心理疏导及其他恢复工作。

2. 事故现场指挥

（1）自然灾害：×××。

（2）突发公共卫生事件：×××。

（3）突发社会安全事件：×××。

（4）校内事故指挥。

①食品卫生事故：×××。

②有毒物品、易燃气体泄漏，火灾：×××、×××、×××。

③大型活动事故：×××、×××、×××。

④楼梯挤踏和坠落事件：×××。

⑤触电、停电事故：×××、×××。

（5）事故现场指挥职责：

①根据事故应急救援预案，在事故现场指挥救援行动，把事故消灭在初始状态。

②指挥现场无关人员有序疏散，撤离到安全区域。

③负责救护受伤人员和寻找失踪人员。

④负责现场应急救援任务分配和人员调度。

⑤把事故情况可能造成的危害和求援事项向应急总指挥报告。

⑥与消防等应急部门合作，提供建议和信息。

⑦维持现场秩序，负责事故现场的警戒和保护。

⑧负责事故后的现场清理工作。

3. 日常及节假日行政值勤制度

行使学校行政和安全指挥权，由中层干部、校级干部轮流担任。

日常及节假日行政值勤职责：

①在事故发生初始阶段，担当事故现场指挥。

②在确认事故即将发生或已发生后，向单位领导报告，向上级部门报告。

③按照应急预案的规定，启动学校事故应急预案。

④维持现场秩序，负责事故现场的警戒和保护。

4. 应急救援小组

根据学校特点和需要，分别设置：

①通讯联络小组　负责人：××、××。

②疏散引导小组　负责人：×××（年级组长、班主任）。

③医疗救护小组　负责人：×××。

④警戒保卫小组　负责人：×××（门卫、任课教师）。

⑤排险抢修小组　负责人：×××（后勤人员）。

⑥后勤保障小组　负责人：×××。

5. 应急责任制

（1）校长是学校安全第一责任人，负责保证学校安全，是学校应急预案指挥者。

（2）事故现场指挥，现场值班主管承担本预案规定的职责，指挥有关人员进行抢险排难。

（3）学校每年进行考核，对学校考核年度内无责任事故，工作成绩优良者，作为考核评优条件之一。

（4）对校内发生安全事故，根据责任大小，实施批评或行政处分、经济上处罚等措施。

（四）应急救援通讯录

学校应急人员联系电话（略）

相关单位求援电话：

应急电话：火灾 119　　报警 110　　紧急救护 120……

（浙江省临海中学，2006.11.23）

参考文献

[1] David J.Schonfeld, M.D.Sott Newgass, M.S.W.. School crisis response initiative [J]. OVC Bulletin, 2003（9）.

[2] Dodge K.A., Frame C.L.. Social cognitvie biases anddeficits in aggressive boys[J]. Child Development, 1982（53）.

[3] James Nolan, Linda A. Hoover. 教师督导与评价——理论与实践的结合[M]. 兰英, 等, 译. 北京：中国轻工业出版社, 2007.

[4] John T. Seyfarth. 有效的学校人力资源管理（第四版)[M]. 北京：中国轻工业出版社, 2007.

[5] Menesini E, et.al.. Cross-nationl Comparison of children's attitudes towards bully/victim problems in school.Aggressive Behavior, 1997（23）.

[6] The U.S.Department of Education's Readiness and Emergency Management for Schools Technical Assistance （REMS TA）Center. A coordinated response to multiple deaths in a school community helps the healing begin[J]. Lessons Learned from School Crises and Emergencie. 2006（2）.

[7] 彼德·D.布劳维特. 学校安全工作指南[M]. 周海涛, 李永贤, 译. 重庆：重庆大学出版社, 2006.

[8] 陈桂生. "学校自我保存功能问题"的再认识[J]. 江西教育科研, 2004(11).

[9] 陈敏. 化解贫富冲突主要在调整社会结构——孙立平访谈录[N]. 南方周末, 2007-09-27.

[10] 陈启荣. 校园危机管理机制之建构[J]. 教育研究与发展, 2005（1）.

[11] 丁钢．中国教育：研究与评论（第10辑）[M]．北京：教育科学出版社，2006．

[12] 丁静．关于师生冲突中教师行为的案例研究[J]．教育研究，2004（5）．

[13] 杜育红，铁俊．关于教育负债与学校财务风险问题的思考[J]，中小学管理，2006（4）．

[14] 董新良，姜志峰．对未成年学生伤害事故处理问题的再认识[J]．教育科学研究，2007（5）．

[15] 樊富珉．我国青少年自杀研究及预防对策[J]．临床精神医学杂志，2005（15）．

[16] 傅剑锋．尖子生"转会"：一场混战，一地鸡毛[N]．南方周末，2006-05-25．

[17] 何海燕，张晓甦，主编．危机管理概论[M]．北京：首都经济贸易大学出版社，2006．

[18] 李花．江苏调查显示有15%的中学生曾想过自杀[OL]．[2006-02-08]．http：//www.china.com.cn/chinese/diaocha/1115397.htm.

[19] 李兰，景宏军．我国城镇化与县乡财政困境及出路分析[J]．商业经济，2006(11)．

[20] 李洪天，孙永红．关于中学教师教学能力的调查研究[J]．教学与管理，2005（5）．

[21] 刘芬．中学生自杀现象调查分析报告[N]．北京科技报，2005-08-03．

[22] 李林静，编著．学校卫生学[M]．重庆：西南师范大学出版社，1991．

[23] 李小伟．交通安全：关键在于开展全民教育——我国学校交通安全事故的主要类型及对策[N]．中国教育报，2005-12-08．

[24] 李仁虎．如何与媒体打交道[M]．北京：新华出版社，2007．

[25] 李瑞红，刘肖荣．班主任实施人性化管理的十条原则[J]．当代教育科学．2006（9）．

[26] 胡清芬．走向心理健康：学校篇[M]．北京：华文出版社，2002．

[27] 黄燕，编著．中国教师缺什么？新课程热中教师角色的冷思考[M]．杭州：浙江大学出版社，2005．

[28] 刘晓明，主编．赵德军，等，编著.关注教师的心理成长——教师问题行为的心理预防[M]．长春：东北师范大学出版社，2006．

[29] 罗汉书．农村初中生辍学问题研究[D]．东北师范大学硕士学位论文，2002．

[30] 齐学红，主编．今天，我们怎样做班主任[M]．上海：华东师大出版社，2006．

[31] 石明兰．反学校文化——学业失败的一种社会动因[D]．华东师范大学硕士学位论文，2007．

[32] 宋大维．北京市中学生体育伤害事故研究[D]．北京体育大学硕士学位论文，

2004.

[33] 宋娴. 美国校园暴力及其治理模式[J]. 外国中小学教育，2007（3）.

[34] 田国秀. 师生冲突的概念界定与分类探究[J]. 教师教育研究，2003（6）.

[35] 王斌华. 教师评价——绩效管理与专业发展[M]. 上海：上海教育出版社，2005.

[36] 王宁. 班主任专业化——从自觉走向有序[J]. 人民教育，2006（11）.

[37] 王茂涛. 政府危机管理[M]. 合肥：合肥工业大学出版社，2005.

[38] 王有升. 论学校现实的合理性危机与重建[J]. 当代教育科学，2004(11).

[39] 王友文. 同学间伤害：不容忽视的学校安全问题[N]. 中国教育报，2006-11-24.

[40] 吴康宁. 教育社会学[M]. 北京：人民教育出版社，1998.

[41] 吴增强，张建国，主编. 青少年网络成瘾预防与干预[M]. 上海：上海教育出版社，2007.

[42] 吴志宏，杨安定，主编. 中小学生伤亡事故案例[M]. 上海：上海教育出版社，2002.

[43] 夏云建，严秋，主编. 学校卫生学[M]. 桂林：广西师范大学出版社，2005.

[44] 香港教育与人力局. 学校危机管理[OL].[2007-09-28]. http://www.smcc-canossian.org/intranet/crisis/crisise.pdf.

[45] 徐岚. 从突发事件看网络媒体之应对与局限[J]. 传媒观察，2004（6）.

[46] 杨东平，主编. 2005年：中国教育发展报告[M]. 北京：社会科学文献出版社，2006.

[47] 杨东平. 中国教育公平的理想与现实[M]. 北京：北京大学出版社，2006.

[48] 姚玉娥等. 中学生道路交通伤害的干预研究[J]. 中国儿童保健杂志，2006（6）.

[49] 姚月红. 构建青少年自杀危机干预体系[J]. 中国教育学刊，2005（8）.

[50] 杨宏飞，叶映华. 杭州市中小学校园暴力行为及其相关因素分析[J]. 中国学校卫生，2006（10）.

[51] 叶国文. 危机管理：西方的经验和中国的任务[J]. 上海城市管理职业技术学院学报，2003（3）.

[52] 应连心. 问诊教师职业倦怠[M]. 北京：科学技术文献出版社，2006.

[53] 张东娇. 公众、事务与形象——学校公共关系管理导论[M]. 重庆：重庆大学出版社，2005.

[54] 张丽华，等. 国外教师职业倦怠影响因素研究新进展[J]. 心理科学，2007（2）.

[55] 张利平. 11例中学生自杀原因分析及护理对策[J]. 现代医药卫生，2004（20）.

[56] 张文新，鞠玉翠．小学生欺负问题的干预研究[J]．教育研究．2008（2）．

[57] 郑富兴．论学校的教育责任[J]．思想理论教育，2006（2）．

[58] 郑金洲，主编．中国教育研究新进展·2005[M]．上海：华东师范大学出版社，2007．

[59] 周红五．心理援助——应对校园心理危机[M]．重庆：重庆出版社，2006．

[60] 周民书．遏制辍学须用科学的疏导方式——来自青岛市的调查与思考[J]．教育发展研究．2001（3）．

[61] 周晓虹．现代社会心理学[M]．上海：上海人民出版社，1997．

[62] 褚宏启．论学校事故及其法律责任[J]．中国教育学刊，2000（1）．

[63] 褚宏启，主编．中国教育管理评论（第3卷）[M]．北京：教育科学出版社，2005．

[64] 朱德武，编著．危机管理——面对突发事件的抉择[M]．广州：广东经济出版社，2002．

[65] 朱家雄．教育卫生学[M]．北京：人民教育出版社，1998．

[66] 庄三舵．校园暴力事件的应急处理[J]．青少年犯罪问题，2005（5）．

后 记

从 2007 年的初春到 2008 年的深秋，本书经历了近两年的孕育。在设计全书的整体框架时，我们一方面尝试尽可能全面地描述中学危机的真实状况，另一方面也力求突出重点，着墨于当前中学危机中最严重和最频繁发生的部分。为了增强可读性，体现"实务"的特色，我们选取了大量的案例。搜集这些案例的途径，既有报刊书籍等较为传统的方式，也有互联网这样较为现代的方式，此外还有许多来自于撰写者的亲身经历或访谈。前两种方式我们均标明了出处，没有标明出处的案例均属于第三种来源。另外，从互联网上获得的案例我们尽可能选择较为权威的网站，并通过多渠道加以佐证。

在写作的过程中，我们尽可能客观而真实地呈现当前中学的危机状况。在选择案例时，我们主要着眼于两点，一是代表性，二是典型性。代表性指的是这些案例应该能够代表当前中学危机的普遍状况，而不是危言耸听或夸大其词；典型性指的是危机事件具有较大的影响，而且能够给我们带来启示。在我们看来，危机既包括危机事件，也包括可能引发危机的状态，所以在分析危机事件的同时我们也尽可能描述危机的潜在状态及发展过程。

本书是集体辛劳的成果，参与者既有高校教师，也有在读博士和硕士研究生，还有来自教学一线的中学教师，我们认为这样的人员构成有助于展现本书兼理论性与实务性于一身的特色。具体分工如下：第一章由曾近荣、鞠玉翠撰写，第二章的前两节分别由吴闽波和籍莉撰写，第三节的两部分分别由杨英和马晓彤撰写；第三章前四节由王佳佳撰写，第五节由杨冯撰写；第四章由石明兰撰写；第五章的三节分别由杨汝军、鞠艳和洪芙撰写；第六章由籍莉撰写，第七章的三节分别由陶丽、章诚和籍莉撰写。鞠玉翠和王佳佳负责全书的统筹和指导工作，杨英和陶丽协助做了许多修改和校对的工作。

感谢马和民教授的信任和支持，能够让我们一起参与这份极有意义的工作并提供了诸多指导。作为丛书中的一本，我们与其他作者保持了密切的合作，也为他们的敬业精神所感动，丽娃河畔的那间小小的会议室见证了我们思维碰撞的火花。感谢中国轻工业出版社万千教育的工作人员，他们专程来沪与我们多次沟通，从提纲的设计、体例的统一到最终的编辑、成书，付出了许多心血。感谢陆有铨教授，在我们一次次为学校危机的界定、特点等问题争论不休的时候，是他为我们指明了航向。感谢孙虎博士，他曾为我们提供了大量关于台湾学校危机管理的文献，为我们资料来源的多样化做出了贡献。本书的部分内容在校长和教师培训中进行过尝试，得到校长和教师们的积极反馈，许多学员还为本书提供了有价值的意见和建议，我们对此深表感谢。我们尽量对书中所引用的资料注明出处，如有疏漏，敬请原谅，并向原作者致以谢意。此外还有许许多多关心和支持我们的无名英雄，在此一并谢过。

希望本书能够为一线的学校管理者和教师提供有益的借鉴和启示，这也是我们撰写本书最大的心愿。书中难免有不周之处，请方家批评指正！

鞠玉翠

2008 年 11 月 5 日